大 学 问

始 于 问 而 终 于 明

· 《妆靓仕女图》－宋－苏汉臣－美国波士顿艺术博物馆藏

泛月四時宜九夏為先
芰荷塘窈而幽深水
灣且淺不必擷芳華
夜明供靜遣灑然玉
壺水色香俱難辨
御題

· 《莲舟新月图》–宋–赵伯驹–辽宁省博物馆藏

· 《玉楼春思图》－宋－王诜（传）－辽宁省博物馆藏

· 《东山词》卷上《鹧鸪天》-宋-贺铸-据中国国家图书馆藏宋刻本影印

· 《东坡乐府》卷下《江城子》-宋-苏轼-据中国国家图书馆藏元延佑七年叶辰南阜书堂刻本

· 《冬日戏婴图轴》－宋－苏汉臣（传）－台北故宫博物院藏

· 《文会图》－宋－赵佶（传）－台北故宫博物院藏

王齊翰善人物氣度不凡迴出風埃物
表其勘書諸圖徽宗藏之內府尤皆首
尾標題重加珍賞審此信為冠此當不
此上德謙韋益驅爭先印方駕顧陸
諸人夫豈多讓
襄平男子耿信公識

·《槐荫消夏图》—宋—佚名—北京故宫博物院藏

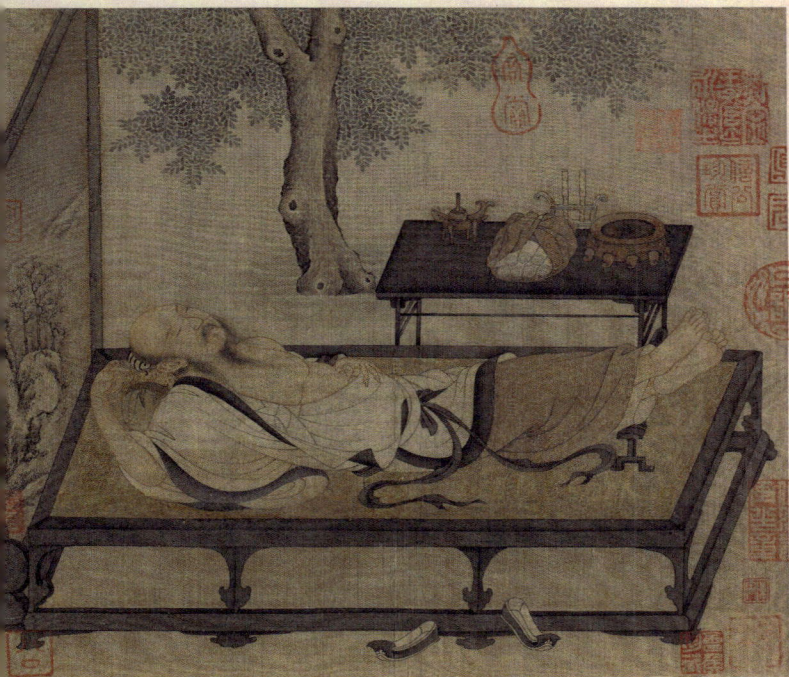

秋原極目風莆﹏草枯樹葉
莽盡澗惟餘園栢挺翠楢
是時獵騎出逍遥蒼鷹左
臂韋歇騎僕役侍従相随
招快馬逐獸於邌楳天然
其勢誠富豪抑為金元抑
為遼不衷舊俗事吳髙後易
漢服雲名邈百乐数世政玉
遭逢觀圖畫堂戌昭七言
示意為此詩

· 《秋原猎骑图》－宋－陈居中－台北故宫博物院藏

陳居中秋原獵騎

·《华灯侍宴图》-宋-马远-台北故宫博物院藏

· 《春山图轴》－宋－赵伯驹－台北故宫博物院藏

· 《风雨牧归图》－宋－李迪－台北故宫博物院藏

· 《梅花双雀图》－宋－马麟（传）－日本东京国立博物馆藏

· 《月夜看潮图》－宋－李嵩－台北故宫博物院藏

王兆鹏 著

唐宋词
小讲

广西师范大学出版社
GUANGXI NORMAL UNIVERSITY PRESS
·桂林·

唐宋词小讲
TANGSONGCI XIAOJIANG

图书在版编目（CIP）数据

唐宋词小讲 / 王兆鹏著．—桂林：广西师范大学
出版社，2021.11
　　ISBN 978-7-5598-4357-9

　　Ⅰ．①唐⋯ Ⅱ．①王⋯ Ⅲ．①唐宋词－诗词研究
Ⅳ．①I207.23

　　中国版本图书馆 CIP 数据核字（2021）第 210106 号

广西师范大学出版社出版发行

（广西桂林市五里店路 9 号　邮政编码：541004）
网址：http://www.bbtpress.com
出版人：黄轩庄
全国新华书店经销
广西昭泰子隆彩印有限责任公司印刷
（南宁市友爱南路 39 号　邮政编码：530000）
开本：880 mm ×1 240 mm　1/32
印张：10.375　　插页：8　字数：200 千
2021 年 11 月第 1 版　　2021 年 11 月第 1 次印刷
印数：0 001~5 000 册　　定价：68.00 元

如发现印装质量问题，影响阅读，请与出版社发行部门联系调换。

目 录

有时也会面带微笑写些幽默词：有丑男的幽默，有酒徒的幽默，有寒士的幽默，更有壮士的幽默。表现形态各不相同，但能量魅力则一。

序 图将好景凤池夸

唐宋词的艺术世界，绚丽多姿，有自然风景，有情感风景，有历史风情。本书按人生、社会、自然和历史四大层面，分十三讲简析唐宋词多维立体的艺术世界。

一首词，是一个完整的艺术世界。众多的作品，构成多姿多彩的艺术世界。其中有无数精彩亮丽的风景，既有自然风景，又有情感风景，也有历史风情。

本书将词中艺术世界划分为四个部分：人生、社会、自然和历史。每个人都生活在群体中、社会中，词人总要表现他对社会的感受和思考；同时人又生活在自然中，因此词人又会表现对自然的审美态度和审美趣味；人又是位于历史和现实的坐标轴上的，因此词人也经常会表达对历史的反思和对历史的评价。

人生、社会、自然和历史，共同构成多维立体的艺术世界。为了分门别类展示唐宋词的艺术世界，我们在四大门类下面又分若干种。人生下面的抒情，分为爱情、亲情、性情、豪情、幽默。爱情之下又细分约会、离别、相思和悼亡。社会分都市风情和乡村田园两类，自然则分山水和咏物二道。加上怀古咏史，共讲十三个主题。

词的这种分类，宋人选词就已开先河，南宋的著名词选《草堂诗馀》，就是按内容分类来选词，分春景、夏景、秋景、冬景和天文、器物诸类。目的是演唱时方便听众点播。听众爱听什么词、点哪首词，歌手就演唱哪类词、哪首词。一般的词选，是按词人来编排，如苏轼名下选几首、辛弃疾名下选几首；有的词选则是按词调来编选，如《采桑子》调下选几首，《贺新郎》调下录几首，清人编的大型词选《历代诗馀》，就是按词调来编排的。

本书按主题类型来安排结构，以便同中求异、异中求同，使读者了解同类词作的不同特点。分类比较，将同一主题类型的作品组合在一起，以便读者对某一主题及其表现方式有相对完整的了解。

本书所讲作品，尽量选择唐宋词的名篇。然则何谓名篇？名篇由谁来确认？又怎样确认？

一般说来，"名篇"是指文学史上流传久远、广为人知、带有典范性的优秀篇章。名篇有三个条件：一是时间上，流传的时间比较长。那些流行于一时，在某一个年代被人追捧，名列"金曲排行榜"的作品，不一定能够经得起时间的考验。二是空间上，传播的范围比较广，不是在一个特定的空间地域传播，而是到处都传播，就像柳永的词，凡是有人烟有井水处，都有人歌唱他的词。三是艺术上带有一定的典范性，既有完美的表现方式，又有丰富的情感意蕴，足以让人回味无穷、百读不厌。

名篇又是由谁来确认的呢？名篇是作者写出来的，但作者本人并不能确认哪一首是名篇。名篇，是由读者确认的。那"读者"又是指哪些读者呢？我们可以把读者分为三个类型，或者说三个层次。从接受美学的角度，可以说是三种类型的接受者。

第一类是专家型的读者，这一般指的是批评家。他阅读作品，不仅仅是为了消遣性欣赏，还要对作品进行批评和判断。他的审美判断对当时和后来的读者都会产生直接或间接的影响。比如苏轼，哪些作品是名作？南北宋之交的词学批评家胡仔，编写过一本诗话著作《苕溪渔隐丛话》，汇编了多种宋人的诗话词话，我们要了解宋人对以前的作家和当代作家有哪些评价，可以找此书来读。其中也有论词的资料，我的老师唐圭璋先生编《词话丛编》，把其中专门论词的两卷截取出来，取名《苕溪渔隐词话》。但其他各卷也还有零星谈词的资料，《词话丛编》没有全部收录。所以我们要注意读胡仔的原书。比如，《苕溪渔隐丛话》后集卷二十六就专门谈到苏轼的名篇佳词是哪些：

> 子瞻佳词最多，其间杰出者，如"大江东去，浪淘尽、千古风流人物"赤壁词；"明月几时有，把酒问青天"中秋词；"落日绣帘卷，庭下水连空"快哉亭词；"乳燕飞华屋，悄无人，桐阴转午"初夏词；"明月如

霜，好风如水，清景无限"夜登燕子楼词；"楚山修竹
如云，异材秀出千林表"咏笛词；"玉骨那愁障雾，冰
肌自有仙风"咏梅词；"东武南城，新堤固，涟漪初溢"
宴流杯亭词；"冰肌玉骨，自清凉无汗"夏夜词；"有
情风万里卷潮来，无情送潮归"别参寥词；"缺月挂疏
桐，漏断人初静"秋夜词；"霜降水痕收，浅碧鳞鳞露
远洲"。凡此十余词，皆绝去笔墨畦径间，直造古人不
到处。真可使人一唱而三叹。

　　胡仔在这里列举了苏轼《念奴娇·赤壁怀古》、《水调歌头》
（明月几时有）、《水调歌头·黄州快哉亭赠张偓佺》、《贺新郎》
（乳燕飞华屋）、《永遇乐·夜宿燕子楼梦盼盼因作此词》、《水龙
吟·赠赵晦之吹笛侍儿》、《西江月·梅花》、《满江红·东武会
流杯亭》、《洞仙歌》（冰肌玉骨）、《八声甘州·寄参寥子》、《卜
算子》（缺月挂疏桐）、《南乡子·重九涵辉楼呈徐君猷》等十一
首名作。胡仔的意见对后代人产生了很大的影响。后人选苏词、
评苏词的名作，常常离不开这些词。这是第一类专家型读者的
意见。

　　第二类是作家型的读者。作家、诗人、小说家，既是作者，
也是读者。他阅读作品的目的，常常是为了进行自己的创作，从
前人的作品里头汲取养料。美国学者韦勒克的《文学理论》，曾
精辟地说到，一部作品的生命力，不仅仅存留在他本人的作品

中，更存留在别人的作品中。一个作家，会发表对别人作品的意见，有时虽然不公开发表评论，但会借鉴别人的作品。一个著名的作家，如果明显受到另一个作家的影响，就会提升所借鉴作家作品的知名度和影响力。因此，作者，也是一种特殊类型的接受者。在诗词里，如果一位诗人或词人，唱和前人的作品，更会扩大那首被唱和作品的知名度。比如，北宋章质夫，普通读者都不熟悉其人其名，但读了苏轼的《水龙吟·次韵章质夫杨花词》，就会记住章质夫的名字。

第三类是普通型的读者、消费者。一般读者，阅读文学作品，常常是为了消遣和娱乐，他们可能会发表意见，也可能不公开、不直接发表意见，但是他们的接受度和口碑也会影响到作品的传播。购买者多了，自然会影响到传播者的传播意向和传播选择。传播者、出版商总是会根据市场行情来调节他的传播和出版目标。

这三个层次的读者，共同确定哪些作品是好的，哪些作品受人欢迎、哪些作品较受冷落。名作，最终是由不同类型的读者共同确定的。

那么，名作又是怎样确定的呢？或者说我们怎样去确认哪一篇是名作呢？我们可以用定量分析的方法，也可以采取定性分析的方法。这里不便讲具体操作的方法，但必须说明，名作的确认，是一个不断被发现、不断被解读、不断被肯定的过程。古往今来的名篇，都有一个共同特点，就是历史性，随着时间的推移，不断被发现新的审美内涵，发掘新的社会意义，从而得到新的肯定。"名篇"是相对的，不是绝对的。这个时代的人，认为它是优秀的篇章，都很喜欢它，但另一个时代，可能不一定认同它，因此名作不是一成不变的。比如，在我用数据统计分析得出的"宋词名篇排行榜"中，苏轼的《念奴娇·赤壁怀古》名列榜首，可以说是历来公认的经典名篇，但清代的词选家沈时栋就不认同。他的《古今词选》在谈及选词标准时说：

> 是集雄奇香艳者俱录，惟或粗或俗，间有败笔者置之。即名作不登选者，犹所不免。如坡公"大江东去"，虽上下千古，脍炙齿牙，然公瑾当年，奚待小乔初嫁而后雄姿英发耶？是亦此词之白璧微瑕也。四方同志，幸勿以强作解事见诮。

他也承认赤壁词是脍炙人口的千古名篇，但词中写怀古、写战争，却又写小乔、写女人。战争是要让女人走开的，怎么能写小乔呢？周瑜的"雄姿英发"，怎么会等到"小乔初嫁"后才激发出来呢！明显格调不高、白璧微瑕嘛。所以他在编《古今词选》的时候，就把《念奴娇·赤壁怀古》排除在外。晚清大词人朱彊村编选的《宋词三百首》，是 20 世纪影响最大的词选之一，也不选录苏轼这首赤壁词，把它排除在宋词名篇之外。所以，名篇是相对的，即使是公认的名篇，也有人不认同。

　　本书所讲作品，也不全是人们耳熟能详的。有些是公认的名篇佳作，有些则不太知名。但经过大家的传诵，今后有可能成为名篇。本书有意发掘一些优秀篇章，通过解读它、肯定它，使它今后成为名作，既丰富我们自己的心灵，也丰富我们的文学史。

约会：携手藕花湖上路

唐宋时期青年男女约会，比我们想象的要开放、浪漫、自由，他们可以在公共场所手拉手，肩并肩，甚至拥抱热吻。"一晌偎人颤""一向娇痴不下怀""和衣睡倒人怀"是约会词中常见的风景。词中常有故事性和戏剧性，注意描绘男女双方的声态、口吻、动作和心理活动，刻画旖旎温馨的场景，展现一连串动人的镜头。

　　根据爱情的发展进程，我们把爱情词分为约会词、离别词、相思词三类。爱情是从相识约会开始的，不认识就谈不上爱情。约会相识后总会有离别，离别之后有相思。我们按照这样的思路来讲爱情词，然后再讲另外一个特殊的类型——悼亡词，也可以说是生死恋歌。

　　先讲约会词。早在先民时代，男女青年就常常约会。《诗经》里经常写到约会的情景。《静女》《溱洧》都是写约会的名篇。《氓》也写到约会。"氓之蚩蚩，抱布贸丝。匪为贸丝"，来和我约会，而且约会的目的是商量婚事——"来即我谋"。《诗经》之外，汉乐府民歌和唐诗里也有写约会的诗篇。

　　唐宋词写约会的更多。这些约会词，往往具有故事性和戏剧性，一般都是用白描的手法，注重约会场景和细节的描写，对男女双方的声态、口吻、动作和心理活动，都有生动细致的描绘。比如，李煜的《菩萨蛮》：

　　　　花明月暗笼轻雾。今宵好向郎边去。划袜步香阶。手提金缕鞋。　　画堂南畔见。一晌偎人颤。奴为出来

　　难。教君恣意怜。

　　《菩萨蛮》这个词调，是句句押韵。词有两种标点方式，一种是按押韵的原则来标点，凡属用韵的地方都用句号，不管它的文意如何，韵脚字全用句号。我这里就是这种标点法。因为它句句押韵，所以都是句号。另一种方式是按照词意来标点，所以经常有一些逗号、句号、问号或感叹号。传统的标点方法，都是根据韵脚来标点。这两种标点方法，各有优劣长短。按照韵脚字来标点，一看就能够分辨哪句是用韵，哪句不用韵。只要是句号，就全是用韵。但在词意的理解上，这样可能会有障碍。根据文意来标点，便于理解词意，但在形式上、用韵上又不太容易掌握。

　　如果想用《菩萨蛮》词调来写词，可以先把这首词背诵下来，把它的平仄记下来。要特别注意它的用韵和换韵，上下两片有两个仄韵、两个平韵。"雾""去"是仄韵，"阶""鞋"是平韵。下片也一样，"见"和"颤"是仄声韵，"难"和"怜"是平声韵。

　　词的句式长短也要注意，《菩萨蛮》词调，上片是两个七字句再转换成两个五字句，七七五五句式，下片是四个五字句。片，又称阕，上片称上阕，下片称下阕。阕，是乐曲终了的意思。上阕，意味着上段的音乐告一段落，所以，上阕的最后一句叫歇拍，下阕的第一句叫过片，又称过拍，下阕的最后一句叫结拍，又称结句，意味着全曲终了。

　　说过体制形式以后，再来欣赏李后主《菩萨蛮》的内容。读词，需要想象，需要把语言符号想象还原成一种具体的形象、一种实在的场景，仅仅理解字词的意思是不够的，需要把字词所蕴含的意象整合构建成一种具体的画面。这首词好像一出独幕剧，有情节性和戏剧性。可以把"花明月暗笼轻雾"想象成一个舞台背景。"花明"，是呈现花团锦簇、鲜艳夺目的情景。"月暗"，写晚上月亮刚刚出来，朦朦胧胧的，舞台上笼罩着薄薄的轻雾，宁静优美、若明若暗。"今宵好向郎边去"，写一位容貌秀丽的少女悄悄走上台来，她心里满心欢喜、满心期待，禁不住自言自语：这个时候，正好去跟公子约会。"刬袜步香阶"，写她的动作神态。"刬袜"，是光穿袜子没穿鞋。如果穿鞋，走起路来有声响，容易被人发现。于是，她"手提金缕鞋"，把鞋子脱下来，提在手上，轻手轻脚地悄悄前去会情郎。还可以想象，她此时应该是一边走，一边左瞧瞧，右看看，看周边是否有人看见她。如果用视频来拍摄这首词的话，可以充分发挥想象力，别出心裁地设置背景，展现女子上台时的动作神态。

下片镜头跳转切换到画堂的南边，少女和情郎见面了，见面时，两人激动地拥抱在一起。"一晌偎人颤"，很生动地写出少女偎依在情郎怀里撒娇的神情。结拍写对话，少女深情地对情郎说："奴为出来难，教君恣意怜。"意思是，我出来一趟不容易，今天晚上随你怎样亲热都行。

这首词有场景，有故事性，更有戏剧性，写的是真实的故事。不仅是真实的故事，而且是李后主本人的故事。李后主先后有两位心爱的皇后，本是姊妹俩，姐姐称大周后，妹妹称小周后。大周后在病重期间，小周后进宫陪伴，跟李煜相识并相恋。这首《菩萨蛮》词就是写跟小周后结婚之前的一次约会。李后主太得意，竟然把自己的恋爱故事现场直播，让南唐的国民欣赏。李后主迎娶小周后的婚礼也非常隆重，当时整个南京城倾城出动，有人为了看得真切竟爬到房顶上，甚至发生掉下来摔死人的悲剧。

这首词的细节描绘可以说是精致入微。这么简短的几十个字，竟能够演绎一个活灵活现的故事，刻画出一幕旖旎婉转的场景，展现出一连串的动人镜头。词人高超精炼的表现手法，确实让人佩服。

我们再来读一首欧阳修的《南乡子》：

> 好个人人，深点唇儿淡抹腮。花下相逢，忙走怕人猜。遗下弓弓小绣鞋。　　划袜重来。半軃乌云金凤钗。行笑行行连抱得。相挨。一向娇痴不下怀。

宋代的男女，其实是很浪漫的，交往也是自由的。这首词不需要太多的讲解，就可以领会其中的恋爱故事。"人人"，是宋代的流行语，一种亲昵的称呼，相当于现在的"亲爱的"。"深点唇儿淡抹腮"，写少女嘴唇上搽了唇彩，脸上抹了淡淡的胭脂，到公园的花丛中与情郎会面。"花下相逢"，写两人在花丛中见面了，正准备拥抱亲热呢，突然旁边来了人，两人急忙跑开。"忙走怕人猜"，很有戏剧性。"走"，是跑的意思。本来是来约会，看到旁边有人来，生怕人家看破，所以赶快跑开。这小女子有一点慌张忙乱，因为跑得太急，"遗下弓弓小绣鞋"，把绣鞋给跑丢了。由这一句，可以知道，北宋初年，女子已经开始裹脚了，以脚小为美。过了一会，"刬袜重来"。鞋子不是跑落了吗？看到旁人走远了，就光穿袜子没穿鞋，羞答答地"重来"见面。作者又用一个特写镜头，写她的装束。"半嚲乌云"，是很时髦的发型，发髻偏垂在一边，也叫堕马髻。东汉应劭的《风俗通义》说："桓帝元嘉中，京师妇人作愁眉、啼妆、堕马髻、折腰步、龋齿笑。"后面接着解释说："愁眉者，细而曲折。啼妆者，薄拭目下若啼痕。堕马髻者，侧在一边。折腰步者，足不任体。龋齿笑者，若齿痛不忻忻。"这是当时大权贵梁冀家的妇人发明的，京师翕然仿效，大概是一种极妖媚风流的打扮，到了宋代还在流行。堕马髻的妆扮，突显出女子的娇媚模样。"金凤钗"，写乌云般的头发上还别着个镀金的凤形钗，都是很时尚的打扮。两人见面后，是"行笑行行连抱得"，一边走一边笑，时不时地相拥相抱在一起。"一向娇痴不下怀"，写少女向情郎撒娇发嗲：你看我的绣鞋都跑掉了，我怎么走路呀，你要抱我！愣是挂在情郎怀里不下来。

欧阳修是文坛领袖、正人君子，怎么会写出这样小儿女卿卿我我的词呢？词学史上曾经有过争论。宋代就有人说"欧阳公一代文宗"，是不会写这样的艳词的，肯定是小人写的，嫁名欧阳修。这反映出一种文学观念的变化。欧阳修当时写这类词，是以"游戏"的态度写的，用他自己的话来说，是"敢陈薄伎，聊佐清欢"，写俗词艳词，是酒席间用来助兴娱乐的。当词的地位提升后，人们就开始不太认可这类词了，进而怀疑这不是出自欧公的手笔。其实，北宋时期对这类词，跟我们现在对流行歌曲的态度差不多，喜欢它，但又不怎么看重它，以"小道"视之。我们现在对流行歌曲，虽然不鄙视，但也仅仅是把它当成一种娱乐消遣，并没有把它当作正儿八经的文学艺术。翻开 20 世纪的文学史，好像没有歌曲的位置。

从五代至北宋，词是社会文化消费的主导品种，主要目的是娱乐消遣，人们对它没有什么严肃、崇高的要求。而词的广泛流行，深受大众欢迎，也刺激了创作者的热情，从而大范围、大气力地从事词的创作。发展到后来，被认为是一代文学的代表。但当时写词的人，纯粹是抱着一种娱乐的态度，随写随扔，并不把写词当作是一种严肃的文学创作，只是一种文字游戏而已。南宋初胡寅《酒边集序》就说北宋词人写词，"随亦自扫其迹，曰谑浪游戏而已"。不过宋代人做的是高水平的文字游戏，比我们现代人玩得高雅，而且更富有现场感。他们在宴席上要听歌或唱歌，就现场写一首给歌女即席演唱，客人想听什么，词人就写什么；客人想听什么乐器，歌女立马就弹奏什么乐器。

北宋人对词的这种随意即兴的态度，反而促进了词的发展和繁荣。因为正统的诗文，要"载道""言志"，要符合传统的道德观念，有许多内容和题材的限制，个人隐私性的情感不能公开表达。李商隐的《无题》诗，好多是写爱情的，因为爱情不便在诗里公开直接地抒写，他就只好写得遮遮掩掩、吞吞吐吐、朦朦胧胧。而词体，却可以随意写、大胆写，人们最隐秘的情感经历、最真切的爱情体验都可以用词来坦率地表达、放声地歌唱。正因为词体这种随意性和开放性，词人们一不小心就把长期被封闭的爱情屏障给打开了，很多优秀的篇章便应运而生。

除了受当时词体观念的影响，即词体不受伦理道德的束缚之外，欧阳修本人，早年的生活也是非常浪漫的。他在《答孙正之书》中就说，自己通晓事理、接受"圣人之道"比较晚，三十岁以前，"嗜酒歌呼，知以为乐，而不知其非"。他年轻时好喝酒，喝酒的时候写词让歌妓演唱，本是家常便饭。他在娱乐消遣的生活场景中写出《南乡子》这样的作品，其实一点都不奇怪。欧阳修写香艳词，是当时词的创作观念和社会风气使然。时过境迁，人们就不能理解了。

读了两首男性词人的约会词，我们再来看看出自女性词人笔下的约会词：

> 恼烟撩露。留我须臾住。携手藕花湖上路。一霎黄梅细雨。　　娇痴不怕人猜。和衣睡倒人怀。最是分携时候，归来懒傍妆台。

　　这是南宋女词人朱淑真的作品。在宋代女词人当中，朱淑真的影响和地位应该是仅次于李清照的。朱淑真的生平事迹我们不太清楚，只是从她作品中感受到她的婚姻不太得意，所嫁非人，因此就自己去追求理想的爱情。这首词就是她追求爱情的场景实录。

　　欣赏诗词，要注意整体阅读，前面的词句要联系后面的词句来理解。词写情侣清晨湖边约会。一大早，湖上烟雾弥漫，晨露未晞，大概见面一次不容易，"奴为出来难"，所以恼恨"留我须臾住"，在一起只待了一会儿。其实热恋的时候，时间过得飞快，"相看两不厌"，相处了一天也仿佛是一会儿。所以这"须臾"，是心理时间，不是自然时间。"携手藕花湖上路"，写她跟心上人牵着手，在湖边漫步，欣赏着荷塘景色，湖里娇艳欲滴的莲花映衬着岸边丽人幸福的脸颊，一幅多么和谐优美的图画！可天公不作美，"一霎黄梅细雨"飘来，淋湿了衣衫。不过，意外的"打击"却给他们创造了两人单独相处的绝佳机会。由"娇痴不怕人猜"句，我们可以想象，他俩跑去躲雨，可能躲到一个亭子里，也可能是屋檐下。这时候火热的激情实在是"黄梅细雨"浇不熄的，也不管别人认不认得，也不怕别人猜疑，她就"和衣睡倒"在情郎的怀里。那个激动、那份幸福，真是旁若无人、自在甜蜜。最难舍的是分手的时候！这么难得的机会，这么幸福的时光，哪里舍得离去呢。"分携"，意思是分手离别。"分携"的

"携"，读平声 xī。"归来懒傍妆台"，用细节写回到家以后，激动的心情还没有平复下来。"懒傍妆台"，大概发型都乱了，脸上的胭脂也模糊了，可无心再去整理补妆，只是痴痴地看着菱花镜中自己那如桃花般嫣然娇羞的脸，陶醉着回味着湖畔那浪漫的时光。她的心醉、她的喜悦，都在变化的场景中得到生动的呈现！有场面的描绘，有细节的刻画，有心情的呈现。人、景、情，构成一幅生动明快的雨中湖畔约会图。

朱淑真为她的这个勇敢举动，付出了沉重的代价。她去世之后无葬身之地，她的夫家和娘家都不容她，不让她入土安葬。我们中国古代对葬礼非常重视，有的穷人家没有钱安葬，灵柩一放就是几年、甚至十几年，等有钱以后再隆重下葬，入土为安。而朱淑真的遗体是火化的，她的诗词作品也被她的娘家人一把火烧光了。

朱淑真的作品之所以能够流传下来，得力于一位叫魏仲恭的人的搜集整理。一次偶然的机会，魏仲恭在杭州的旅店里听到有人歌唱朱淑真的词，朗诵朱淑真的诗，觉得特别感人，于是成了朱淑真的粉丝，开始留心搜集偶像朱淑真的作品，最终把她的诗词编在一起，取名为《断肠集》，并刻印流传。我们之所以能了解朱淑真的生平事迹，也是因为魏仲恭在序里透露了一点端倪。魏仲恭序里说已有人给朱淑真写过传记，他就不多说了。遗憾的是，别人写的传记没有流传下来，魏仲恭也没有将其收录在朱淑真的诗集里。幸运的是，朱淑真收获了这么个铁杆粉丝，让她的作品得以流传。如果没有魏仲恭的搜集整理，中国文学史上就会缺席一位杰出的女词人了！

文学史上有很多偶然、有趣的现象。朱淑真的作品跟李清照比起来，艺术水准最多差一个等级。如果说李清照是一流词人，朱淑真至少是二流或者一流半的词人。在南宋时代，李清照是名满天下，可朱淑真是一点名气也没有。除了魏仲恭把她的作品搜集成书，写了一篇序外，在宋代的文士阶层，没有留下一点儿痕迹和影响。现存的史料里，很难看到人们对朱淑真的任何评论，哪怕是否定性的只言片语也没有。

李清照就不同了，声名卓著。一个重要原因是她的家庭非常显赫，她的丈夫赵明诚是著名学者；她父亲李格非，名列苏门后四学士之一，也是文坛的知名人物。苏门前四学士之中，晁补之和张耒都表扬过李清照。宋代文士，有一种出名的途径，就是"名家印可"。如果文坛领袖或社会名流说某人好生了得，此人就会一夜成名。张耒和晁补之都说李格非的姑娘了不得、有才气，李清照的名声自然就提升。李清照的公公赵挺之官至宰相。李清照娘家和婆家的背景，让她想不出名都不行。所以李清照很幸运——这只就文学的影响力和知名度而言，她后半生的遭遇另当别论。

李清照生前的文名比朱淑真不知要大多少倍，但在身后，李清照跟朱淑真比起来又算不幸了。在南宋，李清照的作品有好几种版本传世，有一卷本、三卷本、五卷本、六卷本、七卷本和十二卷本，可谓畅销一时，备受欢迎。但是到了元代以后，这些版本统统失传，以至于明末毛晋刻李清照词集的时候，只搜罗到她的十几首词。我们现在读到的李清照诗词集，都是清代以来学者们相继整理的本子。目前李清照的作品集，最可靠的应是王仲闻先生编的《李清照集校注》，人民文学出版社出版。李清照传世的词作，比较可靠的大约有 50 来首。不过，这些词作可都是精品，堪称"精品现象"。苏轼、辛弃疾等大词人流传下来的词作很多，苏轼有 362 首，辛弃疾有 629 首，但并不是篇篇精彩，有些词作质量很一般。词史上，李清照和李后主传世的词作几乎都是精品。李后主传世的词作，可靠的也只有 30 多首，但每一首都精彩。

　　文学史上有很多现象非常有趣，有些也不大好解释。李清照的作品，在宋代传播那么广、那么受欢迎，为什么到了元代以后就全部失传？而魏仲恭编的朱淑真诗词集是一线单传，居然还完整地保存下来。这是什么缘故，是偶然还是必然？我也解释不了。

　　下面再读周邦彦的《少年游》：

　　　　并刀如水，吴盐胜雪，纤手破新橙。锦幄初温，兽烟不断，相对坐调笙。　　低声问向谁行宿，城上已三更。马滑霜浓，不如休去，直是少人行。

北宋词坛上，周邦彦是深受大众欢迎的词人。如果按照现在时兴的排行榜来给北宋词坛上流行的词人排名，第一名应是柳永，第二是周邦彦，第三是秦观。这三位在大众心目中可说是"天王级"的人物。柳永的歌词，一直到北宋末年还在传唱，流行了将近一百年，北宋最后一位宰相何㮚就是柳永的狂热粉丝。金兵攻陷汴京前夕，何㮚在宰相办公室里，一边哼柳词，一边看军事地图。苏轼在后世的文学地位很高，但在北宋流行乐坛上影响并不大，他的很多词作都不好歌唱。比如名作《念奴娇·赤壁怀古》，人们喜欢读，但很少有记载提到被人传唱的。

周邦彦的歌词一问世，就大受追捧。到了南宋，周邦彦受欢迎的热度仍然没有"退烧"。强焕的《片玉词序》说，他在周邦彦任溧水县令八十年后，来溧水任职，闲暇时宴请宾客，歌者唱的词，仍然是以周邦彦词为首选，所谓"暇日从容式燕嘉宾，歌者在上，果以公之词为首唱"。陈郁《藏一话腴》外篇卷上也说："周邦彦字美成，自号清真。二百年来，以乐府独步。贵人学士、市儇妓女，知美成词为可爱。"甚至南宋灭亡以后，在元大都也还有人唱清真词。现在歌坛的歌手，能当红一二十年，已很难得。而宋代的周邦彦走红词坛一二百年，实在是了不起！

我们再看他的《少年游》，词写约会场景，非常有情调。环境是在夜间的室内。可以想象两位主人公是一对恋人。词的开篇"并刀如水，吴盐胜雪，纤手破新橙"，写的是一位温柔多情的靓妹，用锋利的"并刀"切橙子，招待客人。并刀是山西太原产的刀，就像现在的王麻子剪刀、张小泉刀一样，是当时的名牌货。"吴盐"，是产于吴地的很精致的盐，像雪一样白。据说新橙加一点盐作佐料，就没有那么酸，会变得比较甜。"纤手"，是鲜嫩雪白的小手，像水葱儿似的，白白嫩嫩的。切个刚买来的新橙，招待心上人。

下面是写环境。不同的词作，表现手法有差异。有的是先写见面的环境，而这里是先写见面的动作，再写环境。用新橙招待，用考究的并刀来切成片，放上精致的盐作佐料，体现出女主人公的细致与多情，让男子有受宠若惊的感觉，十二分的感动，于是先写这个印象最深的细节。就像晏几道《临江仙》词写与小蘋初见，对她的"两重心字罗衣"印象最深一样。"锦幄初温"，写室内的锦绣帘幕垂挂，刚刚生起火炉，让人感觉很温暖。白居易《别毡帐火炉》诗说："复此红火炉，雪中相暖热。""兽烟不断"的"兽"，是指兽形的香炉。李清照《凤凰台上忆吹箫》词的"香冷金猊"的"金猊"，是镀金的狮子形香炉。"兽烟不断"，要想象暖融融的屋里，红烛高照，香炉上飘着袅袅香雾，仿佛闻到沁人心扉的香味。这环境好生优雅！两个人坐着，面对面地"调笙"吹笙，情调更高雅！要想象男的吹着笙，女子伴乐歌唱，彼此含情脉脉、深情款款。我们仿佛听到悠扬悦耳的笙响、女子柔美婉转的歌声。

时间过了很久以后，女子多情而又关切地低声问男子道，"向谁行宿？""谁行（háng）"，是哪里。意思是你今晚准备在哪里住宿，言下之意是想他留宿。看到男子不明白她的意思，又补充说，"城上已三更"，现在城墙上已传来三更天的鼓声，意思很明白，能否留下不走呢！男子很木讷，还是没领会女子的用意，于是女子进一步关切地说："马滑霜浓，不如休去。"外面天气很冷，霜又厚又重，路滑不好走，还是不要离开，就在我这歇宿吧。男子也许明白了女子留宿的意思，可借故还是要离开。女子又找了一个理由，说"直是少人行"，你一个人出去，多孤单啊，孤身走夜路，让人放心不下啊！理由一个接一个，既显关心，又委婉地表达了让男子留宿的深情。最终的结局如何，男子是被她的真情打动留下呢，还是不得不离去，读者自可猜想。

　　这首词写约会，情调香暖，但纯洁高雅。对话之中，凸显女子的深情、温柔和体贴。虽然亲昵，但很健康。

　　读了上面几首词，可以看出词的另一个特点。词本来是抒情的，是配合音乐歌唱的，词的抒情性应该比诗歌更纯粹、更强烈。但词在发展演变过程中，也逐渐增强了叙事性。以上几首词，都有比较鲜明的故事性。词体，特别是小令，更多的是用比兴、象征等手法来抒情，像这种有故事性的词作，在唐宋词之中不是很多。唐宋词的叙事性，也常常表现得不这么直接，它是用一种含蓄的方式来潜在地、隐性地叙事。

　　词这种潜在的叙事性、故事性，对我们当代的歌曲创作也有一定的启发性。比如前些年流行的那首歌曲《小芳》"村里有个姑娘叫小芳"，歌唱的是"文革"期间知青下放的故事，但歌词本身并没有讲故事，只是描绘小芳姑娘长得漂亮，"辫子粗又长"，在那个特殊的年代，给了"我"特殊的安慰。应该有故事，却没有讲故事。如果它汲取借鉴唐宋词中这类约会词的特点，也许能把这个故事讲得更鲜明生动。故事是潜在的，但能让人想象、体会到，这会增强歌词的艺术魅力。

上面讲的这几首词，基本上都是用白描手法。在文人词里，这种手法的开创者应该是韦庄。韦庄与温庭筠并称为"温韦"，影响都很大，但温庭筠词更多的是用比兴象征的手法，通过环境的烘托、动作的勾勒来抒情。而韦庄词注重白描。我们看看他的《女冠子》：

> 四月十七。正是去年今日。别君时。忍泪佯低面，含羞半敛眉。　　不知魂已断，空有梦相随。除却天边月，没人知。

这不是约会词，而是相思词。我举这一首，是想说明近似的表现手法。他把时间说得清清楚楚，看起来很直白，但充满着深情，因为痛苦的日子，总是让人难忘。"四月十七"，是他和她离别的日子，刻骨铭心。词也有细节的描写"忍泪佯低面"，特别生动而意味深长，表面写女子的害羞，其实是写强忍离别的痛苦。分别的时候，忍着泪，低着头，皱着眉头，生怕对方伤心，强忍眼泪不让它流出来。借此表现女子的多情与体贴。离别以后，伤心欲绝，"空有梦相随。除却天边月，没人知"。韦庄生在晚唐，唐朝灭亡以后，他到前蜀做了宰相。他有一个爱姬，非常漂亮，被当时的小皇帝王建看见给抢走了。传说他这首词就是怀念爱姬的，是真人真事真情真景的回忆。

和韦庄的追忆去年今日不同，北宋张先的《更漏子》是现场情景的实录。且看他的《更漏子》：

　　　锦筵红，罗幕翠。侍宴美人姝丽。十五六，解怜才。劝人深酒杯。　　黛眉长，檀口小。耳畔向人轻道。柳阴曲，是儿家。门前红杏花。

这首词是写宴会上发生的恋情故事。"锦筵红，罗幕翠"，写宴会环境的华美。"红"与"翠"，色彩鲜艳夺目，对比强烈。景美人更美："侍宴美人姝丽"，侍宴的一位歌女，长得非常靓丽。词写美人，一般不出现"姝丽"这样评价性的语句，大多是通过形体装扮的描写让读者去体会她的美丽。张先的词，常常是有名句而无完篇，有的句子写得很好，但全篇不是很浑成。有时直接地评价美的程度，会缺乏一种动人的魅力。就像讲笑话，讲笑话的人如果先说这个笑话很好笑，结果讲出来后未必好笑，因为听者期望值很高，觉得肯定很好笑，等到听过后也不过如此。讲笑话，要出其不意。写词也是如此。与其说"侍宴美人姝丽"，还不如说她是怎样的美丽动人。汉乐府里《陌上桑》写秦罗敷的魅力，就不是正面写她的美丽，更不是用评价性的语言说她如何美丽，而是用路人、行人看见罗敷后的种种反常反应来烘托她的美丽。词中这位侍宴佳人是怎么样的一位可人儿呢？十五六岁年纪，就善解风情，爱慕才子。也可能是词人自作多情，自我感觉太好。"劝人深酒杯"，女孩子好像对他特别多情，劝他多喝，要他一饮而尽。

俏佳人究竟长得如何？长眉小口红唇。"黛眉长"，"黛"是画眉的颜料，眉毛画得细长。"檀口小"，樱桃小口搽了口红，红艳夺目。古人常用黛眉檀口形容女子的美丽，比如晚唐韩偓有诗说："黛眉印在微微绿，檀口消来薄薄红。"少女长得秀气动人，又对词人眉来眼去，直让他热血沸腾。"耳畔向人轻道"几句，更富有戏剧性。女孩子向他劝酒的时候，偷偷地在他耳边说："柳阴曲，是儿家。"我家住在柳树旁边，门前有一个特别的标志，有一株红杏花。俏佳人主动告诉词人自家住址，显然对他意有所属。女孩子的主动、多情，寥寥数语就传神地表现出来。才子听罢，一定是激动万分。当然，这需要我们去补充和想象。张先善于写歌筵中听众和歌女情感的交流，也擅长写歌女的才艺，给人一种强烈的现场感。

我们今天是把唐宋词当作文学作品来阅读。在唐宋时代，人们不是读词，而是听词，就像我们今天听流行歌曲一样。词在当时是一种融歌舞表演、音乐、文学三位一体的综合艺术，既有文学性，又有漂亮的歌女演唱，还有音乐伴奏。当时听歌，比我们现在读词更富有艺术感染力。而听歌，常常不是一个人在屋里像读书似的独自欣赏，而是众人在一起观看欣赏，有一种热闹的氛围、强烈的现场感。我们现在看球赛或歌舞演唱会，在现场的感受，跟一个人在家里看电视的感受截然不同。同样的道理，一个人在案前读词，跟几个朋友在现场听歌的感受是大不一样的。而且宋人听歌，常常是在宴席上，有美酒，有美女，有朋友，张先的词善于把这种现场感表现出来。

离别：相劝相忍分离

离别，是古人心理难以承受之重。中国古代是农耕社会，人们安土重迁，由于交通不发达，通信不方便，离家远行，犹如生死相隔。所以古人把离别看得特别重，离别是古人心头永远无法回避的伤痛。人们常说"生离死别"，古人把生的分离和死的永别同等看待，因此离别也就成了唐宋词一大主题。

离别，是古人心理难以承受之重。我们中国古代是农耕社会，人们安土重迁，由于交通不发达，通信不方便，离家远行，犹如生死相隔。所以古人把离别看得特别重，可以说，离别是古人心头上永远无法回避的伤痛。屈原《九歌·少司命》有两句名言："悲莫悲兮生别离，乐莫乐兮新相知。"意思是，人生最大的痛苦，莫过于活着的时候与亲友离别；人生最大的快乐，莫过于找到一位心心相印的知己。唐代诗人李商隐《离亭赋得折杨柳》诗极端地说："人世死前唯有别。"人生在去世以前最痛苦的就是离别。人们常说"生离死别"，古人把生的分离和死的永别同等看待，因此离别也就成了中国古典诗歌特别是唐宋词中永恒的主题。

中国古典诗歌中的离别主题，有一些基本元素。第一，要表现送别或离别的场所、地点。第二，要表现离别的时间、季节。一般说来，一年四季，人都会有离别，但在古代离别诗词里，写春天和秋天离别的特别多，因为春秋是令人感伤的季节。伤春和悲秋，是中国古代诗人的两大情结。离别的季节时令，安排在春秋两季，可以起到烘托情绪氛围的作用，所谓"自古多情伤离别，更那堪、冷落清秋节"。第三，要表现离别双方的身份和关系。送别双方，可能是友人、家人，也可能是恋人、夫妻。关系不一样，情感心态有别。第四，是离别双方的心态情感。离别的情感基本上是感伤的，但也有鼓励、有安慰。比如王勃的《送杜少府之任蜀川》，安慰他的朋友说："无为在歧路，儿女共沾巾。"高适的《别董大》则激励友人："莫愁前路无知己，天下谁人不识君！"

下面欣赏宋代离别词。先看无名氏的《鹧鸪天》：

> 镇日无心扫黛眉。临行愁见理征衣。尊前只恐伤郎意，阁泪汪汪不敢垂。　　停宝马，捧瑶卮。相斟相劝忍分离。不如饮待奴先醉，图得不知郎去时。

这首词没有什么景物的烘托描写，也没有用象征手法，我们读过之后却满心生怜。女主人公的温柔与多情，特别让人感动。离别的双方应该是夫妻，是妻子送夫君远行。"镇日无心扫黛眉"，写离别之前，妻子整天都很郁闷、伤感。女为悦己者容，夫君要离别了，她却没有心情去画眉、妆扮。"黛"，是画眉用的颜料，"扫"是画眉的意思。离别之前，妻子已经是忧心忡忡；临别时，她的情绪更加沉重。从"愁见理征衣"的细节，可以想象妻子含着眼泪打量着事先为夫君收拾整理好的行装。"理征衣"，见出她的贤惠体贴。

古人送别，有饯行的习惯。"饯行"又叫"祖道"。"祖道"，不仅仅是一种习惯，也是一种仪式，祭祀路神，祈求路上的神灵保佑远行人平安顺利。饯行，有的是在家里，有的是在外面。柳永《雨霖铃》词曾写道"都门帐饮无绪"，这"帐饮"就是饯行，家人在路边饯行，用帐篷围起来。围帐有两个作用，一是防灰尘，二是避免女眷被人看见。如果分手时哭哭啼啼的，路人见了也不太雅。这首词中的"尊前"句，写饯行时妻子举酒相劝相敬，妻子生怕眼泪流出来，会使夫君看见心里难受。"阁"，同"搁"，她忍着眼泪在眼圈里打转转，不让它流出来。柳永《雨霖铃》写分离之际，男女双方是"执手相看泪眼，竟无语凝噎"，而这位女子是强忍泪水。为了安慰夫君，还强带笑容。这情形，比痛哭流涕或者号啕大哭更让人心折神伤。

"停宝马"，因为不忍分离，丈夫骑马出门以后，又喊他停下来，她追出门去，捧着酒杯，让他再喝一杯，吩咐他路上多加小心，注意身体，目的是拖延时间，晚一些分离。"瑶卮"，是形容珍贵的酒杯。"忍"，是岂忍、怎忍、不忍的意思。诗词里经常有这种用法，没有否定词，表达的却是否定的意思。

"不如饮待奴先醉"，如果按日常语序，应该是"不如待奴饮先醉"，意思是不如让我先喝醉。"图得不知郎去时"，是说我喝醉了，你浪迹天涯，走向何方，我就不知道了。用沉醉来忘却离别的痛苦，表现出妻子的痴心、深情。

这首词，妙在传神地写出妻子离别时的心理过程、心绪变化。离别之前，她苦闷忧愁；离别之际，她温柔多情，生怕对方伤心，因此，自己含着眼泪，把离别的痛苦独自吞咽。词里没有表现离别后的痛苦，但从"相劝忍分离"，可以想象别后的思念又是何等强烈。清代词学理论家陈廷焯，曾在词选《闲情集》中说这首是千古离别词中最好的一首："语不深而情深，千古离别之词，以此为最。"我很认同他的评价，这确实一是首绝妙好词！

再看南宋陈逢辰的《乌夜啼》：

> 月痕未到朱扉。送郎时。暗里一汪儿泪没人知。　搵不住。收不聚。被风吹。吹作一天愁雨损花枝。

语言朴素简约，韵味却十分悠长。"月痕未到朱扉"，是写景，也可以看作交代时间和地点。从"朱扉"，红色窗户或门户，可以看出是在小楼里头。"月痕未到"，月亮还没有上来，也可能是天刚刚黑。同时还暗示着：月亮没上来，屋里是昏暗的，可能连灯都没点上。这就为下文写主人公的眼泪做了铺垫。"送郎时"，点明月亮还没上来的时候，她和她的情郎离别。同样是写眼泪，这位女子的眼泪和上一首《鹧鸪天》里抒情女主人公不太一样。那位妻子是强忍眼泪不让流出来，怕她的夫君为此伤心。而这位女子，也许她送走情郎以后，她的情郎对离别看得很轻，不太在意；或者情郎挥手告别后，她一个人在那里暗自垂泪，"没人知"。前一首有一种心心相印的相互理解，这一首是单向的相思，离别后她独自伤心。

下阕由眼泪生发开去。离别之后，泪水纵横，止不住，擦不干。"被风吹"，我们可以想象，此时女主人公由室内走到室外，才被风吹。最后一句想象奇特："吹作一天愁雨损花枝。"这堪称名句。唐宋词里，有人把愁比作长流水，如李煜的"一江春水向东流"，欧阳修《踏莎行》词的"迢迢不断如春水"。而这首词是把眼泪想象成"雨"，眼泪被风一吹，化作一天的愁雨，而且折损了花枝。"花枝"，是写实，也可以说是象征，象征着她的容颜、她的青春。情郎离去之后，她再也没有了欢乐、没有了开心，就像柳永《雨霖铃》词写的："此去经年，应是良辰好景虚设。"她的面容也一天一天地消瘦，再也没有了往日的光彩。"吹作一天愁雨损花枝"和李清照的"帘卷西风，人比黄花瘦"，有异曲同工之妙。

上面两首词，写法上有什么异同？我们可以归纳一下抒情模式。一是送别的场所。女性的离别，基本都在闺房绣户之内。二是时间。这一首是在月牙初上的夜里，前一首词的时间没有明写。一般写送别，季节和时令都有所交代，有的通过景物描写来暗示，有的是直接点明。三是角色身份，这两首词比较接近，都是夫妻，至少是恋人。而且都是女送男。四是抒情视角。在叙事文学里，有所谓叙事视角。在抒情词里，同样也有抒情视角。这两首词都是采用女性和居者视角，是居者送行者。居者是居家的人，行者是外出远行的人。

有必要提示一下，词中的"抒情主人公"和"抒情者"不同。这两首词的抒情主人公都是女性，抒情者是作者，但也不能完全等同于作者。抒情主人公，是词里出现的人物，抒情者是来叙述这个主人公思想感情的。就像小说里，有主人公，也有讲故事的叙述者。我们过去常常把抒情者和抒情主人公等同。实际上，抒情主人公、抒情者和作者，有时是有差异的。这两首词，都是站在女性的视角，来抒发女性抒情主人公的离别愁苦。很明显，陈逢辰是一位男性。他的生平事迹，我们虽然不清楚，但他的字和号是清楚的。作为男性作者的陈逢辰，既不是词中的主人公，也不能完全等同于词中的抒情者。《文艺报》2005 年 2 月 24日刊有朱迪光的论文《古代诗人与诗作中的抒情者》，专门探讨这个问题。过去我们把诗词中的抒情主人公等同于诗人，这在理论和实践上是有缺陷的，其实抒情者和抒情主人公是不同的。

写法上，这两首词都是单向的书写，而不是双向的描写。虽然前一首写到"伤郎意"，但它是站在女性的角度单向地表达对远行情郎的体贴关心，没有写到情郎对居者是一种什么样的态度、有什么样的情感。两首词表现的心态也不一样，《鹧鸪天》主要写女子在离别之际的不忍分离，《乌夜啼》主要写女子离别后的相思。

如果我们要创作离别诗词，从这里可以受到启发。构思时，可以侧重表现离别之前的心理活动，也可以着重表现离别之后的心绪涟漪。虽然我们今天通信和交通都很发达方便，对离别已经不那么在意了，但朋友之间的分离，还是常常会引起心灵的颤动、情绪的变化。虽然不像古人那么感伤、那么悲哀，但总会在心里引起波澜。我们可以把这种心底波澜用词的形式表达出来，留作纪念。

下面我们再读秦观的《临江仙》词：

> 髻子偎人娇不整，眼儿失睡微重。寻思模样早心忪。断肠携手，何事太匆匆。　　不忍残红犹在臂，翻疑梦里相逢。遥怜南埭上孤篷。夕阳流水，红满泪痕中。

据考证，这是秦观在和他的妻子离别后写的。"南埭"的"埭"（dài），是水坝。"南埭"，在秦观的家乡高邮。在秦观词中，这首词不算是最好的，但跟前面两首词具有相同的韵味，所以我把它选出来比较。秦观此词开头，用了一个细节，描写离别时的情态："髻子偎人"，也就是妻子依偎在丈夫的怀里。"髻子"是种发型。夫妻要离别，自然有一种特别的亲昵。妻子躺在夫君的怀里，耳鬓厮磨，发型已经零乱了，来不及整理梳好。"娇"是娇滴滴的，临走时撒娇，抱着他不让走。"眼儿失睡微重"，是说一晚上没睡好，她舍不得丈夫远离。这句是通过早上的"眼儿失睡微重"来写她晚上辗转反侧、寤寐思服的心情。用外貌神态表现内心的感伤，是传承五代词的写法。温庭筠《更漏子》词的"眉翠薄，鬓云残"，就是明写女子的画眉淡了、发型乱了，暗写女子夜不能寐，在床上翻来覆去的情形，侧面表现她深夜独眠的寂寞苦闷。

此词的抒情视角，是站在行者丈夫的角度来观察妻子的神态。看她的神情是"早心忪"，一副难舍难分的模样。"心忪"是心动的意思。这是写离别之前。即将离别时候，两人携手难分，柔肠寸断。"断肠携手"，是双向描写，这既是妻子的感受，也是丈夫的感受。这"携手"的情景，可以联想到柳永的"执手相看泪眼，竟无语凝噎"。在唐宋词里写离别，常用"断肠"来表达内心的极度痛苦。"何事太匆匆"，是妻子的询问，语气中充满着期盼；也可理解为丈夫的自白，语气中流露着无奈。人生，原本就有许多身不由己的无奈啊！

词的下片，有跳跃和起伏。相对而言，《乌夜啼》的思绪是一以贯之，是单向描写，接着离别后的相思一直往下写，情绪缺少跌宕和变化。这首词不明说相思，而说"不忍残红犹在臂"。因为"髻子偎人"，所以她脸上的胭脂和她唇上的口红还残留在他的手臂上，夫妻的温馨更驻满心头。离别上路了，他还在想着离别前温馨的情景，想着妻子那娇滴滴的神态。"翻疑梦里相逢"，就出现了跳跃，又回复到分离前的相拥厮守。好像没有离别似的，梦里两个人又重新聚首在一起了。这个"翻"，相当于

"反"。唐代诗人、大历十才子之一的司空曙有首诗，叫《云阳馆与韩绅宿别》："乍见翻疑梦，相悲各问年。""安史之乱"后，两人好长时间没有见面，突然相见，简直不敢相信是真的，怀疑是不是在梦里。两人情绪定下来以后，互相探询一番，彼此问候对方：这几年你过得可好？两句诗把见面时的惊喜表现得非常真切传神。

秦观这首词，情感的跳跃性更强。离别之后又把思绪拉回到离别之前的温馨幸福，不说相思而相思自在其中，路上的孤寂也自在言外。这比直接说"我真的好想你"要有兴味得多。"遥怜南埭上孤篷"，是写远行人，我们可以把他想象成是词人秦观自己，我们姑且把抒情者当作是词人本人。分别了好久，还念想着上船分手的情形。这一句，既可以想象为秦观上孤篷船的时候，他的妻子伫立岸边挥手告别的神态，也可以理解为是他想象妻子在家里回忆南埭上船分别时的情形。那情景，让人联想到白居易《琵琶行》里写江头夜送客的情景。

结拍"夕阳流水，红满泪痕中"，是文人词的典型写法。不直接说离别以后是何等感伤，而用一个空镜头，用景物来写满腹的愁恨。白居易《琵琶行》就常用空镜头："曲中收拨当心画，四弦一声如裂帛。东船西舫悄无言，唯见江心秋月白。"一个空镜头给读者留下了涵泳回味的广阔空间。"夕阳""流水"两个意象，都具有象征意义。夕阳残照，让我们联想到白居易的"一道残阳铺水中，半江瑟瑟半江红"，还可以联想到温庭筠《望江南》

词的"过尽千帆皆不是，斜晖脉脉水悠悠"。秦观这四个字，我
们可以把它放大成"斜晖脉脉水悠悠"。"南埤上孤篷"，孤帆在
河水上寂寞前行，空空荡荡的江面，在夕阳映衬之下荡漾着粼粼
波光。"红"本是夕阳之红，是水面映照的夕阳之红，但在离人眼
中，竟幻化成相思的泪水，好像河水里流淌着离别双方的泪花。
于是，"红"，可以想象成夕阳照耀下的流水，也可以想象为离人
双方的眼泪。中国古典诗歌的结尾，要求"言有尽而意无穷"，
这首词就有这样的审美效果。

最后补充一点，词中"残红犹在臂"，暗含着一个典故。唐
代元稹的传奇小说《莺莺传》里，写张生和崔莺莺第一次约会
后，张生仿佛在梦中，莺莺的"残红"仿佛在臂。《会真诗》说：
"衣香犹染麝，枕腻尚残红。"小说原文是："张生辨色而兴，自
疑曰：'岂其梦邪？'及明，睹妆在臂，香在衣，泪光莹莹然，犹
莹于茵席而已。"秦观词的残红在臂，暗用的就是这个典故。如
果不是偶然的巧合而是自觉地用这个典故，那么这首词还可以作
另外一种理解：不是夫妻的离别，而是秦少游和他另一位相好女
子的离别。当然，也许词中不是纪实性的，而是虚构的故事，离
别双方的身份有时我们不一定要特别当真。

从表现方法看，这三首词的共同特点是都着重写人和写情，
离别的场面和过程写得多一些，而不注重环境、氛围、景物的烘
托。秦观词稍微有一点细节描写。

我们再看周邦彦的《蝶恋花》，一首短小的词却讲了一个动

人的离别故事：

> 月皎惊乌栖不定。更漏将残，辘轳牵金井。唤起两
> 眸清炯炯。泪花落枕红棉冷。　　执手霜风吹鬓影。去
> 意徊徨，别语愁难听。楼上阑干横斗柄。露寒人远鸡
> 相应。

周邦彦善于用词来讲故事，在长调里讲故事，在小令里也能够讲故事。离别之情，大体上有两种写法，一种是借景托情，通过景物烘托离情。另一种是因事衍情，借故事来推演、抒发情感，情感的历程是变化的。借景托情，往往写的是片刻、瞬间性的情绪，或者说是情绪的片断，它通过片断性的画面组接，表现片时性的情感和瞬间性的思绪。而因事衍情，是借助一个故事来表达一种情感流程和情感变化，这种情绪有延续性、变化性和跳跃性。

周邦彦用词讲故事，最早是由吴世昌先生发现并提出来的。他是中国社会科学院文学研究所著名的词学家、红学家。他的《词林新话》，多有独特见解，书中经常指出词人词作的毛病，更是一大特点。古代文学研究著作，大都是说优点特色，很少有说毛病的。钱锺书先生也好挑古人的毛病。他的《宋诗选注》小传里，经常说王安石的诗有什么毛病，苏轼诗有什么不足，陆游诗歌有什么缺点。吴世昌先生也经常挑词人的毛病，哪个典故用

反了，哪句词的意思表达得不好。这需要独到的眼光。说好话容易，说不好反而不容易。说不到位，说得不准确，人家会认为你胡说八道。而吴世昌先生眼光独到，所以能发现古代词人的一些败笔。

我们再来看这首词。前三句为一个层次，写环境。如果用视频来展现这个画面，可以选择蒙太奇镜头，先是室内，床上躺着一位女子，这位女子长的什么模样用不着表现，可以用远镜头把它晃过去，也可以用帷帐把它隔开。接着另外一个镜头：窗外，一轮皓月当空。"惊乌"，可以视为乌啼。唐人张继有诗句说"月落乌啼霜满天"，辛弃疾词有"明月别枝惊鹊，清风半夜鸣蝉"。月亮初升或从云层钻出，光线由暗转亮，会让树上的鸟儿不安定。"乌栖不定"，在树上来回翻飞。因为鸟的叫声，吵醒了室内似睡非睡的女子。这两句，先呈现听觉形象，然后再展现视觉形象。镜头先推出鸟儿的叫声，然后再是一轮明月，当然也有"惊乌栖不定"的动态画面。应该还有树，可以把它想象成是一片树林，或者窗外的参天大树。"更漏将残"，是交代时间，又是听觉形象的呈现，好像听到铜壶更漏滴滴答答的声响。听着更漏，她感觉到天快亮了。"辘轳牵金井"的"辘轳"，是井边用于汲水的辘轳。"金井"是井的美称。这句是说凌晨时分，井边已经有人在打水了。鸟鸣、滴漏、辘轳三种声响，像交响曲，吵醒了女主人公。按理说，刚刚睡醒，应该是"失睡微重"，睡眼蒙眬，眼睛肿肿的。怎么一醒来就"两眸清炯炯"，两眼炯炯有神呢？"清炯炯"，也可以想象是泪花闪闪。她肯定有心理准备，心里惦念着要与情人离别，所以一晚上都没睡，也许刚刚睡着就醒了。古代词评家很欣赏这两句，说是形容睡起的神态十分传神。三个户外镜头过后，再转向室内。先用特写镜头展现女子眼泪汪汪的神态。然后镜头挪移，移到枕头上，展现泪落"红棉冷"。为什么红棉枕头越睡越冷？因为枕头都被泪水湿透了。流了一夜的眼泪，还不"清炯炯"吗？

上阕是环境和情绪神态的铺垫，还没写到离别，但离别的味道已经出来了。下阕写她起身门外送行。又是一个特写镜头："执手霜风吹鬓影"，两人在门外握手话别，"霜风"吹拂着双方的鬓发。也许她同样是"髻子娇不整"呢。霜风是秋风，这不仅是写她的触觉感受，还暗示着季节是深秋。送别的时令是在深秋的清晨，这个季节本令人伤感，所谓"自古多情伤离别，更那堪、冷落清秋节"。"去意徊徨"，好像写的是行人，其实是写双方，居者舍不得行人离去，行人也舍不得离居者而去。唉，算了，我不走了罢——本来准备赶车离开的，可又不想动身了。"去意徊徨"，既可以说是心意的徘徊，也可以说是行动上的徘徊。出了门，再回头，再拥抱。"别语愁难听"，说了很多难受的话，也许是安慰与叮咛，也许是埋怨与责备。就像吕本中词说的那样："恨君不似江楼月，南北东西。南北东西。只有相随无别离。"其实要离别了，即使安慰的别语，听起来也让人难受。

这首词确实很有故事性，像独幕剧。柳永的《雨霖铃》也有故事性。别前、别时、别后的情形，都写得很清楚，也有环境的渲染。离别的时候是"执手相看泪眼，竟无语凝噎"，分别后是"杨柳岸、晓风残月"。周邦彦这首词，也同样写到别前、别中、别后的情景。"楼上阑干"的"阑干"，既可理解为"栏杆"，也可理解为纵横的样子，即作形容词用。"斗柄"，是指北斗星。北斗星像个勺子似的，第五到第七颗被认为是斗柄。"横斗柄"，就是斗柄横着挂在天空，意味着天快亮了。

"露寒人远鸡相应"，写行人远去，而居者仍在霜风寒露中目送着行人。"露寒"，是居者长久站立在晨风中的感受，与杜甫《月夜》诗的"清辉玉臂寒"近似。行人远去之后，居者没有立即回到屋里，而是一直站在门口目送行人远去，看着行人的背影渐渐地消失。就像李白《黄鹤楼送孟浩然之广陵》所写的"孤帆远影碧空尽，唯见长江天际流"一样：李白在江边，一直目送孟浩然的船沿着长江顺流而下，直到船影不见了，他还没有离开。写景之中，已经暗含抒情主体的动作和情感，表现出他的恋恋不舍。这首词里，"露寒人远"，鸡声相应，不仅暗示天气到了黎明时分，还透露出女子那落寞孤独与恋恋不舍的心情。

古典诗歌里，写羁旅行役，经常写到"鸡声"。最有名的诗句，是温庭筠的"鸡声茅店月，人迹板桥霜"。欧阳修《六一诗话》里记载，北宋著名诗人梅尧臣特别欣赏温庭筠这两句和贾岛的"怪禽啼旷野，落日恐行人"，说是道路辛苦、羁愁旅思，见于言外。温庭筠和贾岛这两句诗，不是正面直接地写流浪漂泊的辛苦，而是通过景物的描写来表现，意在言外，情在景中。"怪禽啼旷野"，写落日时分，一个人在空旷荒凉的原野上独自行走，怪鸟的啼叫，让人毛骨悚然，辛苦中包含着恐惧。马致远的《天净沙》"枯藤老树昏鸦。小桥流水人家。古道西风瘦马。夕阳西下，断肠人在天涯"也是写漂泊流浪，之所以被人誉为"秋思之祖"，也是意在言外，不直言流浪漂泊的艰难孤独，而是通过一系列富有典型性、象征性的意象来表现。那枯藤、老树、昏鸦、古道、瘦马、断肠人等意象，构成一幅弥漫着阴冷气氛和灰暗色彩的秋郊夕阳图，烘托出浪迹天涯的游子思念故土的彷徨悲苦的情怀。

说到鸡声，还可以举几个例子来看看。跟温庭筠同时的诗人许浑，曾有"鸡声荒戍晓，雁过古城秋"之句。前面说到的北宋梅尧臣，也有名句写道："人家在何许，云外一声鸡。""鸡声荒戍晓"，写一个人行走在荒凉的边塞上，到了凌晨，听到一阵鸡叫。这是什么感受？是觉得前面有村庄人家了感到亲切，还是天快亮了要打起精神加快步伐赶路？可以自由想象。"雁过古城秋"，古城和荒戍是对应的，秋天，一群大雁向南飞去，而行人却向北走，这是对比，既写人孤单，又写人不像大雁那样能如期归去。夕阳下的行人固然感到断肠，清晓也让旅行人倍感伤悲。"寒树鸟初动，霜桥人未行"，是宋代魏庆之《诗人玉屑》里举的唐诗名句，写早行人凌晨出门时的感受。

宋代有三部著名的诗话著作：一部是胡仔的《苕溪渔隐丛

话》，一部是阮阅的《诗话总龟》，第三种就是宋末魏庆之的《诗人玉屑》。这三种诗话著作把唐宋时期有名的一些诗话分门别类地汇编在一起。我们要了解宋代人的诗歌理论，或者宋人对前代及本朝诗人的评论，可以到这三部书里找具体的材料。

再回到周邦彦的词上来。词把离别的几个场面、细节、过程一个层次一个层次地往下写。不仅有画面感，有故事情节，还充满着声响效果。你看，前面是乌啼、露响、牵井和打水的声音。以声音起，以声音作结，露寒人远，鸡声相应。整个词就像是一首交响曲。慢慢地品味，确实非常优美。北宋前期人们写词，都还带有随意性和游戏性，连苏轼也不例外。周邦彦写词，却是非常认真，可以说是精心结撰。从某种意义上讲，周邦彦是用生命来写词，把词当作实现人生价值的一种方式，每首词都是精心安排结构、细心锤炼字句。他又是音乐家，因而他的词特别讲究音律，非常动听好唱。前面说过柳永和周邦彦的词在宋代很受大众欢迎，但周邦彦和柳永不一样，柳永的词虽受大众欢迎，但文人士大夫却不买账，不认同，说他的词太通俗，李清照就说柳永词"词语尘下"，老是迎合市民大众的口味，格调不高。而周邦彦的歌词，既动听好唱，又格调高雅。虽然写恋情，但写得含蓄有味，深受文人士大夫的认同喜爱。

前面说到送别词有两种写法，一是因事衍情，一是借景托情。下面我们再来看看借景托情的词。

五代牛希济，是花间词人。他的词，收录在赵崇祚编的《花间集》里。《花间集》里收录的词人，习惯上被称为花间词人。《花间集》共收录十八位词人，牛希济是其中之一。他的《生查子》是首名作：

> 春山烟欲收，天淡稀星小。残月脸边明，别泪临清晓。　　语已多，情未了。回首犹重道。记得绿罗裙，处处怜芳草。

最后两句是名句。送别时间是春天的清晨，前面《蝶恋花》是秋日凌晨。词一开始是写景，也是描写送别的场面、氛围。"春山烟欲收"，写早上朦胧的烟雾逐渐消退。如果用视频来表现这个镜头，会非常优美。青山当中，一缕薄薄的烟雾，正在慢慢消退。一个"欲"字，表明是一种动态，不是静止的景象。我们读词的时候，要善于想象，把具体的文字变成一种场景、一种形象，就会品出味道来。"天淡稀星小"，天边有几颗稀稀落落的星，因为到了清晨，星星已经暗淡无光，模糊微小了。这两句构建出一个立体的时空环境。如果我们用镜头来拍摄的话，上句是一个平视的远景，下句是向天空仰拍的镜头。这两句既写了季节、时令，又写明了具体的送别时间。

"残月脸边明，别泪临清晓"，按照日常的句式，应该是"别泪脸边明，残月临清晓"，这样读起来不是更顺一些吗？作者故意打乱日常的语序，写成"残月脸边明"，就产生出陌生化的效果，让你生发出无限的想象。为什么一轮月亮在脸边明呢？是眼泪映着月亮吗？"别泪临清晓"，看着这残月，知道已经到了清晨。其实"稀星小"和"残月"都写的是清晨的时光，这个时候已经不是满天星斗了。写景要跟时间、季节吻合，要有真实感。如果到了清晨，还写"皓月当空，繁星满天"，就是胡编乱造了。

　　下片写分离时的情景："语已多，情未了"，话已经说了不少了，两人互相祝福，说了很多体己话，仍然感觉还没有说完。"回首犹重道"，是说行人离开走了一段路后，女子又喊他停下，千叮咛万嘱咐。这有点像唐代张籍的《秋思》诗："洛阳城里见秋风，欲作归书意万重。忽恐匆匆说不尽，行人临发又开封。"不过张籍诗是写信，总觉得话没说完。这首词是女子别后又喊住远行人，说："记得绿罗裙，处处怜芳草。"请记住我绿罗裙，罗裙绿如芳草，天涯处处有芳草，你看到芳草，就会想起我。语气温柔多情，充满着爱意和憨态。现代人很大方，直接地唱出心声："很爱很爱你，所以愿意，舍得让你，往更多幸福的地方飞去。"这是古今表达方法的不同。

　　在唐诗里，"芳草"总是和相思、爱情联系在一起。盛唐张九龄有诗说："岁晏无芳草，将何寄所思。"到年底深冬，没有芳草了，用什么东西寄给我的心上人呢？这可能是唐诗里第一次把芳草和相思联系起来的诗句。中唐的白居易，写过一首著名的《赋得古原草送别》，诗中也是把相思和芳草联系在一起："又送王孙去，萋萋满别情。"他不仅仅写草的茂盛——"野火烧不尽，春风吹又生"，还把草跟送别联系在一起。王维的《送沈子福归江东》诗，虽然没有芳草，但是隐含着这样一层意思。诗的最后两句说："唯有相思似春色，江南江北送君归。"春色怎么体现？主要是通过芳草来体现。古人曾说绘画，"春之精神写不出，以草树写之"。春是抽象的时间概念，绘画语言无法直接表达，但可以通过芳草树木等具体形象来表现。诗歌也一样。相思是一种相对抽象的情感，我们可以体验得到，但看不见、摸不着。诗人可以用一种形象的方式把它具象化，让你看得见摸得着。李后主就直接用芳草比喻相思愁苦，比如他的《清平乐》词说："离恨恰如春草，更行更远还生。"这是一种化抽象为具象的方法。到了北宋的秦观，他又加变化，说"恨如芳草，萋萋刬尽还生"。他糅合了白居易的诗句和李煜的词句，芳草今年被铲掉了，明年又照样生长出来，芳草的顽强再生能力形象地写出了愁苦的深重和难以忘却、难以铲除。李煜是静态的比喻，秦观则是动态的情景，刚刚把愁恨忘却，愁恨又顽强地冒出来。李清照的"才下眉头，又上心头"，表达的也是同样的感受，只是表达方式不同。李清照的"才下眉头，又上心头"，是从范仲淹的"都来此事，眉间心上，无计相回避"变化出来的。从这些诗句词句的变化，可以体会古代诗人词人创作的借鉴与创新。

　　唐宋人写相思、忧愁的具象化方式很多。愁可以写得有体积，如秦观《踏莎行》词："砌成此恨无重数"。愁还有重量，比如李清照的"只恐双溪舴艋舟，载不动、许多愁"。这愁太沉重，小船儿载不动。到了《西厢记》里，是马儿车儿载不起。

我们可以用原型批评的方法，追溯一个个审美意象的源头及其演变历程，追问芳草跟爱情、相思是什么时候联系在一起的，谁赋予芳草这种自然物象以爱恋情感？之后审美内涵上又有哪些变化？又比如"流水"的意象，流水常常跟时光联系在一起，跟生命意识联系在一起，那为什么流水会跟时光联系在一起呢？联系的因由是什么？是同形同构、同质同构，还是异形同质？是谁最先创造了这个审美意象？在先秦的典籍里我们可以找到渊源。《论语》不是有"子在川上曰：'逝者如斯夫'"吗？流水之所以和时光联系在一起，是因为二者有着异质同构的关系，它们都是流动变化的、不可逆转的。唐宋诗词里有很多意象，可以一个个地去追寻探索。

借景托情，不只是牛希济的这首《生查子》，冯延巳的《临江仙》词也比较典型。这类作品，强调的是画面感和情绪的象征性、暗示性，它往往没有送别过程和细节的描写，只有不同画面和镜头的组接。它不像独幕剧，更像几个电影的蒙太奇镜头。且看冯延巳的《临江仙》：

> 秣陵江上多离别，雨晴芳草烟深。路遥人去马嘶沉。青帘斜挂，新柳万枝金。　　隔江何处吹横笛，沙头惊起双禽。徘徊一晌几般心。天长烟远，凝恨独沾襟。

　　这首词是以第三人称的抒情视角描述送别的场面，而不是以第一人称的视角来展示抒情主人公的内心世界。既然是以第三人称，他一开始就用画外音提示：秣陵江上，经常见到送别的场面，上演着送别的悲剧。秣陵是现在的南京，冯延巳是南唐人，南唐的都城在南京，所以用本地秣陵江点明送别的地点。"雨晴芳草烟深"，通过具体的画面，既展现离别的氛围，也点明送别的季节和时令。结合"雨晴芳草"和"新柳万枝金"两句来看，应该是仲春时节。展现在我们眼前的，不仅仅是大江两岸满眼绿色，而且是刚刚雨过天晴，有点后来柳永《雨霖铃》里头"骤雨初歇"的意味，不过柳永《雨霖铃》写的是秋雨过后的晴天，这里是春雨。一场春雨过后，空气清新，令人神清气爽。从表现手法来说，有一点以乐景写哀情的意味。词人营构的不是悲凉感伤的氛围，而是春光明媚、风和日丽的景致。晴日、芳草和烟雾三个意象，构成一幅生动的画面。

　　"路遥人去马嘶沉"，写的不是分离时的情景，而是离别之后的景况。"路遥"，点明行人远去，有《古诗十九首》"行行重行行，与君生别离"的意味。如果用镜头拍摄，这应是一个拉得很远很远的长镜头，行人走得很远，背影渐渐消失。先写视觉，后写听觉"马嘶沉"，人去了，马儿仿佛舍不得走，在那里嘶鸣，马嘶鸣的声音随着行人远去也逐步消失。"沉"字，是消沉、消失的意思。"青帘斜挂，新柳万枝金"，写居者环顾四周，不见行

人，只看到路边的树林上斜挂着一面青色酒旗，还有被阳光镶了
金边的嫩柳枝儿在和风中摇晃。用酒旗暗示酒家，用柳枝儿谐音
"留"，既有画面质感，又有情绪流露。送别诗词中写柳树，有暗
示留恋不舍之意。

　　宋代画院考试，常常用诗句当题目来考察绘画者的想象力和
表现力。有次考题为"竹锁桥边卖酒家"，表现竹林、桥边和酒
家并不难，难的是怎样表现"锁"字，竹林把桥边的酒家给遮
住了，画面怎样表现这个酒家？考了第一名的画家叫李唐，他
在桥边竹林上伸出一面青旗，旗上写一个酒"字，通过酒旗来
暗示竹林中的酒家。这个构思十分巧妙。与此相类似的画题，有
"乱山藏古寺"。考第一名的画，是荒山满幅，"上出幡竿以见藏
意"，也是在荒山中伸出一面旗帜，上写"佛"字。有的是画庙
里的塔尖露出山头，没体现出"藏"字的意思。跟现在高考写作
文一样，审题不对。还有一个试题，是以"万绿丛中一点红"为
题作画。这个题，表面上好画，但要画出新意却不容易。多数考
生是画杨柳楼台站立一美人，有的画桑园一女子，有的画万松一
鹤。只有一位叫刘松年的最厉害，他画"万派海水"，"海中一轮
红日"。这个构思就别出心裁，而且气魄极大，皇上"喜其规模
阔大，立意超绝"，就钦定他为第一名。从侧面着笔的构思，很
有启发性。这几个故事，记载在明人唐志契写的《绘事微言》一
书中。

　　冯延巳词的"青帘"酒家，也许隐含着故事。或者他们是在

酒家握手离别；或者是像柳永《雨霖铃》里写的那样，"执手相看泪眼，竟无语凝噎"；或者是像牛希济《生查子》写的那样，"语已多，情未了"，举起酒杯，反复叮咛嘱咐。这些细节他都省略掉了，需要我们想象、补充。

"新柳万枝金"，又展现出一个画面：成行的柳树冒出绿芽，生机勃勃。大好的春天，应该是携手重逢聚会的日子，两人却分离远去。词人没有直接、正面地抒发离情别绪，而是通过景物，让你去体会离情。

上片是视觉形象，过片转写听觉形象："隔江何处吹横笛"，江对面传来阵阵悠扬的笛声。这个画面有什么样的寓意？我们可以这样设想：居者在行人远去之后，还没有离开江边。因为前面有"秣陵江上"，所以这里的"隔江"就不显得突兀。行人的背影早已消失在江面上，可她还伫立江头，翘首远望，不见了人影，只听到江对面传来一阵阵笛声，仿佛在诉说着思念。天涯何处无芳草，人间时时有别离。

"沙头惊起双禽"，紧承"横笛"，写笛声惊飞了在沙洲上双栖并宿的鸟儿，或许是鸳鸯，或许是其他鸟类。"双禽"是写景，用来反衬人的孤独。两个镜头先后承接，画面摇动变化，先表现居者听远处的笛声，接着把镜头一摇，摇到沙洲上受惊飞起的双禽，反衬抒情主人公的离情别绪。"徘徊一晌几般心"，进一步写女主人公的心情，她还在江边徘徊，眺望着行人远去的方向，似乎在期盼着远行人突然转头归来。

"天长烟远，凝恨独沾襟"的"天长"，既是时间长，也是路长。可以想象，女主人公在江边上徘徊，不是"一晌"，而是流连徘徊了好长时间。天空中，也许像《岳阳楼记》里写的"而或长烟一空"，境界非常辽阔。如果用电影镜头来表现，这是一个非常遥远阔大的镜头，一望无际。在遥远空旷的天地之间，涵泳的都是女主人公的离愁别恨，可是远行人无从理解这份愁苦，故说"凝恨独沾襟"。

这首词，有很强烈的画面感。字面上虽然没有正面写人的形象，没有人物外貌、神态的描写，但是，我们能感受到一位女子在江边徘徊、凝望远方的情态，韵味非常深厚。

下面我们再欣赏一首欧阳修的《踏莎行》词。欧阳修词深受冯延巳的影响，我们可以从他的离别词里看出影响和传承的痕迹。原词是：

> 候馆梅残，溪桥柳细。草熏风暖摇征辔。离愁渐远渐无穷，迢迢不断如春水。　　寸寸柔肠，盈盈粉泪。楼高莫近危阑倚。平芜尽处是春山，行人更在春山外。

欧阳修这首词的写法，跟冯延巳词一样，注重画面的呈现，但不是送别场面和过程的完整呈现，而是用片断性、象征性的画面来烘托离情。

"候馆梅残"，画面感非常强烈。画面展现了旷野上一个旅店，旅店旁边，有几枝快要凋零的梅花。这既暗示着季节，也是描写环境，像舞台背景。"溪桥柳细"，旅馆旁有小溪，溪边是成行的柳树，溪上还有一座小桥。"溪"，我们想到的，不应是抽象概念的小溪，而应是好像看到溪上的潺潺流水，仿佛听到溪水流动的声响，就像王维《山居秋暝》诗中写的："清泉石上流。"这样读来才有韵味。"柳细"的"柳"，也不能仅仅理解为一棵柳树，要能想象到刚刚冒出绿叶的、在春风中摇摆着身姿的嫩绿柳条，有色彩、有姿态，这样才能把词的味道品读出来。"候馆梅残，溪桥柳细"八个字，构成了一幅和谐的画面，这个画面点明了送别的时间、地点和环境。

"草熏风暖摇征辔"七个字，既有环境氛围的描写，又表现了行人离开远去。七字之中，实际上只有"摇征辔"三个字在点明送别。"辔"是马缰绳，摇动着马缰绳，行人就远去了，就像"路遥人去马嘶沉"一样。"草熏风暖"四个字，还在写景，"熏"是青草散发出清香，是嗅觉感受；"风暖"，是身体触觉的感受。开篇三句，既有视觉又有声响，同时还有触觉、嗅觉的感受，多角度展现了离别的场景氛围。

"离愁渐远渐无穷，迢迢不断如春水"，就近取譬。"譬"，是比喻。这一句很明显是从李煜《虞美人》的"问君能有几多愁，恰似一江春水向东流"变化而来，但欧阳修传承中有创新。李煜纯粹是一个比喻，当然这个比喻非常新鲜，非常有创造性。欧阳修也是用春水来比喻离愁，但更加贴切，因为前面有溪桥、溪水，用越走越远的溪水来比喻愁苦的源源不断，融情于景，而这个景正好是身边之景、眼见之景——这个"眼见"，当然是抒情主人公所见。画面构图，浑成完整。

上片写行人，下片写居者，用笔是双向的。跟冯延巳上首词比较，冯词是单向地写，他只是从居者的角度表现对行者远去的思念怀想，欧阳修则是行人、居者双向对写。"寸寸柔肠，盈盈粉泪"，通过内心的痛苦、神态，来表现居者刻骨铭心的思念。"寸寸柔肠"，包含着典故。《世说新语》里记载，一个士兵在三峡抓了个小猴，母猴在岸上一直跟着船走，走了百余里，突然跳上船，大叫一声哀绝而死。将军让人把母猴肚子剖开，发现她的肠子都"寸寸断"了。唐宋词里经常用"肠断"来形容痛苦，这里不仅仅是"肠断"，而且是"寸寸柔肠"，柔肠断成一寸寸的了，可谓痛苦到极点。内心是柔肠寸断，脸上是泪珠纵横，这是个特写镜头。因为特别伤心，眼泪带着脸庞上的胭脂滚落，就出现了"盈盈粉泪"的形象。这种写法比较别致。

近代有位著名的学者叫俞陛云，是当代红学家俞平伯的父亲。俞陛云有本很有特色的词选《唐五代两宋词选释》，选词数量比较大，没有注释，只有比较简短的一些赏析评论，但赏析评论往往很精到。他评论欧阳修这首词说"唐宋人诗词中，送别怀人者，或从居者着想，或从行者着想"，也就是说都是单向地写。"能言情婉挚，便称佳构"。无论是从居者着想还是从行者着想，只要言情婉转深挚，就称为名篇佳作了。而欧阳修这首词呢，"则两面兼写，前半首言征人驻马回头，愈行愈远，如春水迢迢，却望长亭，已隔万重云树。后半首为送行者设想，倚栏凝睇，心倒肠回，望青山无际，遥想斜日鞭丝，当已出青山之外"。从送行者的角度来写，是对面落笔法。

　　对面落笔，又称"悬想"，就是设想对方在想念自己。这种写法，早在《诗经》里就有了。《卷耳》篇说：

　　　　采采卷耳，不盈顷筐。
　　　　嗟我怀人，寘彼周行。

　　　　陟彼崔嵬，我马虺隤。
　　　　我姑酌彼金罍，维以不永怀！

　　　　陟彼高冈，我马玄黄。
　　　　我姑酌彼兕觥，维以不永伤。

　　　　陟彼砠矣，我马瘏矣。
　　　　我仆痡矣，云何吁矣。

　　后面三段，就是设想丈夫在外的相思伤悲。后来的诗歌也常用这种手法，杜甫的《月夜》就使用过：

今夜鄜州月，闺中只独看。

遥怜小儿女，未解忆长安。

香雾云鬟湿，清辉玉臂寒。

何时倚虚幌，双照泪痕干。

《月夜》是"安史之乱"期间杜甫在长安写的，他很想念远在鄜州（今陕西富县）的妻子，但他不说自己想念妻子，而说妻子在想念他。今夜的鄜州，深闺中只有妻子一个人在看月亮，多想两个人一起并肩欣赏啊。李清照有"十五年前花月底，相从曾赋赏花诗"的诗句。今夜鄜州的月亮，如果是和平时期，那杜甫夫妻俩也该"相从共赋赏月诗"了，可战乱造成夫妻分离，无法相见。"遥怜小儿女"，是说我那可爱的小儿女啊，还小不懂事，不知道思念远在他乡的父亲。他不说我想儿女，而说儿女不懂得想我。"香雾云鬟湿"，是想象妻子夜里上过晚妆，站在月下，露水把她的头发打湿了。露水怎么会把头发打湿呢？因为妻子在月底下站的时间很长很久。如果只站一会，露水是不会打湿头发的。"清辉玉臂寒"的"玉臂"，指雪白的手臂。他想象妻子在屋外站立许久，一定会感到阵阵寒意。老杜不说他想妻子，而偏说妻子在想他。自己有了思念，才会想到妻子的心情。这就是对面着笔法，从深层写出双方深刻的思念。李清照不也有"一种相思，两处闲愁"吗？那也是双向写相思。这首词看起来跟杜甫诗没有关系，但写法上有相近之处。

"楼高莫近危阑倚"，是行者对居者的思念与劝告：楼上的栏杆，你可别靠近。"危"是高的意思，李白《蜀道难》里"危乎高哉"的"危"，也是同样的用法。行人设想居者在家很伤心，伤心的时候会上高楼来望一望自己。《诗经·氓》里不是也有"乘彼垝垣，以望复关。不见复关，泣涕涟涟；既见复关，载笑载言"吗?《氓》里面的女子，也是登高望远。她期待的男子没来的时候，泪流满面，"泣涕涟涟"，一看到对方出现，高兴得手舞足蹈，"载笑载言"。欧阳修这里说"楼高莫近危阑倚"，意思是说你别到楼上去望我，我已经走得很远很远了。"平芜尽处是春山，行人更在春山外"，你在高楼上能看到的是平芜草地的尽头，草地的尽头是春山，而我已走到春山的另一边来了。你本来想登上高楼看见我，以减轻一点思念，但登上高楼看不见我，不就更痛苦了吗? 有设想，有劝慰，尽显行人的深情。

这首词，妙就妙在从行者的角度去设想居者，从对方着笔，又为对方着想，而且心里在祈祷、在劝慰她应该怎么样。这就把内心深沉曲折的情思很巧妙地表现出来，而且富有画面感。"离愁渐远渐无穷"，虽然用的是比喻，但"迢迢不断如春水"，将视线随着远镜头不断向前延伸，春水的不断也暗示着情丝的不断。下片"平芜尽处是春山，行人更在春山外"，视野也非常辽阔，也是一个长镜头、一幅大画面。

"平芜尽处是春山，行人更在春山外"，用的是"透一层"，又叫"进一层"的笔法。这种笔法常常表达的意思是，即使如此都不行，何况不如此呢。类似的句子有晏几道的《阮郎归》："梦魂纵有也成虚。那堪和梦无。"即使有梦也是徒然、虚幻的，何况现在连虚幻的梦都没有呢！秦观也有"便做春江都是泪，流不尽，许多愁"之句。春江不可能化成眼泪，即使春江都变成了眼泪，也流不尽心中无限的忧愁。李商隐最善于用推进一层的写法。他的咏《柳》七绝说："柳映江潭底有情，望中频遣客心惊。巴雷隐隐千山外，更作章台走马声。"巴山重叠，柳映江潭，足以让漂泊在外的人伤心了，而雷声隐隐，又让人想起从前走马章台时的情景，客中思别，更加痛苦。《赠白道者》也写道："十二楼前再拜辞，灵风正满碧桃枝。壶中若是有天地，又向壶中伤别离。"最后两句构思相同。

有离别就会有重逢，我们再来看一首久别重逢之作：

> 彩袖殷勤捧玉钟。当年拚却醉颜红。舞低杨柳楼心月，歌尽桃花扇底风。　　从别后，忆相逢。几回魂梦与君同。今宵剩把银钉照，犹恐相逢是梦中。

晏几道这首《鹧鸪天》写久别重逢，开篇却不写重逢的场面，而用追叙的手法写对过去的深情回忆。离别之前跟歌女见面的情景，他还记得非常清楚。歌女身穿彩色上衣，手捧酒杯，殷勤地来劝酒；她不害羞，不紧张，喝醉了脸红也在所不辞。晏几道是个多情种，黄庭坚曾说他有"四痴"，其中一痴是，他喜欢人家，也觉得人家一定喜欢自己。晏几道词中的女性，都有特定的身份，也就是他朋友家叫莲、鸿、蘋、云的四位歌女。歌女劝完酒又跳舞。他觉得歌女对他一见钟情，因此跳舞的时候特别尽力，从月亮升起来的时候跳起，一直跳到月亮西沉，跳了好几个时辰。"舞低杨柳楼心月"这七个字，不仅句法奇特，而且意蕴深厚。如果把它绘出画面，或者拍个镜头，该怎样表现？怎么剪辑？这是典型的蒙太奇镜头：室内是人在跳舞，尽情地狂欢，既有舞者在跳舞，又有观者如晏几道和他的朋友们在欣赏，还有歌女奏乐伴奏；窗外是杨柳和月亮，月亮上升到柳梢头后再慢慢地往下沉。月亮的升降，表明时间的推移。这七个字，构思实在巧妙！要换几个字，把室内的人物活动和室外的景物如此鲜活地表现出来，真是不容易。"歌尽桃花扇底风"的"风"字，有几种解释。一种解释是扇子摇的风，歌女一边跳舞，一边摇扇子，摇了一晚上，手都软了，自然就没有风了。这种解释有点想当然，不太准确。另一种说法是，"风"是《诗经·国风》里的那个"风"，指歌曲。那时歌女用的桃花扇子，是一种道具，上面写着歌单子或歌词。听众点歌，把扇子上写的歌都点唱完了，宾主是歌也尽兴，舞也尽兴。"舞低杨柳楼心月，歌尽桃花扇底风"，不仅对仗工整，还写出了一种境界、一种画面、一种心情。我们常说"情景交融"，说多了就觉得平淡无奇了，这两句真正是情和景、人和物融合得浑然一体。越咀嚼，就越有味道。时间的变化，空间的切换，跳舞者和听歌看舞者双方热烈的情绪，全在里头。

上片是回忆过去的热烈与温馨，下片才写相逢。唐五代北宋词有个特点，时间的进程提示得清清楚楚，过去、现在和未来，都有过渡提示。南宋以后，写法就变了，特别是吴文英的词，过去、现在和未来的转换，没有提示。他经常把过去、现在和未来杂糅在一起，让你弄不清楚词中的场面哪是写过去，哪是写现在，哪是写未来。像意识流，所以有的词很晦涩难懂。他强调构思的精致巧妙，但读起来比较困难。

五代北宋词就比较好理解。上片写过去，下片用"从别后"提示时间和场景的转折。从前的那次彻夜狂欢，到现在还清晰地留存在记忆中，总希望有见面重逢的日子："几回魂梦与君同。"这表现出晏几道的痴情，他在梦里梦见伊人，以为伊人也一样梦见自己。今晚突然见面，简直难以置信，"犹恐相逢是梦中！"莫非是在梦里？平时痴想苦等，没想到今天真的能够见面重逢。见面了还不相信，"剩把银釭照"——尽情地拿着银灯来照，照着对方，发现真的是朝思暮想的她！这个细节很是传神。见面时的惊喜犹疑，表现出词人的刻骨相思。从语言的继承性来说，这两句是从老杜"何时倚虚幌，双照泪痕干"的诗句变化脱胎而来，但变化更加曲折，更有动作性和戏剧性。老杜诗是将来时态，小晏词是现在进行时态；老杜是对结果的想象与期待，小晏是现实的过程与行为，更具动作感和造型感。

相思：相思始觉海非深

有离别，就会有相思。唐宋相思词，有闺中少妇的相思，有远行游子的相思；有单向相思，有双向相思。有的埋怨："恨君不似江楼月"；有的悔恨："悔当初、不把雕鞍锁"；有的期待："等候郎来，细把相思诉"；有的心存报复："待雁却回时，也无书寄伊"；有的相思难耐："展转数寒更，起了还重睡"。一道道心灵世界的风景，动人心魄。

离别之后，是相思。其实离别与相思很难绝对分开，离别词中也含有相思。为了分类的方便，才将相思与离别分开来讲。

相思的主题，在唐诗里，已很常见。早在汉乐府里，就有一首《有所思》：

> 有所思，乃在大海南。
>
> 何用问遗君，双珠玳瑁簪，用玉绍缭之。
>
> 闻君有他心，拉杂摧烧之，摧烧之，当风扬其灰。
>
> 从今以往，勿复相思。

诗中唱道：我有一位心上人，远在南海之滨。我用什么宝贝送给他来表达我的心意？就用双珠玳瑁做的簪子吧，还要用宝玉把它缠起来。最近听说他变心了，不觉怒火中烧，真想把定情物丢到火里烧掉，连灰都不留，让它随风而逝。从今以后，再也不想他了。有首傣族民歌也唱道：

> 爱你爱你爱死你，找个画家画下你。

把你绣在枕头上，日日夜夜抱着你。

恨你恨你恨死你，找个画家画下你。

把你放在砧板上，日日夜夜剁死你。

爱的时候像火一样热烈，恨的时候咬牙切齿。爱得缠绵，恨得决绝。

不过，像这样热烈而又决绝的作品，在古典诗歌里很是罕见。汉代以后，有好多相思诗，写得非常好。南朝有位很著名的诗人叫张率，作有一首《长相思》：

长相思，久离别。

美人之远如雨绝。

独延伫，心中结。

望云云去远，望鸟鸟飞灭。

空望终若斯，珠泪不能雪。

诗中的"美人"，可能是一种象征。抒情主人公应该是男子，当然也可以想象为女子。美人远去之后，就像雨断了没有音信，他独自徘徊，心中郁闷难解。遥望远空，看到云彩，飘荡而去；看见鸟儿，鸟也飞绝。这意境，有点像后来唐人柳宗元的"千山鸟飞绝，万径人踪灭"。泪水成河，也洗雪不了心中的郁闷愁恨。云、鸟是象征，也是写实。爱情有时像空中飘荡的云彩、远去的飞鸟，无影无踪，难以把捉。

唐代白居易有首《浪淘沙》词写道：

> 借问江潮与海水，何似君情与妾心。
> 相恨不如潮有信，相思始觉海非深。

请问江潮和海水，哪一个是你的情，哪一个像我的心？"妾"是女子自称。女子埋怨男友说，你怎么不像潮水一样守信用，按时来相见；我的思念像海一样深沉，不，大海都没有我的相思深。"相恨""相思"，从海水、江潮正反两个方面来构思，潮水守时守信，反衬男方的不守信、不重感情；海水深广浩渺，正写自己的情深义重。

宋代吕本中的《采桑子》词，借月起兴，构思跟白居易这首词很接近。原词是：

> 恨君不似江楼月，南北东西。南北东西。只有相随
> 无别离。　　恨君却似江楼月，暂满还亏。暂满还亏。
> 待得团团是几时。

上片说，很遗憾，你不像江楼上的月亮，一天到晚能围着我转。热恋的女孩总是希望恋人能成天陪着她，只有相随无别离。下片说，我又遗憾，你像江楼上的月亮，刚刚团圆，第二天就亏

缺、分离。月亮一个月就只有十五、十六是圆的，你一个月也只跟我见一两次面，太难熬了，所以"恨君却似江楼月"。这构思非常巧妙，正说反说，都是希望能长久团聚不分离，语言直率而韵味深长。

与此相近的，还有晏几道的《少年游》：

> 离多最是，东西流水，终解两相逢。浅情终似，行云无定，犹到梦魂中。　　可怜人意，薄于云水，佳会更难重。细想从来，断肠多处，不与者番同。

"者"通"这"，"者番"就是"这番"、这回之意。相思词经常会用月、水、云等意象来营构意境。这首词用水和云做比喻，一肯定一否定。自然界里，离别最多的是东西两条流水，一个向东流，一个向西流。但流水，还懂得相逢，不管河道怎样弯曲，最终总会汇聚到一起，流入大江，流归大海。可是薄情的人啊，就像天上的行云，飘浮不定，变幻莫测，没个定准。虽然薄情，但时或来到对方的梦魂中。不说思念者梦见他，而说他主动地来到思念者的梦中，他还讲点情分，托梦给思念者，以表思念。"可怜人意"的"可怜"，带有可叹可恨可惜之意。上片的"浅情"人，是泛指，也可理解为前任恋人；下片"人意"的"人"，是特指，是主人公正朝思暮想的那个他／她，可理解为现任恋人。"薄于云水"，是说现在的心上人，比云、水更无情，既不懂得思念，也不懂得来相逢。回想这辈子经历的无数离别、相思，都没有这回让人如此伤心、如此痛苦！

这首词，可以理解成写爱情，也可以理解为写友情、写人情世态。其中也许含有晏几道复杂的人生感受。前面说过，晏几道是痴情人，"己信人，终不疑其欺己"——他自己相信了别人，就不会怀疑对方可能欺骗自己。他好像有所醒悟，人怎么会那么薄情，那么无情，那么绝情！

上面是从意象营构的角度解读词。下面再看几首相思词是怎样描绘心理活动的。先读柳永的《凤栖梧》：

> 伫倚危楼风细细。望极春愁，黯黯生天际。草色烟光残照里。无言谁会凭阑意。　　拟把疏狂图一醉。对酒当歌，强乐还无味。衣带渐宽终不悔。为伊消得人憔悴。

《凤栖梧》是词调《蝶恋花》的别名，用韵比较密集，句式以七言为主，兼容两个四字句、五字句。整齐中有错综变化，节奏鲜明强烈。

这首词，表现手法上跟晏几道的《少年游》相比，有什么不同？《少年游》主要是用比喻象征的手法，写主人公有什么样的相思情怀。而这首《凤栖梧》，着重描写主人公起伏跌宕的心理过程，写他的离恨相思有什么变化。词中的抒情主人公，是男性还是女性？比较模糊，难以肯定。"拟把疏狂图一醉"，好像是男性的举动，但古代女性也喝酒的，李清照差不多每首词都有酒。所以，"拟把疏狂图一醉"，男性女性都有可能。这种性别的模糊，更有艺术的张力，可以把主人公想象成是男性，也可以想象为女性，因为相思是一种普遍性的情感。

"伫倚危楼风细细"，首先写登高望远。抒情主人公站在高楼上，遥望远方，微风拂面，似有所思，似有所盼。婉约词跟豪放词的情感强度大不相同。同样站在高楼上，岳飞是"怒发冲冠，凭栏处，潇潇雨歇"。"风细细"，是典型的婉约词味道。"望极春愁"，写主人公遥望远方，但见春草无边，愁思像春草，也无边无际，绵绵不断。联想王维"唯有相思似春色，江南江北送君归"的诗句，可帮助理解"望极春愁，黯黯生天际"的情景内涵。

"草色烟光残照里"二句，是"伫倚危楼"时所见所感。傍晚时分，夕阳残照，淡烟笼罩之下，青草泛着绿光。七个字，构成阔大的立体空间境界。"草色烟光"是俯视平地之景，"残照里"是仰望空中之象，且含时间意识。夕阳西下，本是行人归家之时，而伊人远去未归，相思之情油然袭上心头。独上高楼，伊人不知，唯有孤独寂寞陪伴。这情景，与李煜"无言独上西楼月如钩，寂寞梧桐深院锁清秋"的境界相近。

"无言谁会凭阑意"，表现出主人公的郁郁寡欢，无人能理解他此时此刻倚栏远望的心情。南宋辛弃疾《水龙吟·登建康赏心亭》也曾写道："江南游子，把吴钩看了，栏杆拍遍，无人会，登临意。"柳词的"凭阑意"与辛弃疾的"登临意"，字面意思相近，但内涵截然不同。柳词是普泛化、个人化的离愁别恨，辛词则是英雄豪杰请缨无路的忧愤和深广的社会忧患。登高，在古代是一种习惯，也是诗词中一大主题。宋末元初的方回，编选过一本大型唐宋律诗选《瀛奎律髓》。其书分类编排，第一类就是登高诗。如果追溯诗歌中的登高主题，《诗经》里就有了。《诗经》中的《陟岵》篇说："陟彼岵兮，瞻望父兮。父曰：嗟！予子行役，夙夜无已。上慎旃哉，犹来！无止！"然后是说"陟彼屺兮，瞻望母兮""陟彼冈兮，瞻望兄兮"。表达的也是思亲主题。孔子也曾登高，所谓"登东山而小鲁，登泰山而小天下"。汉末王粲的《登楼赋》，也表达了一种浓浓的乡情："虽信美而非吾土，曾何足以少留。"意思是这个地方的景色确实很美，但可惜不是我的故乡，很难在这里长期生活下去。明白了登高主题中的故乡情绪，就可理解柳永词的"凭阑意"，也含有离开故乡而生发的相思之情、故乡之思。"凭阑"的主人公，可能是远行在外的行人，也可能是在家的居者。如果是"行人"，"凭阑"而生故乡之思，就更加自然。

过片是自我开解。"拟把疏狂图一醉"，是说真想放纵清狂一把，喝个痛快，喝得烂醉，以图忘却春愁、忘却相思。这是写主人公的心理活动。可是独自对酒当歌，勉强作乐，毕竟不是滋味，怎么也快乐不起来。李白早就说过："举杯销愁愁更愁。"这种离别的痛苦、离别的相思真是难以忍受。心情至此，一起一伏，一高一低，刚想疏狂潇洒一把，又觉得无味，自我否定。后来李清照《武陵春》词："闻说双溪春尚好，也拟泛轻舟。只恐双溪舴艋舟，载不动、许多愁。"这种先假设后否定的句法，就来源于柳永此词。

词的结拍，情绪再度由低沉变得激昂，由柔软变得坚定："衣带渐宽终不悔，为伊消得人憔悴。"虽然彼此不能见面，但伊人值得我思我爱，也是一种幸福；即使我为此身体憔悴，衣带渐宽，也不后悔！

"衣带渐宽"，形容腰围瘦减。字面来源于《古诗十九首》的第一首《行行重行行》："衣带日以缓。"诗人不直白地说消瘦，而是说衣带慢慢地变宽，人变瘦了，腰带自然就觉得宽松。典故是用沈约"百日数旬，革带常应移孔"的故实。后来周邦彦《大有》词的"仙骨清羸，沈腰憔悴，见傍人，惊怪消瘦"则是明用其典。而李清照的"帘卷西风，人比黄花瘦"，用意相似，但写得更高雅。要是直接地说"相公，我好想念你，近来瘦了好几圈啦"，那就没有诗味了，不含蓄。她不直说我想丈夫，而是说"人比黄花瘦"。为何人比菊花瘦？自然是因相思而消瘦。菊花是高洁之花，人面与菊花相映，既写出自己的刻骨相思，又暗写了自己的守节情不移，韵味隽永。柳永词虽然比较直白，但因情意深沉执着，也相当感人。纵使我消瘦憔悴，也决不后悔！伊人值得我爱，值得我追求！"消得"，是值得的意思。

"衣带渐宽终不悔"，是写对爱情的执着，但也不妨理解为对理想、对事业的追求。为了理想，孜孜不倦地追求，为此付出沉重的代价和巨大的努力也在所不惜。王国维的《人间词话》就把它理解为对事业坚定不移、无怨无悔的追求，拓展了这句词的情思和想象空间。

我们再读柳永的《定风波》：

> 自春来、惨绿愁红，芳心是事可可。日上花梢，莺穿柳带，犹压香衾卧。暖酥消，腻云亸。终日厌厌倦梳裹。无那。恨薄情一去，音书无个。　　早知怎么。悔当初、不把雕鞍锁。向鸡窗、只与蛮笺象管，拘束教吟课。镇相随，莫抛躲。针线闲拈伴伊坐。和我。免使年少，光阴虚过。

这首词的抒情主人公身份清晰，是从女性角度写守望者的相思，注重表现主人公心态的变化。从抒情视角看，主要是第三人称的描述，有时又化身第一人称，来自我呈现内心的活动。"自春来、惨绿愁红"，开篇就烘托出凄凉忧伤的情绪氛围：自入春以来，见到绿叶和红花，都倍感凄惨和愁闷。这"绿""红"，是用色彩来指代绿叶和红花，李清照的"绿肥红瘦"，用法相同。按常理，人见春花，心情应该是"其喜洋洋者矣"，而她却是满腔的凄惨和郁闷，有点像李煜的"春花秋月何时了"，见到美好的春花秋月，愁情满怀，希望它快些消失。反常的心态体现出极度的伤悲。"可可"，漫不经心之意。一片芳心无法宁静，没有哪一件事情能让人称心如意，于是事事都不上心介意，百无聊赖。

"日上花梢，莺穿柳带"，写太阳爬上了花顶树杪，时间已是上午，户外的自然界气氛活跃，春光明媚，生机勃勃，黄莺在柳树之间穿行，燕子在屋内外翻飞穿梭。可室内的主人公，却无精打采，裹着绣被，睡着闷觉。"暖酥"，有两种解释：一说是面部搽的脂粉，一种解释是指丰腴的体态。两种都可通。如果作脂粉解释，"暖酥消"是说由于在枕上辗转反侧，脸上的脂粉已经变淡消失，如同温庭筠《更漏子》词写的"眉翠薄，鬓去残"；如果作体态理解，"暖酥消"是说身体慢慢地消瘦，也就是"衣带渐宽"的意思。"腻云嚲"，写浓密乌黑的头发乱蓬蓬的，"嚲"本来是下垂的意思，这里可以解释成散乱，因为她在床上翻来覆去，所以"腻云"也就乱了。"腻云"，形容头发乌黑发亮。

"终日厌厌倦梳裹"，写女子起床以后，还是"厌厌"没情绪，懒得梳妆打扮，有点像温庭筠《菩萨蛮》词里写的"懒起画蛾眉，弄妆梳洗迟"。"无那"，即无奈，不知道该怎么办。为何"芳心是事可可"，入春以来，始终打不起精神？原来是"恨薄情一去，音书无个"——可恨的薄情郎，离别之后，就没有书信回来问候报平安。

上片由几个镜头组成：先是室外之景，绿叶茂盛，红花璀璨，日上花梢，莺穿柳带；然后是室内娇柔无力、深感郁闷的女郎。如果拍摄视频来呈现，可以把室内室外两组镜头叠印，也可以把镜头由外而内地切换。总之，上片有场景，有境界。景物和人物活动中，融入了抒情主人公一种寂寞慵懒的情绪。

唐宋词里写相思，经常会出现"音书"的意象。有位姓陶的女子写有一首《苏幕遮》，其中就写到音书：

> 与君别，情易许。执手相将，永远成鸳侣。一去音书千万里。望断阳关，泪滴如秋雨。　到如今，成间阻。等候郎来，细把相思诉。看著梅花花不语。花已成梅，结就心中苦。

离别之前，彼此叮嘱、发誓：希望永远成双成对。可人去后，远隔千万里，就再也没有书信来往。全词把别前别后的相思写得非常细腻。

南宋陈达叟的《菩萨蛮》也曾提及：

> 举头忽见衡阳雁。千声万字情何限。叵耐薄情夫。一行书也无。　泣归香阁恨。和泪掩红粉。待雁却回时。也无书寄伊。

全词围绕书信来构思。大雁传书，本是熟典。见到大雁，女主人公立马就想到情郎应该给自己寄回书信。大雁在空中有叫

"声"好理解，怎么会又有"字"呢？原来成群的大雁总是排成行飞翔，有时排成"一"字，有时排成"人"字。无论飞到哪里，雁群都是形影相随，叫声里、队形中，都充满了心心相印、永远相随的情怀。大雁那么有情有义，可薄情郎却一个字也不捎来。有情雁与薄情夫、大雁的千声万字与情郎的"一行书也无"，形成鲜明对比。羡慕中有无奈。结句最精彩。女主人公不光是哭诉，还有反抗精神。她暗自打算，等大雁来了，其实是等情郎下次寄书信回来，我也不回信，让他记挂记挂，让他尝一尝等待书信是什么滋味。别出心裁的结尾，读来很是痛快，让人觉得这女子温柔之中很有骨气！"待雁却回时。也无书寄伊。"好像是报复，要以其人之道还治其人之身，其实嗔责中是难以割舍的深情挚爱。

　　我们再回头看柳永词。上片写薄情郎久别之后，音信杳然，用的是第三人称，有抒情者在讲述。下片用第一人称，采取女子内心独白的方式来写她的心理活动。"早知恁么"，早知薄情郎去了之后情书不写一封，真不该让他出去。"恁么"，当时的口语，如此、这样的意思。她有点后悔，后悔当初没有把他的马鞍锁住，不让他出去求官求财、追名逐利。盛唐王昌龄的"悔教夫婿觅封侯"，也表达过同样的意思，但柳永的"悔当初、不把雕鞍锁"，更有动作感，用动作来传达意愿。"向鸡窗、只与蛮笺象管"的"鸡窗"，指书房，用的是个典故。南朝刘义庆的《幽明录》记载，晋朝宋处宗买到一只长鸣鸡，养在窗下，时间一长竟学了人语，能与宋处宗交谈不休，而且有智巧，宋的口才因此大有长进。后来就以"鸡窗"作书房的代称。晚唐罗隐有诗说："鸡窗衣静开书卷，鱼栏春深展钓丝。"女子心里想，悔不该让他出门远行，而应该让他老老实实地待在书房里头，给他一支笔、一张纸，好好读书，成天陪着我，那该有多幸福！"镇相随，莫抛躲"的"镇"读上声，一天到晚整日相伴相守，永不分离。情郎在书房里读书，她拿着针线，在旁边绣花，陪着他读书，多么温馨。"免使年少，光阴虚过"，免得使少年青春在孤独的时光中虚度。她既有后悔，也有期待和未来的打算。想当初，不该让他走，要让他在家读书陪着我，今后他回来了，一定不让他再出门。失落总是美好的。情郎远去之后，平常的相伴也变成了一种奢望。这启示我们，要珍惜眼前的幸福，不要等到失去之后再后悔。柳永词就善于用平常语表达普通人的愿望，虽然普通平常，却很接地气，能打动人心。难怪当时天下都爱唱柳词。

　　这首词有一则轶事。北宋张舜民的《画墁录》里记载，柳永写《鹤冲天》词，得罪了宋仁宗，很长时间吏部不让他升迁。柳永沉不住气了，就去找宰相晏殊，希望同是词人的晏殊能够援引提携一下。晏殊一见柳永，就没好气地问："贤俊作曲子么？"意思是：柳大官人，你写词不？柳永挺聪明，知道晏殊话里有话，就回答说："只如相公亦作曲子。"我只跟您宰相大人一样写词。晏殊的意思是，你写那些俗词艳曲，品格不高。柳永心想，你不是也写词么？我只是向你晏大人看齐。晏殊很不耐烦地说：

"殊虽作曲子，不曾道'针线慵（闲）拈伴伊坐'。"我虽然也写词，但都是很高雅的，从来没写过"针线慵拈伴伊坐"这么庸俗的句子。柳永听后，知道没法再交流了，就知趣地退出。这个故事不一定真实，但从故事中可以看出柳永词的通俗性为文人雅士所不满。柳永注重写普通人的生活理想和生活情态，晏殊嫌他写得太通俗。这是宋代两种审美观念的冲突。

　　刘永济先生的《唐五代两宋词简析》，说柳永这首词是代妓女抒写离情，抒情主人公是妓女。我觉得是写普通民众、一般女子的生活理想和生活愿望，不像是歌妓。当然，每个人的理解不一样。柳永这首词不像是写萍水相逢的男女间的情感，应该是有着固定恋爱关系的女子，很可能是已成家的少妇，就像王昌龄诗中"悔教夫婿觅封侯"的"闺中少妇"。柳永词是面向市民大众创作的流行歌曲，注重表达普通人的愿望，以迎合和满足市民的审美趣味。此词把女子心态的变化过程写得很细腻，很生动，也很通俗，很适合一般市民大众传唱。

　　我们再看一首同样是写女性相思的《小重山》词：

　　　　恨入眉尖熨不开。日高犹未肯，傍妆台。玉郎嘶骑不归来。梁间燕，犹自及时回。　　粉泪污香腮。纤腰成瘦损，有人猜。一春那识下香阶。春又去，花落满苍苔。

　　这首词的作者是南宋的陈成之，表现的情感和上面柳永词有些接近，但表现手法不同。开头的"熨"字，用得非常新奇。"恨入眉尖"，人有了郁闷，往往是皱着眉头的。范仲淹有《御街行》词说："都来此事，眉间心上，无计相回避。"就是通过眉头的紧皱来写忧愁、郁闷。"都来"，是算来，想想相思这事儿，眉头和心上都无法回避。李清照由这两句又加以变化，写出名句："此情无计可消除，才下眉头，却上心头。"不过范仲淹写的是单向相思，而李清照写的是双向思念。虽然爱情相思有一些苦涩，却又带有甜蜜的幸福感，有心心相印、互相惦念的欣慰。这是李清照词的特点。她经常写双向的思念，因为她对丈夫有绝对的信任。她思念赵明诚，也想到赵明诚一定正在想念自己。"此情无计可消除"，相思逃避不了，虽然接到丈夫从远方寄来的书信，内心感到幸福和快乐，但毕竟离别已久，对丈夫的浓重思念，还是化解不开。"才下眉头"，接到信时，眉头刚刚舒展一点，可不一会儿相思的情绪又袭上心头。这"才下眉头，却上心头"八个字，把接到信以后复杂微妙的心态表现得具体可感。

　　用"眉头"写愁，范仲淹和李清照两人已经写得非常精彩了，而陈成之在这基础上加一个"熨"字，就非常新奇。一般的布帛皱了以后，用熨斗就可以熨开熨平，而眉头皱了以后，连熨斗都熨不开，可见眉头皱得多么紧，心情有多沉重。"日高犹未肯，傍妆台"，太阳很高了，还是不想起床，不肯梳妆。这跟柳永词"日上花梢，莺穿柳带，犹压香衾卧"写的情形差不多。但

"未肯"表达的主观意愿更强烈，几次想起来，就是不愿意起来，因为心事重重。未肯"傍妆台"，与"终日厌厌倦梳裹"的意思很接近。可见，同样的情景，有不同的表现方式。

"玉郎嘶骑不归来"，是说情郎久久未归。不说玉郎人影不归来，而说"玉郎嘶骑不归来"，意蕴更丰厚。女子一直盼望着"玉郎"骑马归来。因为马快到家的时候会嘶叫。她躺在床上，始终在期待，希望听到马蹄声、马嘶鸣。等了好长时间，也没听到马的动静。满怀着希望，又陷入失望。

上片镜头感十足。"恨入眉尖"，是一个放大的特写镜头。整个脸部没出来，只写她的眉头紧皱。"日高"既写时间，又表示有阳光照射进来。"未肯傍妆台"，写室内场景，镜头是摇动的，先表现女子躺在床上懒洋洋地不想起床，接着表现她起床后无精打采不想梳妆。"玉郎嘶骑不归来"，本是她的想象与期待，但可以通过蒙太奇的镜头来表现她的玉郎骑着马，从遥远的他乡往家里赶路，也可以表现她的情郎在他乡远游，愈行愈远。这可以自由联想。接着镜头一转，"梁间燕，犹自及时回"，到了春天，燕子还会及时回来团聚。燕子是成双成对的，用双燕反衬人的孤独。这句有双重含意：一是燕子守信用，能及时回来，人却无情，不像燕子那样按时回来。二是燕子多么幸福，总是出双入对，而闺中人却孤独寂寞。不过，这层孤独的意思没有直接说出来，需要我们去体会和补充。

下片继续写女子的神态。"粉泪污香腮"，跟欧阳修《踏莎行》的"盈盈粉泪"写的情景相似。"粉泪",是泪水加胭脂。脸上搽了粉,流着泪,用手巾一擦,满脸都是眼泪,变得泪眼模糊。夜里睡前曾上过晚妆,精心打扮,希望在梦里能见到情郎,给他一个意外的惊喜,谁知醒来以后却是这副模样。"纤腰成瘦损",进一步写心事的沉重,终日以泪洗面,本就纤细的腰身变得更加瘦小。"有人猜",其实是怕人猜。也许问话的是她的丫鬟,或是闺中女友。

"一春那识下香阶",写自入春以来一直把自己封闭在屋里,连门前的台阶都没下过,庭院都没去过。这里可以体会词人构思的精致、意境的开阔。如果说一夜或几天不下香阶,意思也很好了,但词人却说"一春那识下香阶"。通过一个晚上来表现整个春天的情绪,说她自从春天以来情绪都不好,并暗示昨晚的苦闷,不过是漫长春天的一个夜晚而已,整个春天都像昨夜一般。"春又去,花落满苍苔"的结尾,比上面柳永词更有韵味。柳永的词意有时比较直露,一看就明白,但少了余味。

我们读词,要注意虚字的运用,善于体会虚字的妙处。"春又去"的"又"字,表示时间或过程的重复,表明前年的春天是这样,去年的春天也如此,今年的春天又是如此,说不定明年的春天还是这样。这个"又"字,含意非常丰富。一个十分简单的字,在特定的语境里,时常具有丰富的意义。春天的离去,象征意味也很丰富。"春",往往不单纯指季节、时光,还象征着年华、人的容貌,包含着时间意识和生命意识。"春又去",其实是写人又老去一年。

"花落满苍苔"，开头写人，结尾写景，余味无穷。如果用镜头来表现，该怎样营造这个场景呢？女子始终在闺房里，没有下过香阶，没有到过院子。我们可以想象她一个人倚窗而望，看着外面的春光逝去，百花又逐渐凋零。"花落"，描述的不仅仅是一种结果，还可以想象成是一种状态、一个过程。她正看着花在春风春雨的摧残之下飘落，路上长满苍苔。可以联想到晏几道词的名句"落花人独立，微雨燕双飞"；也可以联想到林黛玉葬花时的情景。苍苔，更进一步印证"一春那识下香阶"，台阶上没有人走过，所以台阶上和院子里都长满了青苔。这又暗示平时根本没有人来往，进一步表现她的孤独，空闺独守。这首小令，层层递进，一层深似一层地表现女子离别后的孤独和寂寞，意境浑成。情中有景，景中有人，画面感、镜头感十足。

下面我们再看一首男性流浪者的相思之歌。如果前两首写的是守望者，是在家里守候的话，那么柳永的《忆帝京》，就是一位远行者的怀恋之歌：

　　薄衾小枕凉天气。乍觉别离滋味。展转数寒更，起了还重睡。毕竟不成眠，一夜长如岁。　　也拟待却回征辔。又争奈已成行计。万种思量，多方开解，只恁寂寞厌厌地。系我一生心，负你千行泪。

　　词写一位在外飘零流浪的羁旅行役之人，住在简陋的旅馆里。秋夜，天气有点凉，身上盖着一层薄薄的被子，枕着小枕头。"小枕"暗示孤枕，是一个人孤眠，不是两人同床共枕。身上感觉冷冷的，就像李清照的"玉枕纱橱，半夜凉初透"一样。这里的"薄衾"，并不仅仅是说被子太薄不暖和，身体觉得冷，更是一种心理的孤独和凄凉。"乍觉别离滋味"，也许是初次离别，离别时没有特别的感觉，离别之后，独宿旅店，才忽然体会到离别的滋味原来是这般难受。我们可以想象，男主人公开始是睡着的，也许是晚上冻醒了，醒了以后睡不着，就想起了和家人团聚的温馨，这时候才感受到别离滋味很是难熬。梦醒后，再也睡不着，"展转数寒更"，从一更、二更、三更、四更一直到数到五更，都在床上翻来覆去。"数"，可以读上声，理解为动词，耳听户外的打更声，心是数着更声，一更、二更、三更地默念着。睡不着，干脆起来走走，但长夜难熬，又无可奈何地再去睡，还是睡不着。

　　"起了还重睡"的细节描写，非常传神地写出男子心事的沉重、别离的痛苦。这境界，有点像唐代诗人元稹《闻乐天授江州司马》的"垂死病中惊坐起，暗风吹雨入寒窗"。元稹在"垂死病中"突然听到老友白居易无端被贬九江，惊恐得坐了起来。这个细节的描写，比多少语言来表现他的惊讶、担心、怨恨不平都要有力量，都要传神。柳词的"起了还重睡"，有异曲同工之妙。"毕竟不成眠，一夜长如岁"，是始终没有睡着，觉得一夜比一年还长。

　　这首词，很能体现柳永词的特点：通俗、直白、意思说尽说透，但少点余味。"展转数寒更，起了还重睡"，已经说明一晚上没有睡着，还要说"毕竟不成眠，一夜长如岁"，词意就有些重复，当然也可能是词人有意强化。柳永词有时候来得太快，没有经过仔细的推敲和锤炼。词意说白说透，听众一听就能够理解，所以柳永词在当时很流行，"凡有井水处，皆能歌柳词"，"不知书者尤好之"，文化水平不高的人特别喜欢柳永这样的词。我们从艺术的角度衡量，觉得"毕竟不成眠，一夜长如岁"有些太直露，意思重复。但从他的创作动机看，却是可以理解的，因为他是为大众而创作，目的是要让普通民众一听就懂。所以不应指责他。如果写得像南宋吴文英的词那样高雅而晦涩，市民大众就无法理解，也无法流行了。我们既要看到柳词的不足，也要理解他这样写作的目的和动机。对古人，需要"同情之理解"。

　　下片写主人公的心理活动。"也拟待却回征辔"，是打算勒马回家。"也拟"，是准备、计划的意思。"又争奈已成行计"，本来想赶着马回去与佳人团聚，但转念一想，好男儿既然出门，目的没达到，理想没实现，一无所获地回去多不光彩！又否定了打道回府的念头。《战国策》里记载，纵横家苏秦先是游说秦王，一无所成，"形容枯槁，面目黧黑"地回到家里，家人都不搭理他，"妻不下纴，嫂不为炊，父母不与言"。柳永这时也许就想到了苏秦，于是决心不回去；或者他想起孟子说的："天将降大任于是人也，必先苦其心志，劳其筋骨，饿其体肤，空乏其身。"

"万种思量，多方开解，只恁寂寞厌厌地"，写心理活动很细致。思前想后，想去想来，时而安慰自己，时而说服自己，可就是提不起情绪，打不起精神。"厌厌"，读平声，这是当时的习语，和现在"郁闷"的意思差不多。柳永非常喜欢用"厌厌"这两个字。比如"厌厌病绪""春困厌厌""厌厌夜饮"等等。《全宋词》里，柳永使用这两个字的频率最高。

"系我一生心，负你千行泪"，是内心的自白，也是对佳人的思念，好像在对佳人说：亲爱的，你一辈子都在我心中，只是暂时不能跟你团聚。"负你千行泪"，让你在家泪水不干，我心中感到亏欠内疚。这两句是写双向的思念，他想着他的心上人，同时想着心上人这时也一定在家里为他流泪。李清照的"一种相思，两处闲愁"，表达的就是这种双向思念。

柳永的相思词特别善于心理刻画，通过心理刻画来展示人物的性格和形象，虽然没有外貌细节的描写，但我们仿佛可以见到一个活灵活现、有血有肉的抒情主人公在词世界里的活动。这很奇妙，像上面这首词，没有太多景物的描写，却建构了一个比较完整的艺术世界。在这个艺术世界里，有抒情主人公的活动场景，有他复杂微妙的内心世界，而且内心世界是流动变化的。这是柳永的高超之处。

再来看看秦观的一首词。秦观词的风格跟柳永大不一样，是"情韵兼胜"，既满是柔情，又富有韵味。宋代有人评价说，苏轶的词是韵味厚而情感不足，柳永的词是情有余而韵不足，只有秦观词是情韵兼胜的。《江城子》就很好地体现出秦观词的艺术特点：

> 西城杨柳弄春柔。动离忧。泪难收。犹记多情，曾为系归舟。碧野朱桥当日事，人不见，水空流。　韶华不为少年留。恨悠悠。几时休。飞絮落花时候、一登楼。便做春江都是泪，流不尽，许多愁。

晚清的词学理论家冯煦，曾经在《蒿庵论词》里说："淮海、小山，古之伤心人也。"淮海是秦观，小山是晏几道，他俩都是伤心人。又说："他人之词，词才也；少游之词，词心也。"别人的词是用才气写出来的，少游的词是用真情、真心写出来的。

和柳永比起来，秦观词的情思更丰厚深沉。他不仅仅是抒发一种爱情相思，还包含着人生感慨、命运忧患。清人周济说，秦观词"将身世之感打并入艳情，又是一法"，意思是，秦观在艳情、离别的普泛化题材中，融入了他个人独特的身世之感、生命之思，凝聚了他仕途的挫折、人生的失意。

"西城杨柳弄春柔"，西城指汴京。汴京城西门外，柳树成行；柳枝在风中摇曳，舞弄着春天的温柔，展现着春天的和美。大好的春光、柔媚的杨柳，引发的不是愉悦，而是离愁。这是乐景写哀情、加倍写情法。一般来说，乐景生乐情，哀景生悲情，范仲淹《岳阳楼记》就说，遇春和景明，人们就心旷神怡；见淫雨霏霏，人们会感极而悲。遇乐景而生哀情，更见其哀。愁多恨重，故"泪难收"！秦观是伤心人，词里泪水也特别多，有人是首首不离酒，他是篇篇都是泪！

"犹记多情，曾为系归舟"。是谁"多情"？我们与其理解为人"多情"，不如理解为杨柳多情。多情的杨柳，曾经在这里系住我从外面飘荡回来的归舟。这是送别以后又回到这里来再写送别。"碧野朱桥当日事"，暗含着故事，但只点到为止，或者说欲言又止。有人说，秦观词善于用"点染之法"。点染本来是绘画的一种技巧，词中的点染法，可以这样理解：点，是点出意旨，但不说破；染，是用景物来烘托，用镜头来表现。"当日事"是点，"碧野朱桥"是染。碧绿的原野、红色的桥梁，色彩鲜明。"当日事"，点明当日曾经在朱桥上发生故事，但详情却不说破，也许是与曾经所爱之人相逢又离别，也许是跟政治上的同道、文学上的诗友握手告别。这首词是绍圣元年（1094）所作，当时秦观遭遇贬谪。"人不见，水空流"，有象征的意味，不仅仅是表现男女间的恋爱情事、儿女私情，也可能象征着某种政治事件。这里好像是叙事，其实是绘景。"碧野朱桥"，是一幅画。碧绿的原野上有一条河，河上有一座红色的桥，我们可以想象桥上还有两个人。这两句，包含着过去和现在两重时空的情事——当时朱桥上两人握手告别；而现在此地，却不见当年人，唯有河水空空荡荡地流向远方。

一笔写出今昔两重时空的情事，是宋词里常见的手法。比如晏殊的"去年天气旧亭台"，晏几道的"当时明月在，曾照彩云归"，李清照的"旧时天气旧时衣"等。"去年天气旧亭台"，不仅写出去年此日同样的亭台同样的天气，也写出今年此日同样的亭台同样的天气，环境依旧，只是人事已非。"当时明月在，曾照彩云归"，包含过去和现在的对比：当年的明月曾照着彩云归去；如今明月还在，可再也见不到彩云归来。"旧时天气旧时衣"，其实包含眼下同样的天气同样的着衣，当年和今日，天气一样，冷暖一样，但情怀已是大不相同。

下片"韶华不为少年留"，由送别转过一层写人生。人生苦短，生命有限，大好的时光很快就溜走了，多留一分时光就多留住一份青春的面影和记忆。转眼之间，已由少年步入中年，人生长恨悠悠，像流水一样无休无止。又逢"飞絮落花时候、一登楼"。飞絮落花，都是不可逆转之物，就像时光不可逆转一样，固已令人伤感，而此时登楼，更是感伤。套用柳永词的"自古多情伤离别，更那堪、冷落清秋节"，可以说是自古多情皆伤春，更那堪登楼远望！

古人登楼，本是为了消忧解愁。用王粲《登楼赋》的说法是"聊暇日以销忧"！正因为"恨悠悠，几时休"，所以才登上高楼去避愁消愁。辛弃疾《鹧鸪天》词曾说："欲上高楼去避愁，愁还随我上高楼。"秦观登上高楼，能避愁消愁吗？不但没消愁，反而更生愁增愁。登楼但见漫天飞絮，满树落花，愁恨更增一

层。贺铸《青玉案》不是有"试问闲情都几许，一川烟草，满城
风絮，梅子黄时雨"的名句么？贺铸说人生的闲情愁苦有多少？
就像那满川的烟草、满城的风絮、绵绵不断的梅时雨。"一川烟
草"迷漫，是写愁思的广度；"满城风絮"，絮是风中的杨花，到
处飘荡，飘忽不定，写愁的密度；"梅子黄时雨"，是写愁的长
度。因为梅雨是连绵不断的，延续的时间又长又久。贺铸用三种
不同的意象，从不同的角度来写闲情愁闷。秦观用"飞絮落花"
这两种类似的意象来写愁，相思的愁苦中包含着时光的流逝、季
节的流转和青春年华消逝的感伤。

　　登楼消愁而愁更愁，因此顺势推出结拍三句："便做春江都
是泪，流不尽，许多愁。"这三句，明代词学家杨慎说是从苏
轼《江城子·别徐州》"欲寄相思千点泪，流不到，楚江东"中
化出，所言有理。可以说，苏轼词是秦观词的近源，李煜《虞美
人》的"问君能有几多愁，恰似一江春水向东流"是秦观词的远
源。秦观词是融合苏、李二词而成，句法是借用苏轼词句，意象
比喻是化用李煜词句。

　　秦观词，受李煜词影响很深，运用也是出神入化。他的名句
"恨如芳草，萋萋刬尽还生"，是从李煜的"离恨恰如春草，更行
更远还生"变化而来。而"便做春江都是泪，流不尽，许多愁"
三句，出自"恰似一江春水向东流"，而加以改造变化，推陈出
新。李煜原句是新颖的比喻，而秦观变为虚拟的行为动作，即使
把春江都做成眼泪，也流不尽我心中无限的忧愁。虽是虚拟语

气，却有动作感。

秦观还有"飞红万点愁如海"的名句。他一生多愁，也善写愁。秦观写愁，跟苏轼不一样。苏轼写愁苦，是力求超脱，要从愁苦中摆脱超越出来，是"超越型"；而秦观写愁苦，则是沉入愁苦的深渊，让愁苦浸泡着，体会人生的艰难，感受人生的沉重，是"沉入型"。同样是写人生的愁苦、人生的忧患，苏轼和秦观的态度不一样。

读秦观的词，感觉非常沉重。这与秦观的个性有关。他的心理承受能力比较差，遇到挫折痛苦，就消沉失望。他贬到岭南湛江，还没有像苏轼那样贬到海南岛，就对人生失去了信念，觉得回乡无望，肯定要死在这南荒蛮瘴之地，于是赶紧给自己写挽词。苏轼贬到海南岛，到了真正的天涯海角，仍然非常乐观，北归渡海时写诗说："九死南荒吾不恨，兹游奇绝冠平生。"虽然贬到南荒之地，九死一生，但不遗憾，就算是人生历程中的一次远游，而且是这辈子最奇特绝妙的一次远游。苏轼遇到挫折痛苦，总是想得开，放得下，洒脱超然。而秦观遇到挫折痛苦常常想不开，容易陷入绝望，所以五十多岁就去世了。人的寿命与心态相关，乐观豁达的人，寿命会比较长。我们要学习苏轼的旷达乐观，而不要学秦观的消沉悲观。

悼亡·十年生死两茫茫

悼亡词，是爱情词的独特类型，写的是生死恋，是生者对亡者的忆恋与怀念。悼亡词往往怀人又悲己。因为唐宋时代男性词人多而女性词人少，故悼亡多是悼念亡妻故妾。才子苏轼与侠客贺铸的悼亡情调不同，徽宗皇帝与江湖游士吴文英的悼亡风神各异。

　　悼亡，有广义与狭义的两种理解。广义的理解，指对所有亡故者的悼念，凡是对亡故者悼念的诗歌都称为悼亡诗。这类悼亡诗，又称挽诗、挽歌。狭义的理解，是专指丈夫对亡妻的悼念。按理说，悼亡诗也应包含妻子对亡夫的悼念，因为中国古代诗歌史上女性诗人很少，所以悼亡诗专指丈夫对亡妻的悼念。因此有一种称呼，把丈夫死了妻子叫作"赋悼亡"。我觉得，夫悼妻和妻悼夫都应该算在狭义的悼亡诗里，也就是把悼亡诗视为夫妻间的悼念。友人尚永亮教授所编《十年生死两茫茫——古代悼亡诗百首译析》，就包含了妻子对亡夫悼念的诗篇。我们的看法相同。

　　悼亡诗词，可以看作是爱情诗的一个独特类型，不过写的是生死恋，是生者对亡者的忆恋与怀念。一般认为，中国古典诗歌里，最早表现悼亡主题的是《诗经》的《绿衣》，诗人由身上所穿的衣裳想起了缝制衣裳的妻子，物在人亡，黯然神伤。这是悼念亡妻的诗，被称为悼亡诗之祖。睹物思亡人的手法，也为后世所继承。原诗是：

　　　　绿兮衣兮，绿衣黄里。心之忧矣，曷维其已！

绿兮衣兮，绿衣黄裳。心之忧矣，曷维其亡！

绿兮丝兮，女所治兮。我思古人，俾无訧兮。

絺兮绤兮，凄其以风。我思古人，实获我心。

《诗经》还有一首《葛生》，也是悼亡诗。其中"百岁之后，归于其居；百岁之后，归于其室"，死了之后希望合葬一处，这应该是最早表达夫妇死同穴观念的诗句。

汉武帝曾写过一首《李夫人歌》，只有三句。诗歌的背景是：汉武帝的妃子李夫人去世较早，武帝思念不已，当时的方士齐人少翁说，可以把她的神灵请回来。于是夜里点上蜡烛，设张帷帐，让汉武帝住在帷帐里，远远望去，一位漂亮的女子好像是李夫人的模样，但只能远看不能近观。望到她的音容笑貌后，汉武帝更加思念，于是写下这首诗："是邪非邪？立而望之。偏何姗姗其来迟。"是她吗？真不敢相信。伫目遥望，为什么偏偏来得这么晚，不早一点来安慰我渴望的心灵！《汉书》说这是乐府诗，曾经让人配乐歌唱。

最早以悼亡为题、开创了悼亡诗这种主题类型的诗人，是西晋潘岳。潘岳是美男子，当时走到哪都受女性追捧。传说他经常出门回来，车里总是满载水果点心，因为女性喜欢他，就给他投送水果。同时的诗人左思，学他驾车出门，带回的却是一车小石子，因为女人们嫌他长得太丑，常常会扔小石子追打他。

悼亡诗有个特点，作者一般是妻子去世得比较早，大多是青年或中年丧妻，亡妻还没走完生命的全程、还未到死亡的年龄就离世，所以特别痛苦，心理上没有任何准备。如果是正常的死亡，心里也许好受一些。夫妻感情很深的，一方亡故，另一方自然会特别痛苦。潘岳的悼亡诗一共三首，且看第一首：

> 荏苒冬春谢，寒暑忽流易。之子归穷泉，重壤永幽隔。私怀谁克从，淹留亦何益？黾勉恭朝命，回心反初役。望庐思其人，入室想所历。帷屏无仿佛，翰墨有余迹。流芳未及歇，遗挂犹在壁。怅恍如或存，周遑忡惊惕。如彼翰林鸟，双栖一朝只。如彼游川鱼，比目中路析。春风缘隙来，晨霤承檐滴。寝息何时忘，沉忧日盈积。庶几有时衰，庄缶犹可击。

诗的开篇说，时光流逝得特别快，不知不觉已经过了一年。一般来说，越是痛苦越觉得时间难熬，而潘岳这时候觉得时间过得特别快，这表明他神情恍惚甚至是麻木。自从亡妻去世以来，一直沉浸在痛苦中，忘记了时间的流逝，现在突然想起来，时间已经过去一年。反常的心理，更深一层地表现出精神的极度痛苦。"之子归穷泉，重壤永幽隔"，说爱妻走向九泉，生死永相隔。最感人的是"望庐思其人"四句，其中"帷屏无仿佛"，用了前面讲的汉武帝招李夫人魂的故事。回到房间里，想起妻子生前的音容笑貌，睹物思人，见到室内的陈设又想起妻子平时的言谈举止。夫妻俩在房里温馨地调笑，如在眼前。看到她的字，就想起她写字的模样，她写的字，墨迹似乎还没干呢。这种睹物思人法，是《绿衣》创造的抒情方式，潘岳把这种方式强化了，增加了对生活细节的回忆，为后来的悼亡诗建立起一种抒情范式。后世的悼亡诗，常常会写到亡妻生前的音容笑貌和生活细节。

唐代最感人的悼亡诗，要数元稹的《遣悲怀》。元稹的妻子韦氏，20 岁嫁给他，夫妻俩共同生活了 7 年，27 岁就病逝了。元稹很长时间抹不去对妻子的思念，于是写了《遣悲怀》三首悼亡诗。读者对元稹的这三首诗，可能比对潘岳的悼亡诗要熟悉。西方写死亡的诗歌，常常是对人生的反思，表现一种超然洒脱的人生态度和人生智慧。而元稹的悼亡诗，是用真情去打动人、感动人。且看《遣悲怀》第一首：

谢公最小偏怜女，嫁与黔娄百事乖。
顾我无衣搜荩箧，泥他沽酒拔金钗。
野蔬充膳甘长藿，落叶添薪仰古槐。
今日俸钱过十万，与君营奠复营斋。

首句是倒装，常规语序应是"谢公偏怜最小女"。谢公，指东晋大政治家谢安，他特别喜爱侄女谢道韫。谢道韫是左将军王凝之妻，有名的才女。黔娄是战国时代的寒士，诗人用以自比。首联说妻子出阁前家世显赫，无忧无虑，自从嫁了我之后，生活却没有一样是顺心的。也就是说，做姑娘时是掌上明珠，备受宠爱，出嫁后生活困顿。她温柔、体贴，看到我没有衣服换，就把她压在箱子底下的布拿来给我做衣服；我想喝酒了没钱，就缠着她，她拔掉头上的金钗去换酒。第三联进一步写生活的艰难。没饭吃了，去拔野菜；没柴烧了，就从古槐树上打些叶子下来。这对穷困生活的具体描绘，比直接叫苦哭穷要生动感人得多。今天我生活条件大为改善，薪俸超过了十万，可她无福消受。结句说，生前没有让她过上快乐的日子，身后就只好多给她烧些纸钱。写到这里，诗人心里格外伤痛。我们读来也不觉泪目。另外两首是：

> 昔日戏言身后意，今朝皆到眼前来。
> 衣裳已施行看尽，针线犹存未忍开。
> 尚想旧情怜婢仆，也曾因梦送钱财。
> 诚知此恨人人有，贫贱夫妻百事哀。

> 闲坐悲君亦自悲，百年都是几多时。
> 邓攸无子寻知命，潘岳悼亡犹费词。
> 同穴窅冥何所望，他生缘会更难期。
> 唯将终夜长开眼，报答平生未展眉。

夫妻俩当时曾戏言死后该怎样怎样，戏言如今真的变成了现实。爱妻亡故后，把她的衣服展开看了一遍又一遍，生前缝补衣服的针线包，摩挲着不忍心打开。"施"，不读平声 shī，应读去声 yì，打开、展开的意思。衣服上仿佛还有夫人的体温，展开衣服看，能感受到夫人的音容笑貌和温馨。她生前富有爱心，关心体贴仆人侍女，于是诗人想着也要像亡妻那样，多疼爱多关怀仆人侍女，让亡妻在九泉下放心和宽慰。"贫贱夫妻百事哀"，已成为熟语。闲坐的时候倍感孤独，又想起亡妻生前种种情景。人的一生原本很短暂，迟早总是要死的，自己在安慰，在开解，似乎想开了，但真正面临死亡，面临亡妻的永诀，还是抹不去心头的创伤。邓攸是西晋人，在战乱中为保住侄子舍弃了儿子，从此没有了后人。"邓攸无子寻知命"，意思是自己和亡妻没有子女，是命中注定，不用怨天尤人。"潘岳悼亡犹费词"，是说失去爱妻的伤痛无法表达，即使写出像潘岳那样动人的悼亡诗句，也是多余的。死后同穴埋葬，是几十年以后的事，难以等待；来生有缘相会，下辈子再结为夫妇，也难得实现。现在唯一能做到的，是用整晚的不合眼来报答妻子一生的不顺心。"唯将终夜长开眼，报答平生未展眉"两句，把生者死者结合起来写，有感恩，有愧疚，又写得这么朴实、这么深情，确实非常感人。

　　白居易也有一首《为薛台悼亡》诗，是为友人悼亡：

　　　　半死梧桐老病身，重泉一念一伤神。
　　　　手携稚子夜归院，月冷空房不见人。

半死梧桐，象征亡妻的去世，也可理解为丈夫伤心得"半死"，后面贺铸的词就用了这个意象。丈夫孤身一人回到庭院，平时都有妻子相迎，而这时候一个人牵着小孩的手，望着屋里黑洞洞的一片；平时回家时妻子总是热茶热饭的递上来，而如今是冷火熄烟。睹物思人，心里好生凄凉！月亮的清冷，是屋子的冰冷，也是心里的凄冷。白居易此诗写得非常真切、非常细腻。虽然是为友人悼亡，由于设身处地替友人着想，感同身受，也相当感人。

晚唐诗人赵嘏，也有《悼亡》诗：

　　明月萧萧海上风，君归泉路我飘蓬。
　　门前虽有如花貌，争奈如花心不同。

这与元稹诗形成鲜明对照，元稹说亡妻生前日子过得不好，我刚刚过上好日子，可她没能与我共同走到今天，无法享受来之不易的清福。而赵嘏是说，亡妻只身归九泉，孤单寂寞，我也在外漂泊流浪，亡人和存世者都处在痛苦之中，在飘零的路上多么希望有一个完整的家，彼此慰藉。门前来来去去的女孩，虽然个个长得如花似玉，但性情气质哪如故人，终是无心去顾盼。汉乐府里有一首《上山采蘼芜》诗，也是说虽然新人长得好，但性格、勤快不如原配妻子。原诗是："上山采蘼芜，下山逢故夫。

长跪问故夫，新人复何如。新人虽言好，未若故人姝。颜色类相似，手爪不相如。新人从门入，故人从阁去。新人工织缣，故人工织素。织缣日一匹，织素五丈余。将缣来比素，新人不如故。"要注意的是，汉乐府写的这个"故人"，是指前妻，不是亡妻。赵嘏"门前虽有如花貌，争奈如花心不同"两句，既侧面写出他妻子的如花美貌，还表现出妻子的温柔体贴多情，世上再难找到比亡妻更好的伴侣了，从反面衬出他对亡妻的一往情深。

跟赵嘏心情相近的，是北宋梅尧臣的《悼亡三首》：

结发为夫妇，于今十七年。

相看犹不足，何况是长捐。

我鬓已多白，此身宁久全。

终当与同穴，未死泪涟涟。

每出身如梦，逢人强意多。

归来仍寂寞，欲语向谁何。

窗冷孤萤入，宵长一雁过。

世间无最苦，精爽此销磨。

从来有修短，岂敢问苍天。

见尽人间妇，无如美且贤。

譬令愚者寿，何不假其年。

忍此连城宝，沉埋向九泉。

梅尧臣这三首悼亡诗，是在平淡中见深情，平和中显热烈。第一首说生前一天到晚地看她都看不够，何况现在永别，已经无法见其人呢！虽然自身也老了，不久于人世，最终可以同穴埋葬，但毕竟现在是天人永隔啊，想到此不觉眼泪汪汪。这种同穴的观念，从《诗经》时代经宋代一直到现在，仍然没有改变，现在还有夫妻合葬的风俗。《孔雀东南飞》也体现了这种观念。

第二首是写为解除心中的寂寞和孤独，出门后看到人就拉着说话。可回到家来，再也找不着人说话了。平时"相看两不厌"，这时孤独地守着空房，无人交流，也无法诉说心中的痛苦！"窗冷孤萤入，宵长一雁过"，写秋天，一只萤火虫孤零零地从窗户飞进，创造出一种非常孤独冷清的境界。窗冷，显现心灵的凄凉寂寞，暗示室内人的孤独，同时写出了他一夜失眠，因为通宵没睡着，才能看见萤火虫飞进来，感受到天空中有孤雁飞过。萤是实写，雁是虚写，是想象之词。两句诗，室内室外，人、景、情都有，用笔极简练，构思极巧妙！尾联说死别是最痛苦的，人世间再也没有比这更痛苦的了！为了这份爱，为了这份难以忘却的痛，人都丧魂落魄了。

第三首说人的寿命有长有短，本来很正常，不敢责问苍天。可"见尽人间妇，无如美且贤"，常言道情人眼里出西施，丈夫眼里也出西施呢！想想这人间的妇女，哪一个有我妻子这么漂亮、这样贤惠！前面说梅尧臣诗是平淡中见热烈，这里就可其热烈。痛苦中含着一份自豪、一份幸福！毕竟他找到了这位"美且贤"之妇。"譬令愚者寿，何不假其年"，意思是老天爷真是不公平，与其让那些愚笨的人长寿，却为何不让我的妻子多活几年，多给她一些年寿！老天爷，你真狠心！我妻子是连城璧，你却让她过早地埋在九泉之下！我们仿佛听到梅尧臣对天呼号。梅尧臣诗歌一向追求平淡之美，语言也很平淡，但平淡之中体现出一种深沉，蕴含着一种热烈。

从上面这些悼亡诗，我们可以了解到，悼亡诗既写对亡者的思念缅怀，也会写到生者的现实处境，抒发自我人生的感慨，也就是把对死者的思念和生者的人生失意结合起来写，既悼亡，又悲己。

下面我们来看悼亡词：

> 十年生死两茫茫。不思量。自难忘。千里孤坟，无处话凄凉。纵使相逢应不识，尘满面，鬓如霜。　　夜来幽梦忽还乡。小轩窗。正梳妆。相顾无言，唯有泪千行。料得年年肠断处，明月夜，短松冈。

这是苏轼悼念亡妻的名作《江城子》。苏轼的原配妻子叫王弗。与元稹的妻子一样，都是 27 岁去世的。王弗 16 岁跟苏轼结婚，他俩共同生活了 11 年。苏轼这首词写于 1075 年，他的妻子是 1065 年逝世的。"十年生死两茫茫，不思量，自难忘。"先从时间的长度写对亡妻的思念。亡妻去世十年以来，没有一天能够忘怀。平时不思量也难忘，思念和伤心完全是自然而然从心底涌出。自然而然，更见真心、真痛、真念。何况是今天有意识的思量呢！这种痛苦就更加深沉，心如刀绞。下面从空间着笔。"千里孤坟，无处话凄凉。"家庭是一个温暖的港湾，男子在外遇到挫折，遇到痛苦，希望向亲人倾诉。这时的苏轼，在山东密州（诸城市）任知州。而妻子王弗，安葬在故乡眉州彭山县的祖坟地里，空间相隔十分遥远。且不说生死永隔，如果不是相隔这么遥远，能到坟头上去向她诉说一下眼前的凄凉，也是一种安慰。而这样一种可怜的愿望都无法实现。

王弗生前通晓世事，人情练达，特别有知人之明。苏轼在《亡妻王氏墓志铭》中曾说："轼与客言于外，君立屏间听之，退必反复其言曰：'某人也，言辄持两端，惟子意之所向。子何用与是人言。'有来求与轼亲厚甚者，君曰：'恐不能久。其与人锐，其去人必速。'已而果然。将死之岁，其言多可听，类有识者。"意思是说，我与客人在屋里说话，王弗总会隐身站在屏风后面听着，客人走后，她会提醒我："某人说话，首鼠两端，摇摆不定，总是迎合你的意思。这种人没必要跟他多交谈。"有时有人来希望与我交好，她提示我说，跟这种人做朋友恐怕不能长久，交谊来得太快，分手也必然很快。不久果真应验。离世之前，她的话都很中听，很有见识。

　　苏轼在政治上受到挫折后，非常希望能向通晓人情世故的爱妻倾诉胸中的委屈，可人天永隔，已经无法诉说！行文至此，词已写出三层悲哀。第一层是人亡之悲；第二层是十年来无意识中、潜意识中都深含伤悲；第三层是相距遥远，想到坟前诉说衷肠都不可能。层层深入递进。

　　"纵使相逢应不识，尘满面，鬓如霜。""纵使"两个字用得特别好，含意曲折。希望两人能够超越生死的界限再见一面，这是一层。第二层意思是，即使相逢见了面，也不一定认识了。现在我是满面灰尘，两鬓如霜，今天的苏轼已经不是当年意气风发的苏轼了，而是在仕途上摸爬滚打遭受挫折的苏轼。苏轼因为反对王安石变法，而从京城放外任，先在杭州做通判，又到山东密州做知州。"尘满面"是说自己灰头土脸，形象地写出自己的生活不如意。这年苏轼才30岁，说自己两鬓斑白"如霜"，也是强化自我人生的不得意。上片结构上有分有合，一句写亡人，一句写生者。"十年生死两茫茫"是合写。下面是分写，写自己。

　　过片"夜来幽梦忽还乡"，点明题序中"乙卯正月二十日夜"的"记梦"。常言道，日有所思，夜有所梦。故上片写思，下片写梦。"小轩窗"，是写梦境。"小轩窗，正梳妆"，仿佛看见了她，词意暗承上片的"相逢"。潘岳《悼亡诗》写到"帷屏无仿佛"，这里是写梦里看到妻子在梳妆打扮。两人在梦中见面，应该是非常激动，非常喜悦，而他们却是"相顾无言，唯有泪千行"。含意就非常深沉，既包含了亡妻在阴间的痛苦，又暗含了生者在人间的种种感慨。从字面上看，与柳永的"执手相看泪眼，竟无语凝噎"相似，但柳词是写生离，苏词是写死别。"相顾无言"，可谓此时无声胜有声。确实，这死别十年来，苏轼体验到的人生忧患、人生失意，岂是三言两语能够说清楚的？这两句，有动作——"相顾"，有神态——"泪千行"，极具镜头感。而场景似真似幻，似现实似梦境。如果写互吐衷肠，反倒失真。梦境本来就是模模糊糊、朦朦胧胧的。"相顾无言"，写梦境极贴切。

"料得年年肠断处，明月夜，短松冈"。站在自己的角度想对方，不仅仅是我想对方，松树底下的亡妻每当月夜也会思念我。上片写过去，过片写现在，结拍写将来。此后"年年"月夜，只要想起短松冈下孤零零的亡妻，就会柔肠寸断。进一步写出对亡妻的怀念。平时不思念自难忘，今夜梦中相会泪千行，此后年年依然会痛断柔肠。过去、现在、将来，一样的思念，一样的哀伤。

苏轼这首词的感人之处在于，不仅表现了对亡人的思念，同时也包含了自我人生的失意。这为后来的悼亡词建立了另一种范式，把死别的痛苦跟生者的人生失意结合着写。

我们再看贺铸的《鹧鸪天》。贺铸词有一个特点，就是按照词作的内容重新给词调起一个新名字。这首词，词调原名是《鹧鸪天》，他改为《半死桐》。他的另一首名作《青玉案》（凌波不过横塘路），调名被改作《横塘路》。且看《半死桐》原词：

重过阊门万事非。同来何事不同归。梧桐半死清霜
后，头白鸳鸯失伴飞。　　　原上草，露初晞。旧栖新垅
两依依。空床卧听南窗雨，谁复挑灯夜补衣。

贺铸的夫人姓赵，是皇室之女，出身名门，但非常温柔贤
惠。贺铸曾在一首诗里写过妻子在他出远门时，冒着酷暑给他缝
补衣服的情景。据学者考证，这首词是贺铸 50 岁时在苏州写的。
他曾在苏州住过一段时间，这次重到苏州，已是物是人非。当年
相伴同来，如今却不能一同归去。

"梧桐半死清霜后，头白鸳鸯失伴飞"，字面上跟前面讲的
白居易悼亡诗句"半死梧桐老病身，重泉一念一伤神"近似，其
实二者都用了一个典故。枚乘的《七发》里说，龙门有一棵梧桐
树，其根半死半生，把它砍下来做成琴，能演奏出天下最为悲切
的声音。梧桐为琴，比喻夫妻琴瑟和鸣。半死桐的含意相当丰
厚，不知道这个典故，从字面上也就能体会到，两棵并生的梧桐
死了一半，暗喻半道生死分离。知道了这个典故，其中又含有失
去知音知己的意思。"清霜后"，写明季节是秋天。"自古逢秋悲寂
寥"！在秋天悼亡，心情岂不是更加沉重悲伤?！中年丧妻，有
中年丧妻的痛苦；晚年丧妻，也有晚年丧妻的悲伤。古人成熟得
早，老得也早。40 岁就自称老翁，苏轼 39 岁就自称"老夫聊发
少年狂"。欧阳修在《醉翁亭记》里自称醉翁，其实才 40 岁出
头。贺铸这年 50 岁了，"头白鸳鸯失伴飞"，是老年丧妻，格外

悲痛。

下片写对亡妻的思念。"原上草"，是写景，但也有象征性，象征着相思无边无际。"露初晞"，则象征生命的短暂。露水，是很短暂的。汉乐府里有丧歌《薤露》说："薤上露，何易晞。"露水很容易干枯。露水干比喻生命的消逝。"旧栖新垅两依依"，旧居和新坟两两相对，写双向的思念，他思念亡妻，亡妻在九泉之下也在思念着他。虽然人天永隔，可旧栖新垅仍然紧紧相依，足见情爱的深厚。"空床卧听南窗雨，谁复挑灯夜补衣"，虽然两情相应，但生者孤独的痛苦还是无法排遣。这里也是用细节表现法。躺在床上听到雨声嘀嗒，却再也看不到妻子挑灯夜补衣的情景。挑灯夜补衣，既写出对亡妻的忆念，同时也写出亡妻的贤惠与深情，她常常晚上挑灯补衣。这个极具生活气息的细节，表现了他对亡妻的刻骨相思。

这种情景，在我老师唐圭璋先生的悼亡词里也有表现。我老师36岁丧妻。他不仅悼亡词写得情深意切，而且以实际行动来表达对师母的深深怀念。老师36岁丧偶后一辈子鳏居，直到90岁去世。古人用文字来表达深深的情意，而老师则用他整整54年的鳏居生活来表达对师母深深的爱。特别感人的是，师母去世后，老师每年清明节要到师母的坟上坐着吹箫，一吹就是一天。那回响在天空中凄凉幽怨的箫声，饱含着老师多少哀思、多少忆恋啊！可惜我无缘听到。现在一想起来，都会热泪盈眶。要是听到了，不知是怎样的一种情景。

下面四首《忆江南》悼亡词，是他在 1939 年抗战期间只身逃难到四川途中写的。

"人声悄，夜读每忘疲。多恐过劳偏息烛，为防寒袭替添衣。催道莫眠迟。"写他晚上读书读到很晚，师母怕他过度劳累，故意吹熄蜡烛；又怕他寒冷，总是悄悄地给他披上衣服，并不断地催他早点睡，别累坏了身体。也是通过细节表现师母的温柔和贤惠、关心和体贴。想想他写此词时在逃难途中，只身睡在破庙里，想起往日的温馨，这时该是何等的痛苦！老师对师母的感情非常深，几十年如一日。在他去世前的卧病期间，我每天陪护他一个小时，他经常给我回忆师母生前的情景。其中也说到李清照，我们知道历史记载李清照曾经改嫁过，老师坚决反对"改嫁说"，认为一个老太婆了，改嫁干什么。我虽然不完全接受老师的观点，但我理解老师的感受，老师的观点是融入了他自己的经历和感受。师母去世后，有人劝他再娶，可他忘不了夫人的身影。60 多岁后，子女已成人，他说再也没有必要续弦了，所以后半辈子一直鳏居。

第二首："游丝细，人静碧窗纱。问字有时妨午绣，插花常聚一帘香。晴昼不知长。"写他家庭生活的温馨，他读书，师母绣花。让人想起欧阳修《南歌子》词的"弄笔偎人久，描花试手初。等闲妨了绣功夫。笑问双鸳鸯字、怎生书"的恩爱情景。

第三首："炉烟袅，讳病最深沉。匀粉图遮憔悴色，强欢聊慰老人心。暗里自沾巾。"师母卧病一年多，当时老师正在编

《全宋词》，他一边照顾病人，一边写出两三百万字的论著。"匀粉图遮憔悴色，强欢聊慰老人心"，写师母怕老人看见自己的病貌担忧，所以早起化妆，脂粉搽得厚厚的，以遮蔽掩饰自己的病容。为安慰老人，她强颜欢笑，却"暗里自沾巾"，一个人独自垂泪。细心的老师发现了，看在眼里，痛在心头。

第四首："绵绵恨，受尽病魔缠。百计不邀天眷念，千金难觅返生丹。负疚亦多端。"师母在病床上躺了一年多，受尽病痛的折磨，再多的钱也买不来返生丹。想到这一切，老师"负疚亦多端"。这又体现出老师宽以待人而严于律己的情怀。在前面讲的古人的悼亡诗里，从来没有人表现过负疚与自责，而我的老师觉得自己没能挽救师母的生命，倍感负疚，后悔又自责。可以说，我老师的词从情感上赋予了悼亡词一种新境界。他的悼亡词，真是用心写出、用血泪凝成的。

下面再看一首皇帝的悼亡词，是宋徽宗赵佶的《醉落魄·预赏景龙门追悼明节皇后》。明节皇后是刘贵妃，刘贵妃死后追封为皇后。这首词作于明节皇后去世的第二年，即宣和四年（1122），徽宗时年41岁。景龙门是汴京的城门，所谓"预赏"，是当时一种风俗，元宵节前，张灯结彩，皇帝要提前观赏。皇帝也有常人的情感。当他从神圣的皇帝宝座走下来时，也跟普通人一样，有爱有恨，更何况宋徽宗是一个艺术家、多情人呢！且看原词：

　　　　无言哽噎。看灯记得年时节。行行指月行行说。愿
　　月常圆，休要暂时缺。　　今年华市灯罗列。好灯争奈
　　人心别。人前不敢分明说。不忍抬头，羞见旧时月。

　　这首词押入声韵，"说"字，现在的普通话念平声，古代读入声。赏灯时分，词人想起去年今日跟刘贵妃一起赏灯的情景，就无言哽咽。这份思念，这份痛苦，不便在人前显露出来，做皇帝，有皇帝的尊严，痛苦要掩藏在心中。"愿月常圆，休要暂时缺"，这几个字看起来很普通，但他的内心却有一段美好的回忆，去年此夜，两人一同赏灯，一边走一边指着月亮，相互表达着美好愿望：愿你我像月一样常圆，不要片刻的离缺。就像白居易的《长恨歌》写的那样："七月七日长生殿，夜半无人私语时。在天愿作比翼鸟，在地愿为连理枝。"徽宗和刘贵妃月下赏灯跟唐玄宗和杨贵妃七夕拜月的情景很相似，只是白居易的长篇叙事诗写得更具体更细致，而这里"愿月常圆，休要暂时缺"，只祝愿彼此长相陪伴永不分离，平凡的愿望体现出两人的真情与真爱。

　　而"今年华市灯罗列。好灯争奈人心别"，场景依旧，花灯是一样的瑰奇美好，但人的心情却截然两样。"人前不敢分明说"的"说"字，与上片重复押韵。一般写词，韵字是不能重复的。可此词上片第三句用了"说"字，下面第三句又用"说"字，是故意不回避，还是写作时心情过于悲伤，一时失察，我们不好强作解释。留待读者自己去思考判断。"不忍抬头，羞见旧时月"的

"羞见"，意思是怕见，怕抬头看见圆月，圆月会使他想起去年的欢乐时光，而往日的欢乐只会加深眼前的痛苦。这与李煜《虞美人》的"春花秋月何时了，往事知多少"，是同一种表达方法。

再看南宋词人吴文英的《风入松》：

> 听风听雨过清明。愁草瘗花铭。楼前绿暗分携路，一丝柳、一寸柔情。料峭春寒中酒，交加晓梦啼莺。　　西园日日扫林亭。依旧赏新晴。黄蜂频扑秋千索，有当时、纤手香凝。惆怅双鸳不到，幽阶一夜苔生。

这首词是吴文英为悼念侍妾而作，很能体现其词的特点：化实为虚，把实有的东西化成虚幻，把虚幻之物化为实有；不同的时空错综叠印，把想象中的情事跟现实中的场景结合，让人分不清楚哪些是过去之事、哪些是眼前之景。所以吴文英有的词不好理解。他的词，历来有不同的评价。宋末张炎《词源》说他的词"如七宝楼台，眩人眼目，碎拆下来，不成片段"，看起来漂亮，但拆开来，就成了碎片，不相连续。而当代著名词学家叶嘉莹先生，则对吴文英词做了现代阐释，说这是一种意识的流动，读者要善于把握他的情感流程。

词的开篇写清明时节，听着风听着雨。清明节，是人们上坟祭奠亡魂的时候。因而到了清明时节，自然又引发他对亡姬的怀念。"草"，是写的意思。"瘗花铭"，相当于《葬花词》。"愁草瘗花铭"，有两种理解，一是词人不忍心为亡姬写悼亡词。花，代指亡姬。另一种理解是亡姬每到清明就怕写葬花词，葬花意味着春天即将逝去，侧面写出亡姬生前的伤春惜花之情。首句"听风听雨"的主语，也是亡姬。"楼前绿暗分携路"，写当年跟亡姬分别时，楼前绿荫浓郁，既写眼前景，又暗喻时间的流逝。"一丝柳、一寸柔情"，眼前的杨柳在风雨中摇曳，又回想起当年在杨柳依依之中漫步的情景，所以说杨柳枝枝含情。丝丝杨柳，既是现在时态的眼前景，又是过去时态的当年两人共赏之景。"分携路"，这楼前绿荫下的分别路，好像是现实，又好像是在梦中。"料峭"是指春风的寒冷。料峭春寒，写词人的感受，"中酒"，指饮酒过量。"晓梦啼莺"，暗用唐人金昌绪《春怨》诗意："打起黄莺儿，莫教枝上啼。啼时惊妾梦，不得到辽西。"他在梦中刚刚梦见亡姬，却被清晨黄莺的啼鸣给吵醒了。

　　上片写雨景，下片写新晴。"西园日日扫林亭"，究竟是眼前的情景，还是梦中的情景，虚虚实实，可做两种理解。下句"依旧"二字，连接过去和现在。当时在柳荫覆盖的亭子里曾经共赏新晴。现在景物依旧，而人事已非，不再是两人共赏新晴，而是独赏，明媚春光引发的是无边的惆怅与思念。最巧妙的是"黄蜂频扑秋千索"两句。几只黄蜂，在秋千上追逐，意念中仿佛看到亡姬当年荡秋千的身影和笑容，她手上留下的余香仍在，所以招惹来黄蜂。这本是幻觉，他却把幻觉写得煞有介事。他不说自己仿佛闻到了她身上的香味，而说黄蜂闻到香味以后到秋千上寻找花香。这种构思和表现手法，是吴文英所独擅。"惆怅双鸳不到，幽阶一夜苔生"的"双鸳"，是绣有鸳鸯图案的鞋子。等了一个晚上，始终听不到她穿鞋子走路的声响。人迹不至，静幽幽的台阶上长满了青苔。

　　这首词写的不是一个时刻点的情绪，而是一个春天的情怀，而且把眼前之景和梦中之景、过去的情事和现在的情事叠印浓缩在一起，所以乍读时不太好理解。词人的深情，被炫目的语言和精巧的手法包装着，曲折而委婉，让人有得言忘意之感，缺乏一种像苏轼《江城子》词那种直击人心的动人力量。

　　戴复古的《木兰花慢》，也是一首悼亡词：

　　　莺啼啼不尽任燕语语难通这一点闲愁十年不断恼乱春风重来故人不见但依然杨柳小楼东记得同题粉壁而今壁破无踪兰皋新涨绿溶溶流恨落花红念着破春衫当时送别灯下裁缝相思谩然自苦算云烟过眼总成空落日楚天无际凭栏目送飞鸿

　　我有意将标点省略，请读者自己断句，试试自己的读词语感和断句能力。如果一遍断不了，不妨多诵读几遍。所谓书读百遍，其义自见。词写当年一段情事。"重来故人不见"的"故人"，是戴复古的什么人？是相好还是妻妾？从"灯下裁缝"看，似乎不是一般关系。读者不妨自己去琢磨体会。

亲情：走来窗下笑相扶

亲情，包含母子情、父子情、手足情和夫妻情。宋词里到处是恋人谈情说爱，却很少有人写母子情、父子情、手足情。宋词里最吸引眼球的，是那些写夫妻恩爱的作品。有的写新婚夫妇调情，有的写夫妻枕上吵架……写法各不相同，但一样生动有趣。

　　亲情，包含母子情、父子情、手足情和夫妻情。《全宋词》里，写母子情、父子情、手足情的很少，写得好的更少。《全唐诗》里还有一首歌颂母爱的名作《游子吟》,《全宋词》里却难以找到类似的代表作，到处都是谈情说爱，写的大多是情人、爱人，很少写母亲。有的虽然写到母亲，比如为母亲做寿，但大多是套话。母爱的无私和伟大、平凡和崇高、亲切和温馨，没能表现出来。有些词作偶尔写到兄弟姐妹，但佳作不多。吸引眼球的，还是那些写夫妻恩爱的作品。

　　先看欧阳修的两首词，非常有生活气息。前一首写夫妻秀恩爱，后一首写夫妻吵架后和解，都表现出夫妻间的亲昵。《南歌子》词唱道：

　　　　凤髻金泥带，龙纹玉掌梳。走来窗下笑相扶。爱道画眉深浅、入时无。　　弄笔偎人久，描花试手初。等闲妨了绣功夫。笑问双鸳鸯字、怎生书。

　　这是一对新婚夫妇相互调笑打趣的生活情景。也许是洞房花烛之夜后不久，或许就是新婚的第二天早上，新嫁娘起来以后，经过精心打扮，准备去见公婆。丑媳妇怕见公婆，俊媳妇则想在公婆面前露一脸。"凤髻"，梳着凤形的发髻，非常时髦，往上翘着。上面系着泥金的带子，灯光下一闪一闪的。"龙纹玉掌梳"，头发上还插着一把梳子，梳子是玉制的，上面刻着龙纹图案。起拍两句像是特写镜头，表现新娘子装扮的时髦、靓丽。"走来窗下笑相扶"，可以想象新郎官正在窗下看书习字，新娘子轻手轻脚走到跟前，扶着新郎的后背，嗲声嗲气地说：亲爱的，你看我的眉毛画得时尚不时尚？这是从唐代朱庆馀《近试上张籍水部》诗化来的："洞房昨夜停红烛，待晓堂前拜舅姑。妆罢低声问夫婿，画眉深浅入时无？"写此诗的朱庆馀，有点像我们现在考研的青年学子，考进士前要找前辈名流推荐。

唐代考进士，不像宋代，考试试卷不糊名，试卷上的名字不密封，名次在考试之前就基本确定了。所以唐代的士子考前要"行卷"。行卷是准备考进士的青年，把自己写的传奇小说、诗歌散文等编成卷子，送给在政坛上、文坛上的名流显要，由这些名流政要向主考官推荐，谁的面子最大，被他推荐的就当状元。

朱庆馀写这首诗，是送给著名诗人张籍的，也就是与王建并称为"张王乐府"的张籍。诗意本来是想说，我写的这些诗不知道合不合乎当今的审美潮流，合不合乎您的要求和标准。但他很策略，很智慧，不是直截了当地说，而是把自己比喻成内心忐忑的新嫁娘，早上起来梳妆打扮，问新郎：你看我这眉毛画得时尚不时尚，符不符合现在的潮流？他借着新嫁娘，表现考生那种战战兢兢，就像新媳妇怕见公婆挑剔的那种忐忑不安的心理。言下之意是说，您是诗坛的名流大腕，您看我这诗歌合不合乎当今的审美理想呀？欧阳修这句词，用的是"画眉深浅入时无"字面的意思。化用诗句，极为贴切得体。

"弄笔偎人久，描花试手初"两句，写夫妻的亲昵。新娘子躺在新郎的怀里，一边闲聊，一边拿着笔玩弄。本来打算绣花的，结果小两口忘情地闲聊，耽误了绣花的功夫，没完成预定的绣花任务。可以想象，新娘子想起绣花的事，赶紧起身，拿起画布，正准备描花样，她又明知故问："亲爱的，鸳鸯两个字怎么写啊？"新郎也许揪了揪她的脸蛋，说这么普通的两字都不会写？或许扶着她的手告诉她一笔一画地写。夫妇间的调情、问答，很生动传神。虽然新郎比较被动，好像没有什么动作，但他跟新娘配合默契。这首词，很像是一出独幕剧，人物的对话、动作、神态、场景都写得活灵活现。

下面这首《玉楼春》词是写吵架的，也蛮有趣味：

> 夜来枕上争闲事。推倒屏山褰绣被。尽人求守不应人，走向碧纱窗下睡。　　直到起来犹自嗔。向道夜来真个醉。大家恶发大家休，毕竟到头谁不是。

头天晚上夫妻俩在枕头上为闲事吵起架来了，太太一生气，推到了床前的屏风，掀翻了床上的绣被，怒气冲冲地下床，抱着被子走到窗下独自睡在椅子上。任凭丈夫怎么认错求饶，妻子都不理睬，独自生闷气。

上片写两人晚上吵架的举动。下片写第二天起来，妻子仍然不理睬丈夫。"殢"，读 tì，此指生气，发倔。最终还是大度的丈夫赔小心："昨天晚上喝醉了，多有得罪。抱歉抱歉！"电影《李双双》里曾说："天上下雨地上流，两口子吵架不记仇。"夫妻在磨合过程中，总是难免要吵架的。这样的作品，在唐诗里可找不到，很有生活气息。如果配上欢快幽默的音乐，由歌妓绘声绘色地演唱，肯定趣味盎然。

作为政治家、散文家的欧阳修，在人们心目中的形象好像是不苟言笑，古板严肃。其实欧阳修很风趣，富有生活情调。这首词没准就是写他自己年轻时的生活经历。

下面来看一位妻子写对丈夫的思念。宋代女词人，除了李清照、朱淑真这样著名的词人以外，还有一些传下零星作品的业余作者，比如郑文妻，她的名字没有传下来，只知道是太学生郑文的妻子。郑文是秀州人，秀州是现在的浙江嘉兴。宋代太学生，年纪都不小，好多是结婚以后去读书。郑文在太学读书时，太太给他寄了一首《忆秦娥》词，他把这首词拿出来给同窗看，立马就在太学盛传，"一时传播，酒楼妓馆皆歌之"。就像当下的流行歌曲，城市乡村、大人小孩都会唱。

郑文妻《忆秦娥》是这样写的：

花深深。一钩罗袜行花阴。行花阴。闲将柳带，细结同心。　　日边消息空沉沉。画眉楼上愁登临。愁登临。海棠开后，望到如今。

词写妻子对丈夫的深情。"花深深"，她在自家花团锦簇的庭院里，一个人独自徘徊，像晏殊《浣溪沙》词所写的"小园香径独徘徊"。"一钩"，写她裹脚，宋人以三寸金莲的小脚为美。一边在花丛里散步，一边无聊地把柳带挽成同心结，准备寄给远在京城临安读书的先生。她心里嗔怪着："你这薄情郎，我成天到晚思念你，你却无动于衷。连点信息都不带回来。"用柳条做成同心结，别有深意。古人送别，常常以柳赠行，"柳"谐音"留"，表示留恋不舍之意。用柳条做成同心结，自然包含思恋之意，又含心心相印的信任感。既是"同心"，就不是单相思，而是彼此惦念，相互爱恋。所以爱恋相思中又有被爱的充实和幸福，苦涩的思念中有甜蜜的温馨。

"日边"，指帝都、皇都。"日边消息空沉沉"，说丈夫到了京城读书后就杳无音信，明显带有责备的意思。"画眉楼上愁登临"，写自我在家里懒得画眉，更怕登楼望远方。像王昌龄《闺怨》诗里的少妇："闺中少妇不知愁，春日凝妆上翠楼。忽见陌头杨柳色，悔教夫婿觅封侯。"不敢上楼，是怕看见往日携手处，想起从前的温馨，会更加愁闷。"画眉楼上"，暗用汉代张敞为妻子画眉的典故，暗示当年丈夫在家里帮自己画眉，其乐也融融。如今独居楼上，既无人帮忙画眉，也无人相伴登楼赏景，生活倍感无聊寂寞。

郑文本来是与妻子约好，海棠开后就回家探亲，结果让他的太太从海棠开后一直守望到如今。守望到什么时候？也许是到春末海棠凋谢之时。不管离别时间多长，在有情人心中，都是"一日不见，如三秋兮"。"海棠开后，望到如今"两句，既写出丈夫离家时间之长，又写出自己盼望之久，还写出春日丽景，一笔三面，词约义丰，韵味隽永。

宋代的太学，相当于我们大学的预科班，进了太学以后，可以不参加地方的乡试而直接参加礼部考试。如果不进太学学习，必须参加在地方州郡的考试以获得赴京考试的资格。地方州郡考试不及格，就不能进京参加礼部试。宋代的太学，非常自由，住个把月，点个卯就可以回去了，一般是不上课的。不像我们现在读大学，必须在规定的时间内修完多少课程，拿到多少学分。宋代太学没有固定的学制，以考取进士为限。

南宋湖南宁乡人易祓（字彦章），曾在太学一待就是 10 年，让夫人长期在家乡独守空房。夫人见其久不归家，曾写《一剪梅》词寄至太学责备他："染泪修书寄彦章，贪做前廊，忘却回廊。功名成就不还乡，铁做心肠，石做心肠。　　红日三竿懒画妆。虚度韶光，瘦损容光。不知何日得成双，羞对鸳鸯，懒对鸳鸯。"同舍太学生得知后，也是盛传一时。

还有一位赵秋官妻，有首《武陵春》词，构思也很别致：

> 人道有情须有梦，无梦岂无情。夜夜相思直到明。有梦怎生成。　　伊若忽然来梦里，邻笛又还惊。笛里声声不忍听。浑是断肠声。

赵秋官是何许人，不太清楚，他妻子的芳名也无从知晓。这首词紧紧围绕梦来构思，很有特色。人们都说有情的人肯定有梦，日有所思夜有所梦么！话是这么说，有情就有梦，反过来说，无梦难道就无情么？"无梦岂无情"是提起下文，"夜夜相思直到明"，我天天晚上睡不着觉，因相思而失眠，有梦又怎能做成？先退一步再进一步，话语非常直白，但直白之中有回环曲折，非常有韵味。"伊若忽然来梦里"，假如我偶然睡着了，在梦里梦见他了，梦见心上人了，或者是他忽然来到我梦里，却又被"邻笛"惊醒，照样见不着。这里是一箭双雕，暗示"夜夜相思直到明"的并不是我一人呢。"邻笛"，非常巧妙，由己推人，由己及人，通过"邻笛"之声，巧妙地把隔壁的相思者融入进来。如果我们拍视频，主场景可表现这位女子翻来覆去睡不着，她内心在独白；其次叠印另一场景，邻人吹笛诉相思。至于邻人是男子还是女子，读者可以自由想象。

这首词表面上全是叙述性语言，实则有画面，也有声响。静夜里邻笛声声，本就令人心生哀怨，而笛声里在诉说着相思、诉说着苦闷，更让人伤心断肠。吹笛人跟听笛人的感受相同，就像白居易《琵琶行》里写的那位"同是天涯沦落人"一样，同是离别相思人，听着阵阵邻笛的断肠声，极易引起情感的共鸣。

词的结构，非常特别，可概括为翻转式结构。先正说有情须有梦，接着反说，难道无梦就是无情？终夜相思无眠，本属多情，可有梦也难生成。这是第一层翻转。梦做不成，当然难以梦见伊人。可是假如伊人忽然来到梦里，却又被邻居的笛声惊醒，还是难见伊人。这是第二层翻转。翻转中又有递进。邻笛惊梦，本已无可奈何，可笛声偏偏又全是断肠声，更让人难以承受。难以承受的笛声，不敢听，不忍听，却声声入耳，不绝于耳！真是情何以堪！语言明白如话，因为构思巧妙，读来却情意绵绵，满口生香。

古典诗词中，写梦的非常多。宋代词人中，有两位很善于写梦，一是北宋的晏几道，一是南宋的吴文英。晏几道词写了很多"梦"，其中的江南梦，是从唐代岑参诗中化出："洞房昨夜春风起，故人尚隔湘江水。枕上片时春梦中，行尽江南数千里。"枕上梦片刻，就行尽江南数千里，追赶他所思所想之人。晏几道将后两句转化成："梦入江南烟水路。行尽江南，不与离人遇。"从这又可以看出诗和词的区别。词写情，往往更加曲折，更富有变化。诗歌因受句式的限制，往往是表现一种状态，而词则是描写凸现一个过程。晏几道还有写梦的名句："春悄悄，夜迢迢。碧云天共楚宫遥。梦魂惯得无拘检，又踏杨花过谢桥。"梦魂已经

习惯了，又踏着杨花路过谢家桥，去会心上人。理学家程颐很欣
赏这两句词，开玩笑说是"鬼语"。这构思确实非常巧妙。现实
生活中，大男人不好闯入心上人的绣房，可梦魂却是无拘检无约
束，任意逍遥，肆无忌惮。另外一首《南乡子》写道："意欲梦
佳期，梦里关山路不知。"本想到梦中能跟她见面，但又不知道
走哪条路可以遇上她。《阮郎归》又说："一春犹有数行书。秋来
书更疏。衾凤冷，枕鸳孤。愁肠待酒舒。梦魂纵有也成虚。那堪
和梦无。"即使有梦，也是虚幻徒劳的，解除不了相思的寂寞，
何况现在连虚幻的梦都没有呢？深一层地写出相思的痛苦。这种
艺术手法叫作"层深"，层层推进，步步深入。

　　上面几首词都是写夫妻情，下面再读两首写兄弟情的。一首
是辛弃疾的《贺新郎·别茂嘉十二弟》：

　　　　绿树听鹈鴂。更那堪、鹧鸪声住，杜鹃声切。啼到
春归无寻处，苦恨芳菲都歇。算未抵、人间离别。马上
琵琶关塞黑，更长门、翠辇辞金阙。看燕燕，送归妾。
　　　　将军百战身名裂。向河梁、回头万里，故人长绝。
易水萧萧西风冷，满座衣冠似雪。正壮士、悲歌未彻。
啼鸟还知如许恨，料不啼清泪长啼血。谁共我，醉明月。

　　茂嘉是辛弃疾的族弟，虽然不是同胞兄弟，但也情深意厚。
词是送别之作，表现出对茂嘉弟的难舍难分。结构上层层递进，

大开大合，又首尾呼应。词先不说离别，而说鹈鴂的叫声很是悲惨，可更悲惨的是鹧鸪和杜鹃的叫声。鹧鸪和杜鹃的啼叫声，啼得春天匆匆归去都无处可寻，啼得百草千花都凋零殆尽。这鹧鸪和杜鹃的叫声够悲惨了吧，可还比不上人间的离别。下面连用五个人间离别的故事：王昭君弹着琵琶辞亲出塞，陈阿娇被赶出皇后住的金殿移居冷宫长门宫，卫庄姜送归妾，李陵将军兵败被俘后在河梁与苏武诀别，太子丹易水送荆轲。这五个送别故事，五大送别情景，个个悲恨彻骨，场场痛彻心扉。然后说，鹈鴂、鹧鸪和杜鹃，如果知道人间还有这样的恨事伤心事，就啼的不是眼泪而是鲜血了，把离别的感伤推向高潮。离别是如此痛苦，可茂嘉弟还是要离别远行，结拍点明题旨。“谁与我，醉明月”，意味深长。茂嘉弟离开之后，我只能在明月下沉醉，以淡化这离别的伤痛。

五个离别的故事，都注意形象性、场面感和动作化。昭君马上弹琵琶，阿娇翠辇辞金阙，燕燕于飞送归妾，李陵河梁深情回头诀别苏武，满座衣冠悲歌送荆轲。每件事情都着墨不多，却都刻画出人物、场面、动作、情态。写来又各具面目，或隐括前人诗句，或提炼原始故事的关键情节和典型场景。全词笔法变化多姿，构思新奇，结构缜密，很能体现辛弃疾词极高的艺术水准。

另一首《永遇乐·戏赋辛字送茂嘉十二弟赴调》也是辛弃疾送别茂嘉所作：

　　　烈日秋霜，忠肝义胆，千载家谱。得姓何年，细参
辛字，一笑君听取。艰辛做就，悲辛滋味，总是辛酸辛
苦。更十分，向人辛辣，椒桂捣残堪吐。

　　　世间应有，芳甘浓美，不到吾家门户。比著儿曹，
累累却有，金印光垂组。付君此事，从今直上，休忆对
床风雨。但赢得，靴纹绉面，记余戏语。

　　此词不再写兄弟情深，而是写兄弟俩的为人品性，突显彼
此的正气和骨气。兄弟俩都姓辛，于是围绕"辛"字来构思运
笔。开篇说：姓辛的品性特点何如？那可是"烈日秋霜，忠肝义
胆"！这是千载以来家谱上明明写着的家训家风。"辛"字是如何
得来的？为何叫作"辛"？原来是辛姓人家充满了"艰辛""悲
辛""辛酸辛苦"，还因为姓辛的人天生有股刚烈的骨气"辛辣"。
上片从正面说"辛"，宣示姓辛之人的人品、人生、个性。下片
从反面写，世上的芳香甜美，跟咱们不沾边。这是提醒茂嘉十二
弟做官后不要贪图享受，要艰苦奋斗，好为辛家争个金印回来，
光大家声。好好做官，也不必思念我这闲居山林的大哥，不必回
望对床风雨的兄弟情谊，一心为公，一心为民，我就安心了。

　　从章法上看，这首词是借鉴韩愈《进学解》、周敦颐《爱莲
说》四面受敌法，围绕"辛"字的含义层层展开议论，表现出词
人刚烈的品格、忠义的家风和坎坷的身世。兄弟俩志同道合，情
感之深厚不言自明。

性情：
一蓑烟雨任平生

唐宋人各有个性，有的叛逆，有的桀骜；有的任性逍遥，有的乐观自信；有的追求个体人生的快乐，有的肩扛社会责任；有的慵懒，有的积极；有的爱发牢骚，失意后宣泄不满；有的面对人生挫折，从容淡定。

　　以抒情为主的唐宋词，抒发的不仅仅是爱情，也经常表现词人丰富多彩的性情。性情，是指人格个性和人生态度。不同的人格个性，在词中会展现出不同的艺术风貌。从共时性的角度来看，词表现出了各式各样的性情。共时性，就是我们通常说的横向地看，是把唐宋词放在同一时间段进行整体观照。但从历时性的角度看，也就是纵向地考察，唐宋词表现爱情和性情有一个变化过程。唐五代和宋初的词，主要是表现爱情、个人化、私密化的情感。苏轼之后，才注重表现创作主体的个性、怀抱，由歌唱比较单一狭窄的爱情转变为表现更丰富阔大的精神世界。词中的艺术世界和心灵世界，到苏轼手中才变得日益丰富、日益复杂。当然在苏轼之前，柳永词就开始表现性情、张扬个性。

　　先看柳永著名的《鹤冲天》。《鹤冲天》这个词牌，字面上很有气势，给人一种冲击力和震撼力。刘禹锡有诗说："晴空一鹤排云上，便引诗情到碧霄。"《鹤冲天》的词牌名，未必与刘禹锡这首诗有关系，但我们可以作类似的联想。唐诗里最早使用"鹤冲天"一词的，是盛唐孟浩然的《岘山送萧员外之荆州》："再飞鹏激水，一举鹤冲天。"晚唐韦庄《喜迁莺》词也曾用之："莺已迁，龙已化。一夜满城车马。家家楼上簇神仙。争看鹤冲天。"
不过，我们不能确定《鹤冲天》的调名究竟跟何者有关系。有兴
趣的读者可以去探究。

柳永《鹤冲天》原词是：

> 黄金榜上。偶失龙头望。明代暂遗贤，如何向。未
> 遂风云便，争不恣狂荡。何须论得丧。才子词人，自是
> 白衣卿相。　　烟花巷陌，依约丹青屏障。幸有意中人，
> 堪寻访。且恁偎红翠，风流事、平生畅。青春都一晌。
> 忍把浮名，换了浅斟低唱。

这首词是柳永进士考试落第后所作。柳永出身于书香门第，
年轻时对自己的才华非常自信，在家乡福建崇安（今武夷山市）
苦读数年，18 岁去汴京赶考。谁知一到汴京，就被京城中的花
花世界吸引住了眼球，一天到晚地潇洒，跟歌妓们打得火热，一
心谱新调、填新词、唱新歌，全然不把进士考试当回事。他本以
为考取进士是唾手可得，没想到放榜时名落孙山，这让他大失所
望。于是写下这首词。

此词有不同的解读方式，从中可以领悟柳永不同的性格侧
面。有人说读了这首词，觉得柳永很前卫、很叛逆。所谓叛逆，
指反叛传统的价值观，鄙视功名利禄，如"忍把浮名，换了浅斟
低唱"，就可见他把名利视为身外之物，至少表明他有反封建意

识。我觉得，说柳永有反封建意识，不免夸大。换个角度看，可以说柳永政治上不成熟、没城府，一失望就大发牢骚。从这首词也可看出宋代知识分子的共相，及第的人是少数，落第的人是多数。及第者是"春风得意马蹄疾"，落第者是"怅望千秋一洒泪"。有些人理想失落以后，能坦然地面对；有的则经受不住打击，大发牢骚，柳永似乎是后一种类型。

"黄金榜上，偶失龙头望"，开篇写自己的自信，对金榜题名，可谓信心满满，理所当然。"偶失龙头望"的"偶失"，表明他并没有绝望，本来是要做龙头、当第一的，只是偶然失利。"龙头"指状元。北宋初梁灏八十二岁状元及第，有《谢恩》诗说："也知少年登科好，争奈龙头属老成。"意思是，少年登科固然是好，但龙头状元被我这年长老成人夺取了，也让人羡慕呢。顺便说明一下，《全宋诗》说这首《谢恩》诗不是梁灏本人写的，而是后人依托的伪作。不管这句诗的作者是谁，"龙头"总归是指状元。

"明代"，指政治开明的时代、唯才是举的时代。"暂遗贤"，意思是一时糊涂，把我这等贤才给抛弃了。孟浩然《岁暮归南山》诗曾说："不才明主弃，多病故人疏。"《唐才子传》记载，孟浩然一次到王维府上玩，遇到唐玄宗临幸。孟浩然惊愕不已，匆忙之中躲到床下。王维不敢隐瞒，告知孟浩然在此。玄宗也知道孟浩然有些名气，就请孟浩然出来相见，并问他最近写了什么诗，孟浩然就吟诵了这首《岁暮归南山》。玄宗一听"不才明主弃"，龙颜大为不悦，说："卿不求仕，朕何尝弃卿，奈何诬我！"下令把孟浩然放还南山。这是一个传说，未必属实，但可见孟浩然的个性，禀性倔强，有牢骚就发，有气话就直说，不会讨皇帝老儿的欢心。柳永暗用这个故事，说在这政治开明的时代，竟然把我这样的人才给抛弃了，实在让人郁闷！"如何向？"意思是怎么办。

"未遂风云便"的"风云"，指政治上的远大志向，君臣际会，贤臣大得圣君的重用。"争"，读作"怎"，是"怎"的意思。既然我的政治理想无法实现，那就不如追求眼前的快乐，满足感官的享受。人生苦短，那就抓住现在，好好享受一番。政治上、功名上的事，暂时抛到九霄云外去。何况"才子词人，自是白衣卿相"！在词坛做个天王、当个偶像，也不比你当宰相的名气差多少。白衣卿相，就是指平民宰相，宰相可以在政坛上呼风唤雨，我当词坛偶像，照样可以一呼百应。

"烟花巷陌"的"烟花"，是指歌妓。"依约丹青屏障"，意思是在花花世界里找个可人儿，足以安慰！古代的男子，一失意，就用酒色麻醉自己。辛弃疾在登建康赏心亭时不是说过"倩何人唤取，红巾翠袖，揾英雄泪"吗？英雄失意了，就想找美人来擦眼泪。柳永不是英雄，没有稼轩那种豪气，只是到秦楼楚馆找个意中人安慰一下。

"且恁偎红翠"，是用李后主的典故，一般注释本都没有注意到。宋初陶谷的《清异录》记载，李煜在南唐时，有次到妓院去，遇到一个和尚。国君跟和尚在妓院里见面，本身就很有戏剧性。和尚又喝酒又行酒令，吹拉弹唱也都是行家里手。见到白面书生模样的李煜，一表人才，两人一见如故，于是开怀畅饮。李煜借着酒兴，在墙壁上题了两句："浅斟低唱偎红倚翠大师，鸳鸯寺主传持风流教法。"上一句说他自己，下一句指和尚。李煜暗想，你不知道我是此中高手，居然来教我！李煜从屏风中出去后，和尚和妓女都不知道李煜是谁。柳永心想，当年李后主都这样，我柳永为何不学他一学呢，青春短暂，就把浮名浮利换了浅斟低唱，来他一个"一曲新词酒一杯"。

这首词，不是柳永的反封建宣言，而是失意者的牢骚话。但从这首词，也可多角度地透视柳永的个性。他原本是个有理想的人，只是行为不大检点，遇到挫折，又沉不住气。他的可爱之处在于，他敢说，敢于把胸中的牢骚毫无顾虑地宣泄出来。他并非真的看不起功名，他对功名其实很热衷，只是吃不到葡萄就说葡萄酸而已。读者如有兴趣，不妨读读柳永的词集，读完了他的词集，就能在心中留下比较完整的形象。中华书局出版的薛瑞生先生的《乐章集校注》，上海古籍出版社出版的陶然、姚逸超合注的《乐章集校笺》，都是比较好的注本。可以参考。

下面再看南宋朱敦儒的词。柳永的性格，具有多元性。朱敦儒的个性，也很丰富。词史上，一般认为他是个隐士，他的词常常表现陶渊明式的隐逸情怀，所以有人说朱敦儒是唐宋史上最大的颓废词人。其实，他还有战士的一面，有英雄豪气。靖康之乱后，他曾经出山在军事部门做过官，展现过他的文才将略。到了晚年，又更多地表现出隐士的做派。且看他早年在故乡洛阳写的《鹧鸪天》：

> 我是清都山水郎。天教分付与疏狂。曾批给雨支风券，累上留云借月章。　诗万首，酒千觞。几曾著眼看侯王。玉楼金阙慵归去，且插梅花醉洛阳。

《宋史》记载，南渡之前，宋徽宗曾征召朱敦儒进京做官，到朝廷之后不久，他觉得政治黑暗，官场腐败，于是辞官不做，回到洛阳。当时汴京称东京，是京城；洛阳称西京，是陪都，像现在的直辖市一样。词中的"清都"，指天帝居住的地方，也就是仙界。"山水郎"，管山管水的郎官。词人宣称：我生性疏狂，老天爷也让我浪漫潇洒。天帝借给我雨露，批发给我要风要雨的支票。要风可借风，要雨可借雨，想要月亮出来陪着玩，玉皇大帝就让月亮出来陪我。你瞧，这朱敦儒多狂放，多自信！其实词的意思很简单，就是吟风弄月。但他却别出心裁，把平常的游乐幻想化，超现实化，极具想象力。

"诗万首，酒千觞"。一年喝上千杯酒，写上万首诗，又多么豪迈！唐代诗人中有"初唐四杰"，宋代有"洛阳八俊"。只是"洛阳八俊"的名声不如"四杰"那么响亮。洛阳八俊中，我们现在只知道三俊，一位是陈与义，称"诗俊"。陈与义是著名诗人，江西诗派的"一祖三宗"之一。一位是富直柔，称"文俊"。富直柔的作品流传下来的很少，所以在文学史上没有什么名气。富直柔的家世显赫，曾外公和爷爷都是宰相。他爷爷是在仁宗、神宗两朝做过宰相的富弼，而富弼是晏殊的女婿，晏殊是富直柔的曾外祖。朱敦儒是"词俊"，以词著称。除了诗词文三俊，其他五俊是谁，历史上没有记载。从"词俊"之称，可以想象朱敦儒的名气。洛阳，是北宋的文化中心，能在这名士高人云集的洛阳获得"词俊"的称号，是何等不容易！朱敦儒有底气，才敢自称"诗万首，酒千觞"。欧阳修《朝中措》里"挥毫万字，一饮千钟"的"文章太守"，是说友人刘敞。而朱敦儒的"诗万首，酒千觞"，却是夫子自道，可见他的自信、自豪。

"几曾著眼看侯王"，这才是真正的鄙视王侯、藐视功名，大有李太白遗风。他追求的是自由独立的人格意志。在北宋末年，士风颓败，朱敦儒这种行为方式、人生态度，很有点鹤立鸡群、遗世独立的味道。"玉楼金阙"，有两种含义，一指仙境，一指朝廷，这里应该是指仙境。意思是说，仙界我都懒得去，还是在现世里快活。苏轼的《水调歌头》不是也有"不知天上宫阙，今夕是何年""起舞弄清影，何似在人间"？苏轼觉得天上太冷清孤独，"高处不胜寒"，不如现世的温暖，苏轼很眷恋人间。"且插梅花醉洛阳"，每天头戴梅花到处喝喝酒，要多潇洒有多潇洒，要多浪漫有多浪漫！梅花，是高洁的象征。

这首词还有个故事。朱敦儒早年追求独立人格，看不起侯王将相，蔑视官场，但到了暮年，却因舐犊之爱，晚节不终。起因是秦桧想让朱敦儒教他的子孙作诗，朱敦儒本来已经致仕，在嘉禾，也就是现在的浙江嘉兴买了别墅，日子过得很安逸自在。秦桧让他重新出山，许诺给他儿子一个官做。结果出山才两个月，秦桧就呜呼哀哉，朱敦儒又依旧致仕，弄得灰头土脸抬不起头。因为秦桧名声很臭，朱敦儒听从他的召唤，难免有同流合污之嫌。当时有人嘲讽他，说你朱敦儒早年不是看不起王侯吗，怎么秦桧给你点小恩小惠就低头俯就了呢？有诗道："少室山人久挂冠，不知何事到长安。如今纵插梅花醉，未必王侯著眼看。"意思是，当年少室山人朱敦儒看不起王侯，如今是王侯看不起你啦。朱敦儒也是大为后悔，觉得出去两个月，一世清名给毁掉。为此，他写了很多词来表达忏悔。

　　中国古代诗歌很少表现忏悔意识。但是朱敦儒词里有深刻的忏悔，这也是朱敦儒词的一大特点。清代吴梅村也有很强的忏悔意识，他在明朝灭亡入清以后曾经短暂做过官，结果一辈子都在忏悔。临死前让家人在墓碑上写"诗人吴梅村之墓"，不提在前朝做官的事。有些亡国之君都没有忏悔意识。比如李后主和宋徽宗，都是亡国之君，但诗词中却没有一点后悔与忏悔，只有亡国的悲哀，没有觉得亡国自己应负什么责任。朱敦儒忏悔自己不该出山，有值得尊敬的一面。当代著名作家巴金，不也是因为晚年敢说真话、勇于忏悔而赢得人们格外的尊敬吗？

　　我们再看朱敦儒的另一首《临江仙》：

　　　　生长西都逢化日，行歌不记流年。花间相过酒家
眠。乘风游二室，弄雪过三川。　　　莫笑衰容双鬓改，
自家风味依然。碧潭明月水中天。谁闲如老子，不肯作
神仙。

　　两首词可以合着读。词说我长在西都，又幸逢太平时世，一
天到晚"行歌"潇洒，根本不管时光的流逝。朱敦儒当时在洛阳
的词坛上是偶像级人物，曾有词说："佳人挽袖乞新词。"走到哪
儿，歌女们都拉着他的衣袖挽留，请求为之量身定制一首新词！
词人不说高歌、欢歌，而说"行歌"，因为"行歌"是用典，有
特别的含意。

　　《列子·天瑞》记载：林类年将百岁，春末还裹着裘袄，在
地里捡拾头年别人遗落的麦穗，乐呵呵地边走边唱。孔子到卫国
去，路过时望见他，对弟子说，这位老叟像是高人，你去问问。
子贡自告奋勇地迎上前去，问林类："先生行歌拾穗，难道不后
悔吗？"林类先是不搭理，子贡一再询问，林类才回答说："我有
什么好后悔的？"子贡说："先生少年不勤快，长大不按时劳作，
老无妻子，死期将至，有什么快乐还能拾穗行歌？"林类笑着说：
"我之所以为乐，人皆有之，而反以为忧。少不勤行，长不竞时，
故能寿若此。老无妻子，死期将至，故快乐如此。"

　　朱敦儒用此典，是自喻为林类式的快乐逍遥者。不知此典，

无碍于词意的理解，知悉此典，就能多领会一层含意。

"花间相过"，写随时欣赏盛开的鲜花。古人是用心来赏花，今人是走马看花，最多也只是以花为背景，照相留影，不是用心去体会花的生命、感受大自然的生命律动和变化。古人是"心赏"，用心去领悟大自然；今人是"欣赏"，用愉悦的心情去观赏大自然。古人注重大自然内在的生命，今人注意大自然外在的景观。"花间相过酒家眠"的"花间"，也有两种含意，一指花，一指女性。"酒家眠"，用阮籍故事。《晋书·阮籍传》记载，阮籍邻家少妇有美色，当垆卖酒，阮籍常到她那儿买酒，喝醉了就躺在她身边。阮籍既不避嫌，女老板的老公也不起疑心。朱敦儒也像阮籍那样任性逍遥，无拘无束。

"乘风游二室"的"二室"，指嵩山上的太室峰和少室峰。前面所引南宋人讽刺朱敦儒诗句"少室山人久挂冠"的少室山人，就是指朱敦儒，少室即少室峰。"弄雪过三川"的"三川"，指黄河、洛河和伊河三条河。洛阳位于三河之间，战国时韩国在此设三川郡，故三川代指洛阳。"乘风游"和"弄雪过"，是互文见义，指到处游山玩水。"莫笑衰容双鬓改"，意思是莫笑我年华老大。"自家风味依然"，是说自己任性逍遥的人生态度一点也没改变。像我这样连神仙都不愿做的闲散之人，世间真找不到几个，故结拍说"谁闲如老子，不肯作神仙"。

这两首词都表现出朱敦儒刻意追求浪漫闲适的生活、追求自由独立人格的精神。在黑暗社会里能够独善其身，保持一种高洁的人格，已经很不容易了。

朱敦儒一生，经历了三个阶段：早年潇洒浪漫，是浪士、漫士。唐代元结曾自称浪士、漫郎。《四库全书总目·次山集提要》说元结或称浪士，或称漫叟，或称漫郎，“颇近于古之狂，然志行高洁”。北宋著名书法家米芾自号襄阳漫士。这可作浪士、漫士的注脚。到了中年，朱敦儒一度变成志士，慷慨激昂；到晚年又复归为隐士，任性逍遥。这也是古代文人的理想人生模式：青年游侠，中年游宦，晚年游仙，朱敦儒可谓此生不虚！他人生的三部曲，都表现在词里。

下面这首《朝中措》，是他晚年写的，足以体现他晚年的生活态度和生活状况：

先生筇杖是生涯。挑月更担花。把住都无憎爱，放行总是烟霞。　飘然携去，旗亭问酒，萧寺寻茶。恰似黄鹂无定，不知飞到谁家。

朱敦儒到了暮年晚境，已经修炼得无爱无恨，心如止水。特别是再度出山，让他一辈子英名扫地，于是下决心不再与官场往来，只是放行山水间。同样是隐士，朱敦儒跟陶渊明略有不同。陶渊明有诗说：“问君何能尔，心远地自偏。”他是宅在家里，逃避喧嚣的社会现实。而朱敦儒呢，却是到处漫游，有时到旗亭酒馆去喝喝酒，有时到寺庙里去品品茶。像一只黄鹂鸟，自由自在地到处飞翔，想飞到哪就飞到哪。这是朱敦儒晚年的生活态度，也是他的生活状态。宋代像这样的隐士还不少。

其实，宋代士大夫是很有进取精神和社会责任感的，不过也追求个体生活和心灵的自由。然而，社会责任与个体自由之间总有矛盾，宋代士大夫常常是在进退出处的矛盾之中徘徊。比如苏轼，做官的时候老想回到山林里，过一种自由自在的生活，但他很少主动退避到山林，做一个真正的隐士。到了南宋，有些士大夫，无法实现自己的理想，只好回到自然山水里，过一种自由自在的生活。这时候，身心是自由了，但又无法承担社会责任，实现兼济天下的志向，因而心里仍然不平静，有牢骚，有苦闷。朱敦儒呢，却是想得开，很洒脱。他做官时，就一心一意去履行个体对社会的责任，实现人生的社会价值；退休后就坦然地在家里过着自由自在的生活，不再过问世间事。

朱敦儒有首《好事近》词写道：

摇首出红尘，醒醉更无时节。活计绿蓑青笠，惯披霜冲雪。　晚来风定钓丝闲，上下是新月。千里水天一色，看孤鸿明灭。

这首词的意境相当优美。如果用"千里水天一色，看孤鸿明灭"两句作一幅画，将是一幅非常优美的图画。词写的是渔父，渔父往往是隐士的象征，或者说是隐士的化身。渔父形象，可以追溯到屈原的《渔父》。在唐宋词中，渔父的原型，是张志和的《渔歌子》创造的。他的《渔歌子》一共五首，我们比较熟悉的是"西塞山前白鹭飞"那一首。宋词里写渔父的词很多，形成了一种值得注意的"渔父现象"。连宋高宗皇帝也写过几首渔父词。这很稀奇，高宗也羡慕渔父的自由自在！高宗是在什么时候写的呢？是建炎三年，公元1129年。当时金兵把他追赶到温州沿海，十分危急的战乱中他居然有这种闲情逸致，也许是疲于奔命，所以特别羡慕渔父的无忧无虑吧！

下面我们再看几首南宋词人的作品。一首是与朱敦儒同时的王质写的《鹧鸪天》：

> 一只船儿任意飞，眼前不管是和非。鱼儿得了浑闲事，未得鱼儿未肯归。　全似懒，又如痴。这些快活有谁知。华堂只见灯花好，不见波平月上时。

这也是渔父词。语言通俗、口语化，比较有生活气息，用渔父的生活情景来表现词人的生活理想。一条船在水面上任意飞驰，自由自在，这里没有荣辱是非，也没有得失升沉。所谓"鱼儿得了浑闲事"，说的是渔父钓鱼，追求的是过程，而不是它的得失，鱼钓上来了也是平常事，并不以钓多钓少为意。"未得鱼儿未肯归"，是指他的意愿还未满足，过程还未完结。他在钓鱼时，坐着一动不动，全身心地投入，如懒似痴，其中的快活、乐趣不是一般人能理解的。

我们知道渔父词中的渔父是隐士的化身，是词人人生理想的外化。他关注的不是渔父完整的生存状态，不是渔父辛苦的一面，而是渔父自由自在的一面。渔父词中建构的世界是江湖世界，更是一个理想世界、审美世界。这个世界，与纷争闹杂、尔虞我诈的官场形成对比。渔父生活的理想世界，类似于陶渊明建构的静谧和谐的农村，也类似于王维山水田园诗建构的宁静惬意的山水世界。像王维的《渭川田家》"田夫荷锄至，相见语依依"，本来是很普通的劳动生活场景，两个农民扛着锄头回来，见面打个招呼问候，很常见的。然而在王维看来，农民之间这么亲切友好，让人好生羡慕！不像官场上，表面上握手寒暄说"你好"，心里却在考虑怎样算计。王维是把理想的乡村世界与现实的官场进行对比。王质此词，包括大量唐宋时代的渔父词，也常常是把渔父所依存的江湖跟官场来对比。我们只有这样去理解，才能读出渔父词所包含的审美内涵、文化意蕴，才能体会到言外之意。"华堂只见灯光好"的"华堂"，代指官场，当然字面上主要指达官显贵之家。华堂上虽然钟鸣鼎食、华灯高照，但里面深藏有多少危机，隐藏着多少明争暗斗。虽然日子过得很奢华，但心灵却是很重累，随时要防备前后左右的暗算。而江湖上渔父生活的世界，是如此放松，如此风平浪静，唯见一轮明月江心摇荡。仿佛白居易的"唯见江心秋月白"，一切是那么明亮，那么安逸。

去年中秋夜，我体验了一把渔父的江湖生活，和内人租了一条小船，划到东湖的湖中心，一边赏月，一边闲聊，就像东坡《前赤壁赋》写的一样，随风飘荡了两个小时，很是轻松自在，真有点忘怀物我的味道。

类似王质《鹧鸪天》这样的作品还很多。我们再看张元干的《蝶恋花》：

> 燕去莺来春又到，花落花开，几度池塘草。歌舞筵中人易老，闭门打坐安闲好。　　败意常多如意少，著甚来由，入闹寻烦恼。千古是非浑忘了，有时独自掀髯笑。

如果说王质词追求的是没有风波、没有争斗的生活，那么，张元干这首词就是身心疲惫后祈求一种宁静、一种安闲。

读罢此词，我们仿佛看到一个饱经沧桑、经历了许多磨难坎坷的智慧老人，闲坐屋里，思考人生。这是一首说理的词。宋诗好发议论，宋词有时也讲道理，讲人生感悟，但又有形象性。此词一开始写时间的变化，而时间的变化是通过具体的景物来表现的。燕去莺来，是互文见义，意思是燕和莺飞走后又回来。"几度池塘草"，字面上运用了谢灵运"池塘生春草"的名句。几度，预示着年复一年、月复一月，每年的春天都是如此。有些人的青春年华、生命时光，在感官刺激的歌舞宴会中白白地消耗掉。就像前一首词说的，华堂灯光固然炫目热闹，能满足感官的欲望，但有限的生命时光却在觥筹交错中消磨掉了，并没有体验到生命的真谛。而我闭门打坐，念佛参禅，独自享受着宁静与安闲，多好！

词人又说，人生原本是失意多而如意少，所谓"人生不如意十常八九"。的确，人生难以十全十美，每个人必须有这种心理准备。人生经过努力奋斗，最终可以取得事业的辉煌，但前途是光明的，道路是曲折的，随时要准备面对、迎接挫折与挑战。每个人的人生历程中都可能会有挫折，感情上的、事业上的、身体上的。有的事业有成、家庭美满，可能因为体力透支、消耗过多，身体过早地坚持不住了，到四五十岁就落下一身疾病。有的身体健康，家庭幸福，事业上未必如意。所以，做人要有受挫折、不如意的精神准备。遇到麻烦，有了苦闷，应该以平常心去面对、应付。因为人生本来就如此，就像苏轼说的："人有悲欢离合，月有阴晴圆缺。"幸福与痛苦、挫折与顺利，都是相伴相随的。人的一生中，有些失败与挫折、不如意的事，是回避不了的。既然回避不了，就要积极地迎接挑战。有时需要调整自己的心态，当个人无法改变环境、改变命运时，就调整自己的心态，改变自己的状态，以适应环境。不要老是自寻烦恼，而要学会自寻快乐以忘掉烦恼。前些年不是有句流行语叫"没事偷着乐"吗？张元干说，既然人生很无奈、世界很无奈，又"著甚来由，入闹寻烦恼"，干吗还要去自寻烦恼呢！还是追求自己心灵的宁静吧。"躲进小楼成一统，管他冬夏与春秋！"建立一个自己的世界，寻找一个灵魂避难所，读书养性，把"千古是非浑忘了"。有的烦恼，是因为我们想得太多，郑板桥有名言"难得糊涂"。太精明了，把人生看得太透彻了，把世界看得太清楚了，把是非分得太分明了，就有很多烦恼。不如把是非得失全忘掉。这是张元干老人在特殊环境中的人生感慨。人在现实生活中要有是非观念，不能把千古是非完全忘记，到了老年，再去"浑忘了"。这里的是非，也包括个人的得失与荣辱。只有忘记人世的烦恼，看破红尘，才能获得心里的宁静，而"独自掀髯笑"。

其实，张元干并没有将"是非浑忘了"。他曾经投笔从戎，参加过抗金战争，也在朝廷做过官，后来看到南宋小朝廷不是他理想中的朝廷，在 41 岁的壮年，也就是绍兴元年（1131）坚决辞官，回乡隐居。辞官后，他也没有完全忘却世事。绍兴八年（1138）秋天，宋金和议，宋高宗与秦桧主张向金求和，张元干在福州闻讯，按捺不住胸中的义愤，写词给曾任南宋首位宰相的李纲，希望李纲出面反对朝廷的和议。他大概是觉得自己退休了，人微言轻，像李纲这样在朝野有影响的人物出面表态，才有可能对朝廷的决策起到一定的作用。从这件事可以看出，张元干并没有忘怀现实。他的朋友胡铨因为上书反对和议，被贬到福州，绍兴十二年（1142），秦桧又借机把胡铨贬到广东，当时没有人敢跟胡铨来往，怕受连累，而张元干却写了一首慷慨激昂的《贺新郎》送给他，为他壮行。这表明张元干不仅没有忘却人间世事，而且用词作武器积极参与政治斗争。他的《蝶恋花》词表现的是特定时空环境中特定的人生体验。经历了世事沧桑，读这样的词才能别有会心，真正引起精神的共鸣、心灵的共振。

我们再来看傅大询的一首《水调歌头》：

> 草草三间屋，爱竹旋添栽。碧纱窗户，眼前都是翠云堆。一月山翁高卧，踏雪水村清冷，木落远山开。唯有平安竹，留得伴寒梅。　　唤家童，开门看，有谁来。客来一笑，清话煮茗更传杯。有酒只愁无客，有客又愁无酒，酒熟且徘徊。明日人间事，天自有安排。

傅大询是南宋中期的词人，名气不大。这首词写的是典型的书生生活，也是知识分子的理想生活。他们追求的不是奢华，而是平淡宁静。不要豪华的别墅，只要草草三间茅屋就心满意足了。如果喜欢竹子，就在房子旁边栽它几丛。推开碧纱窗户遥望，眼前都是"翠云堆"，林木葱茏，绿荫掩映。我国古代园林建筑，讲究"开窗借景"的艺术。房屋或其他建筑本身既可欣赏，把窗子打开，又可以看到远处的景色，把四周的景色纳入视野之内，就是所谓"开窗借景"。为什么亭台楼阁四周都有回廊、走廊呢？比如黄鹤楼上四周都开着窗户，每层都有回廊，是为了把周边的景色都收纳楼中。站在黄鹤楼上，可以把武汉三镇四周景色尽收眼底。苏州的园林，开窗借景的艺术运用得特别娴熟。

围墙上，时或开个小窗，窗外是一丛竹子或一株梅花，每个小景都经过精心布局。诗词中的构图写景，跟园林建筑艺术有相通之处。这方面，可以参考当代著名美学家、北京大学教授宗白华先生写的《美学散步》，书中谈到中国古典诗词的空间感，谈到诗词与园林艺术的关系，见解深刻，又有可读性。

　　再回到词中。词人白天坐在屋里，能欣赏远处的景色；夜晚躺在床上，能悠闲地看着月亮从山中升起。清闲的时候，带上小书童出去踏雪寻诗。这踏雪寻诗，像驴背寻诗一样，是诗人常见的"采风"活动。李清照在建康时，每遇大雪，就独自戴着斗笠在雪中寻诗。姜夔也曾雪下觅诗。"木落远山开"，是想象之景，不是写实。字面上是从黄庭坚《登快阁》诗"落木千山天远大，澄江一道月分明"化出。"木落远山开"，是说深秋时节，树叶飘零后，远处的景色看得更加清楚，原来被遮蔽的景色全部敞露出来。

　　"唯有平安竹，留得伴寒梅"，竹子长成林了，冬天陪伴着寒梅，也陪伴着我。朋友来了，煮茗闲话，饮酒赋诗。喝完茶后，再喝两三杯小酒。这是一天的生活。多么闲适清雅！"有酒只愁无客"，中国有个传统，"酒是劝着喝"，多人在一起喝酒才热闹有气氛。有客呢又愁无酒，杜甫不是曾感叹"樽酒家贫只旧醅"？"酒熟且徘徊。明日人间事，天自有安排"，我只过好今天，明天会发生什么事，由老天爷管去。抓住现在，珍惜眼前。这也是一种生活态度。

再看宋自逊的《蓦山溪》。宋自逊是南宋中后期著名的江湖词人。因为诗中有江湖诗派，所以文学史上也把这一派写词的人称为江湖词人或者江湖词派。宋自逊，自号壶山居士。此词题作《自述》，带有自传性特点：

> 壶山居士，未老心先懒。爱学道人家，办竹几、蒲团茗碗。青山可买，小结屋三间，开一径，俯清溪，修竹栽教满。　　客来便请，随分家常饭。若肯小留连，更薄酒、三杯两盏。吟诗度曲，风月任招呼，身外事，不关心，自有天公管。

这首词所表达的人生理想、生活态度，与傅大询的词非常接近。从上面这几首词可以看出南宋知识分子的生活理想，进而可以看出南宋江湖词人人格精神的变化。宋代从范仲淹开始，强调的是知识分子的社会责任，所谓"先天下之忧而忧，后天下之乐而乐"。而到南宋后期，相当一部分知识分子、特别是江湖诗人，却追求人生的清闲懒散、个体生活的愉悦轻松。如果要找这个时代的"关键词"或者流行语，那么，一个是"懒"，一个是"闲"。

当然，懒和闲，并不是他们一开始就心甘情愿的追求，知识分子天然地担当着社会责任和历史使命，只是他们在追寻半生后，碰得头破血流，找不到进身之阶。"大道如青天，我独不得出"啊！他们在仕途上找不到出路，进不了官场。进不了官场，就无法履行个体对社会的责任，不能去实现兼济天下之志。加之社会黑暗，他们对个人的政治前途和社会的未来发展越来越灰心失望，于是就追求个体的物质享受和精神自由。研究和欣赏古代文学作品，需要了解古代作家所处的特定生活环境，透视隐藏在作品背后的主体心态。

宋自逊这首词表面上写得很轻松自在，深层里却浸透着一种无可奈何。他并不是一种心满意足、发自内心地喜欢这种生活。中国古代知识分子，始终在个体自由和社会责任中游移和矛盾。前面说过苏轼，一方面富有进取心，一方面又追求内心的自由，总是想退避社会，回归山林，但他始终没有回到山林。因为他觉得他对社会的责任还没有完全履行。这在整个宋代，是一种比较普遍的心态。宋自逊这类作品，闲散背后隐藏的是一颗躁动不安的心灵。

再看一首赵长卿的词。赵长卿，作品多而名作少。人们常常把他作为反面例子来举证。像李煜、李清照，传世的作品，首首皆精，可称"精品现象"。还有的诗人，只有一两首作品传世，就得大名。如唐代的张若虚，"孤篇横绝，竟为大家"，他凭一首《春江花月夜》成为大诗人。任何人选唐诗，都不能回避他的这首诗。赵长卿传世的词作有355首，却没有几首好词。文学史上，很少有人留意赵长卿这个人。今天把他的《蓦山溪》选出来，不是因为写得特别好，而是与前面两首词相似，从中也可见南宋知识分子的精神状态、人生态度：

> 无非无是。好个闲居士。衣食不求人，又识得、三
> 文两字。不贪不伪，一味乐天真，三径里。四时花，随
> 分堪游戏。　　学些香拖，也似没意志。诗酒度流年，
> 熟谙得、无争三昧。风波歧路，成败霎时间，你富贵，
> 你荣华，我自关门睡。

这首词的抒情主人公，像是官场上斗败下来的失意者。你们
争去，你们闹去，你们享受你们的富贵荣华，我关门睡我的觉。
"无非无是"，既然没有什么是非，争论什么是非呢，人世间的很
多是非，说不清楚的。我累了，懒得跟你们争，做个衣食不求人
的闲居士，多自在！赵长卿是宗室之后，他有遗产，所以衣食不
求人，不像壶山居士宋自逊、刘过一班人，没有独立的固定的经
济来源，要浪迹江湖，求人资助。

江湖名士，又称江湖谒客，这是南宋中后期一个特殊的知识
群体，是后世专业作家的前身，专门靠卖文卖艺为生。他们没有
做官，没有俸禄，主要靠写写诗写写词，流浪到哪里，就给当地
的达官贵人送上几首诗，人家就给他一些钱财。他们每到一个州
府，就给知州、知府送上一两首诗，知州按质论价，写得好就多
给些钱，写得不好的就少给点。不给行不行呢？不行。古代做官
的人人都有文学修养，能写诗。而江湖名士们，也慢慢形成了一

股舆论力量，如果给知州写一首诗，知州不给钱，会受到诗人的谴责和舆论的攻击。但江湖名士毕竟经济上不能独立，人格上也缺乏独立性，总是寄人篱下。刘过、姜夔、吴文英，就是这类人的代表。

因为赵长卿是皇室之后，家里还有些财产，小日子过得挺自在滋润，所以衣食不求人。还认得两三个字，懂得一些做人处世的道理，不贪婪，不虚伪，"一味乐天真"，还保持着人性的本色。小园子里头有四季花，足够我欣赏的。这"四时花"，让人联想起欧阳修《醉翁亭记》里所写的山间四时之景："野芳发而幽香，佳木秀而繁阴，风霜高洁，水落而石出者，山间之四时也。"《醉翁亭记》，有点像广告词或导游词。"环滁皆山也，其西南诸峰，林壑尤美。"西南群峰之间有小溪，小溪上哪儿最好呢，醉翁亭最好。早晚景色不同，四季风景各异，随时都值得游赏。赵长卿家里，有四时花，可以修身养性，可以休闲娱乐。"学些沓拖，也似没意志"，是说既然无非无是，没有责任，就可以拖拖沓沓的，拖沓有慵懒的意思。没有意志，好像对什么都引起不了兴趣，对人生一切都看得很淡漠，只靠诗酒来度过流年。词人最得意的是深深懂得与世无争、与人无争的真谛。"三昧"即真谛。

要注意，这是词人在特定时代特定环境里说的话。在我们现代社会里，还是要竞争。竞争，才能生存，才能发展。光是认得三文两字，还不能做到衣食不求人。"风波歧路，成败霎时间，你富贵。你荣华，我自关门睡。"他看透了官场的风波险恶，所以决心不参与，不投入，关门自睡，谁也奈何不得。

这种对宁静与闲适的追求，同样以牺牲个体对社会的责任为代价。我们读这些词，可以了解南宋知识分子的人格侧面。南宋中后期的知识分子，进取心、社会责任感，跟他们的前辈陆游、辛弃疾等词人相比，确实要淡漠很多。这与社会的变化有密切关系。南宋最后是王朝覆灭，但在亡国之前，知识分子的信心早已垮掉。南宋的灭亡，首先是知识分子、社会精英们信心的丧失、精神的颓废。这些社会的知识精英，对社会已彻底失望，诗里表面求宁静，实际上是对社会现状的不满和失望甚至是绝望，因此他们才回到家里关门睡。作者在这首词表达的是求闲爱懒之心，在另一些词里，表达的则是心灰意冷。灰心绝望的心态，在唐诗里很少看到，唐代诗人也有失望，也表现失意，但很少表现灰心与绝望。晚唐诗里可能有一些。在南宋后期，这种灰心绝望的心态在词中却非常普遍。南宋灭亡之前，知识分子的精气神已经丧失，社会精英的信心希望已经崩溃垮塌，南宋王朝的灭亡是必然的事。

下面再回望北宋，读读苏轼的名作《定风波》。这首词是苏轼的人生宣言，典型地表现出智者东坡洒脱的人生态度和对人生的透彻感悟。词有小序：

> 三月七日，沙湖道中遇雨，雨具先去，同行皆狼狈，余独不觉。已而遂晴。故作此词。

　　沙湖，是现在黄州城东三十里的道仁湖，位于高铁黄州东站附近。苏轼自己说，沙湖离城东三十里，有一次他到沙湖看田而生病，就乘船渡巴河去浠水找名医庞安常治病。据当地学者考证，现在道仁湖正距黄州城东三十里，湖面已变为稻田，但据地质勘探，其地下五至七米是稀泥层，地又多沙，20世纪六七十年代曾到二十里之外运土来改善土壤，正合沙湖之名。现存的西阳古渡，又名西河渡，在沙湖边的巴河旁，自古以来就是古渡，是苏轼渡河访庞安常之处。我曾经带着团队去道仁湖实地考察，也觉得道仁湖就是沙湖的说法可信。

　　苏轼词序说，暮春时节的三月七日，他在沙湖途中遇到阵雨，雨具被先行拿走，同行者都很狼狈，四处躲雨，只有他没有什么感觉。于是写下这首词。词序很短，但内容丰富，写词的时间、地点、前因后果和来龙去脉都交代得很清楚。雨具先去，表明他和同行者对下雨是有准备的，但一旦下雨，同行者还是仓皇失措，而自己则从容淡定，没觉得下雨有什么可怕的。"同行"与"余"表现出不同的人生态度。因为他已经看透人生和自然，阴晴冷暖是不断变化的，有雨必有晴，所以下雨时没必要惊慌。阴晴冷暖，都只是一个过程，周而复始，不断变化。既然下雨和晴天都在变化之中，就不必为下雨而郁闷，为天晴而得意。果然，不一会儿天就转晴了。人应该顺应自然，坦然面对自然阴晴雨雪的变化。

苏轼善于在日常生活中发现诗意、发现美感，在平淡的经历中感悟人生。苏轼经常跟他的朋友说"人生有味是清欢"。宋代的士大夫，人生失意时常常是去寻求感官刺激，酒色麻醉。英雄辛弃疾，伤心流泪的时候还要"倩何人唤取，红巾翠袖，揾英雄泪"呢。苏轼追求的是一种清欢。什么叫清欢？就是"江上之清风与山间之明月"，在大自然中、在日常生活当中感受人生，品味人生。老天忽然下雨，再平常不过了，苏轼却从雨转晴的天气变化中感悟体会到一种人生境界。且看原词：

　　莫听穿林打叶声。何妨吟啸且徐行。竹杖芒鞋轻胜马。谁怕。一蓑烟雨任平生。　　料峭春风吹酒醒。微冷。山头斜照却相迎。回首向来萧瑟处。归去。也无风雨也无晴。

《定风波》词调，句式、用韵都很有特点，上下片八个长句中穿插两三个短句；句句押韵，以平声韵为主，中间穿插两个短促的仄声韵。声、行、生是平韵，中间穿插"马"和"怕"两个仄声韵。过片醒、冷协两仄韵，迎、晴协两平韵，中间穿插"处"和"去"两仄韵。一气贯注中富有顿挫变化，节奏感特别强烈。词的声情韵味，要多诵读，才能体会。我们经常说诗词声情并茂，不朗读吟唱，味道就出不来。像李清照的《声声慢》："寻寻觅觅，冷冷清清，凄凄惨惨戚戚。乍暖还寒时候。最难将息，三杯两盏淡酒，怎敌它、晚来风急。雁过也，正伤心，却是旧时相识。"押的都是入声韵。读着读着，就会感觉李清照好像是从牙缝里一字一顿地吐出来，真切地体会到她的悲哀。真个是"怎一个愁字了得"！

古人写诗填词，很注重用韵，注意韵字跟情绪相配合。像杜甫平生第一首快诗《闻官军收河南河北》，心情兴奋，情绪高昂："剑外忽传收蓟北，初闻涕泪满衣裳。却看妻子愁何在，漫卷诗书喜欲狂。白日放歌须纵酒，青春作伴好还乡。即从巴峡穿巫峡，便下襄阳向洛阳。"用的韵字也高昂响亮，声情一致。苏轼那首《江城子》："老夫聊发少年狂。左牵黄。右擎苍。锦帽貂裘，千骑卷平冈。欲报倾城随太守，亲射虎，看孙郎。"韵字也很响亮。我们在摇头晃脑的沉吟诵读之中，不知不觉地进入到诗词的意境里。

苏轼《定风波》开篇写雨景。为了领会词的妙处，我们试用"换字法"。将"莫听穿林打叶声"改换成"莫听刮风下雨声"，看诗意味道如何？这一换，韵味差多了，为什么呢？因为"刮风下雨"，只是陈述一个事实，而"穿林打叶"，却是呈现具体场景，有声响，有动作。"穿林打叶"，写出了树和叶，有大景，有小景。林，可以想象是道路两边一排排的树木，也可以想象是一片树林。叶，一片片的树叶，有色彩。穿、打，又形象地表现出雨点喇喇地滴落过程。联系题序可知，词人和同行者就在树林里，同行者跑着躲雨，而苏轼则依旧从容地看着雨穿林叶之态，听着雨打林叶之声。对比看"穿林打叶"四字，意境就完全不一样。

所以，欣赏古典诗词，要慢慢琢磨体会。我们自己写诗写词的时候，要注意不是简单地交代一个事实、一个事件，而是要把事件过程、把事件场景用细节形象地描绘出来。我们读诗读词，也要为自己写诗写词打基础，提高自己的艺术修养和创作能力。"莫听"两字，也有意味。听，不仅是感官之听见，还是意念之听从。"莫听"，既有不要听、莫怕听之意，也有不管（它）、任凭（它）之意，也就是随便雨下得多大，任凭雨点如何穿林打叶，哗啦啦下个不停，我自从容淡定。

再看"何妨吟啸且徐行"。"徐行"，是慢慢走。下场雨慌什么、怕什么？再大的雨也会停止，不妨潇潇洒洒、从从容容地冒雨而行。"啸"，是魏晋时期比较流行的一种口技，也就是撮口吹哨。因为大名士谢安爱吹口哨，吹口哨的神态又很潇洒，人们纷纷效仿，于是"啸"就日渐流行。而"吟啸"，是暗用东晋谢安泛海遇巨浪的故事。一般的选本里都没有注解。

故事来源于《世说新语》，有一次，谢安跟王羲之等几个朋友泛海，划着船到海里去游玩。当时没有天气预报，突然遇到台风了，狂风大作，一会把小船抛到浪尖上，一会又抛到浪底。王羲之等人趴在船底，吓得面无人色，嚷着赶快回去。而谢安呢，岿然不动，而且更加精神抖擞，意气风发，"吟啸不言"。谢安是老大，王羲之等人只好听他的。当时友人从这件事看出谢安的胆识雅量，说他是当宰相的料，今后"足以镇安朝野"。

　　苏轼用这个典故的用意是，人家谢安连狂风大浪都不怕，咱们遇到一场小雨怕啥？雨中正好体验一下人生，不妨吟啸潇洒走一回！何况拄着竹杖，穿着草鞋，比骑马还自在稳当，怕什么！更何况，还有一件蓑衣呢！雨具蓑衣不是先被随从拿走了吗？苏轼说的蓑衣，其实是心灵的蓑衣、心灵的保护伞。

　　"一蓑烟雨任平生"，字面上说，有了一件蓑衣、一顶斗笠，足以避风挡雨，深层里却是象征对人生的风雨早有心理准备。"烟雨"，不仅仅是指自然界的风雨，还指人生经历的风雨，人生的挫折、人生的磨难。有挫折，有磨难，有风雨，不可怕，怕的是没有心理准备。有首流行歌曲不是说："不经历风雨，怎么见彩虹？"我们知道今天要下大雨，出门的时候带把伞，心理和行动上有了准备，下再大的雨也不会紧张、不会沮丧。如果事先没有防备，没带雨伞，半路上遇着大雨，淋湿了衣服，心情都会沮丧郁闷。苏轼在这里宣称，他有了心灵的蓑衣，随时准备迎接风雨，随时准备应对人生的挫折磨难。任凭风吹雨打，我自从容淡定，不乱于心，不乱于行。苏轼领悟到，人生本来就是不圆满的，人生难免有挫折磨难，就像"月有阴晴圆缺，人有悲欢离合，此事古难全"。

　　挫折坎坷是人生必经之路，有了这种精神准备，一旦遇上逆境坎坷，就能从容应对，不惧怕，不失望。"一蓑烟雨任平生"，典型地反映出苏轼超然旷达的人生态度和人生感悟。苏轼初贬黄州时，突遇政治上的打击迫害，也是茫然不知所措。一两年后，才慢慢醒悟，确立"一蓑烟雨任平生"的人生态度。

苏轼不仅仅是心态上做好了应对人生风雨的准备，方法上也形成了一套消解失意苦闷的心理公式。这个公式是"譬如当初"。什么叫"譬如当初"呢？人的痛苦往往是失落的痛苦，拥有的地位、财富、荣誉、名利失落了，或者被硬生生地剥夺掉了，这时候会特别痛苦。苏轼会把自己的心态恢复调整到没拥有之前的状态。

他从湖州知州贬谪到黄州，社会地位落差很大，相当于现在一个市委书记变成了被监视居住的罪犯，原来拥有的官职俸禄没有了，至少是降低了很多，苏轼最初也很痛苦。但他转念一想，"譬如当初"我就是黄州一个没有及第的秀才，人家世世代代在这里生活，都过得自在安逸，我就过不下去吗？用现在的话说，譬如当初我是黄州一个高考落榜的青年，而不是由市委书记贬到这儿来的，我世世代代原本就是黄州人，高考没考上，回家当农民，人家能过好日子，我也一样能过上安逸的日子。我不是因为做官贬到这里而是原本就出生在这里，没有了反差，没有了失落，也就没有了痛苦。这样一想，他心里就舒坦了，不再失望了。这就叫"譬如当初"，是苏轼发明的自我安慰的理由和方法。他后来贬到海南岛，又是想：譬如当初我就是黎族人。他有诗说："我本儋耳人，寄身西蜀州。"既然本地黎族百姓在这里能过好日子，我苏轼也能过得去。他这一想，心里就开朗多了，豁达多了。

　　善于自我心理调节，屏除负面的心理情绪，有助于心理健康。要调节心理情绪，就要学会找一个能使自己获得心理平衡的参照系，不要老是找使自己心理失衡的参照系，那样会自寻烦恼，永远郁闷！人生快不快乐，关键在于自己如何去看待、如何去面对。如果能把遇到的挫折磨难，当成是人生锻炼的一次绝好机会，那不仅不会感到痛苦，而且会觉得心里敞亮。

　　学习古典文学，要注意从前人的人生经验、人生智慧中获得人生的启示，不仅仅是学习古典文学知识、提高诗词修养而已。今后大家遇到挫折的时候，无论是谈恋爱失利，还是工作不顺心，生活上有困难，就要想到东坡的"一蓑烟雨任平生"。只要我们不把人生想得太一帆风顺，时刻准备着失落、失利、失败，就能从容淡定地应对人生的风云变化，做到像东坡那样"一蓑烟雨任平生"。

　　东坡这首词是整体的象征，不止"一蓑烟雨任平生"一句是象征。"料峭春风吹酒醒"，刚刚下雨，把衣服打湿了，觉得有点冷。"山头斜照却相迎"，一会儿雨过天晴，温暖的阳光就在前面迎候着。如果处在挫折磨难中，也别悲观失望，要坚信一定能走出困境，光明就在前头。

　　"回首向来萧瑟处"的"萧瑟处"，有的版本作"潇洒"，我觉得"萧瑟"更好。"萧瑟处"，就是刚才穿林打叶之处，刚才不是下雨吗，最终"也无风雨也无晴"，一切又归于平静。大雨过后，又回到原点。人生经过挫折磨难后，终究又会回到正常的生活轨道。

这又显示出苏轼对人生更透彻的感悟。不仅是失意不惧，得意也一样淡然处之。在自然界，雨和晴是再常见不过的天气现象了，雨晴变化，周而复始。同样，人的一生，有得意，也有失意；得失、荣辱、升沉都是人生共有的不可或缺的组成部分。不管是顺境、逆境，来了，就坦然面对，从容接受。所以，"无风雨"可贵，"也无晴"更是一种境界，而且尤为可贵。能做到"宠辱皆忘"，才算真正地步入人生的化境，才是真正的达观者。扛不住挫折的柳宗元和秦观不是，张狂无忌的祢衡更不是。苏轼面临荣辱，都能泰然处之，是真正的达者。所以后世的文人特别景仰他、敬佩他。

这首词表面上写的是雨晴的变化，实际上也是比喻、象征人生命运的变化。自然界有风有雨也有晴，人生有欢乐也有悲哀。苏轼能写出这种洒脱超然的辞章，不仅体现出他的人生态度，更体现出他的人生智慧。

豪情：好烈烈轰轰做一场

豪情，富有力量和气势。早期唐宋词多柔肠软泪，北宋中后期刚肠豪气渐兴。有豪侠的肝胆相照和一诺千金，有民族英雄的堂堂正气、激昂高歌。有战乱时代志士的悲愤，有亡国时代名士的怒吼……

豪情词，包括豪迈奔放、悲壮激昂之词。听惯了柔软的小夜曲，下面换个口味，听听雄壮高昂的进行曲。

从词史的角度来看，唐宋词中的抒情主人公发生过几次变化。早期的唐五代词，抒情主人公主要是闺阁佳人，用欧阳炯《〈花间集〉序》的话来说，是"绣幌佳人"和"绮筵公子"。到了北宋初年，词坛的抒情主人公开始有所转型、变换，出现了"白发将军"。这就是范仲淹《渔家傲》词中的主人公：

> 塞下秋来风景异。衡阳雁去无留意。四面边声连角起。千嶂里。长烟落日孤城闭。　　浊酒一杯家万里。燕然未勒归无计。羌管悠悠霜满地。人不寐。将军白发征夫泪。

词中抒情主人公是戍守边塞的白发将军，有安定边疆的理想，也有怀念家乡的乡愁。此外，还有欧阳修笔下潇洒的"文章太守"形象：

平山栏槛倚晴空。山色有无中。手种堂前垂柳，别
来几度春风。　　文章太守，挥毫万字，一饮千钟。行
乐直须年少，尊前看取衰翁。

"挥毫万字，一饮千钟"，将"文章太守"的才情、豪迈，和
盘托出，跃然纸上。这太守，不是欧阳修自诩，而是赞美将去
扬州任太守的友人刘敞。"白发将军""文章太守"之后，有东坡
《江城子》里射虎太守的英姿：他左手牵着黄狗，右手擎着猎鹰，
戴着锦帽，"千骑卷平冈"，他在前面冲，跟随的千匹骏马呼啸而
上，场面十分壮观。"为报倾城随太守，亲射虎，看孙郎"，太守
的潇洒得意，从字里行间透射而出。唐五代词，很少像这样直接
写男子汉大丈夫的形象。到了北宋苏轼之后，男性士大夫形象逐
渐登上词的舞台。不啻是男子汉，更有豪侠成为词的主角。且看
贺铸的《六州歌头》：

少年侠气，交结五都雄。肝胆洞。毛发耸。立谈
中。死生同。一诺千金重。推翘勇。矜豪纵。轻盖拥。
联飞鞚。斗城东。轰饮酒垆，春色浮寒瓮。吸海垂虹。
间呼鹰嗾犬，白羽摘雕弓。狡穴俄空。乐匆匆。　　似
黄粱梦。辞丹凤。明月共。漾孤篷。官冗从。怀倥偬。
落尘笼。簿书丛。鹖弁如云众。供粗用。忽奇功。笳鼓
动。渔阳弄。思悲翁。不请长缨，系取天骄种。剑吼西

风。恨登山临水，手寄七弦桐。目送归鸿。

《六州歌头》词调，节奏短促明快，声情激昂高亢，非常适合表现豪侠的精神气度。贺铸是北宋时代少见的文武双全的侠客。这首词表现豪侠的精神风貌和理想苦闷，是他的自画像。宋代词人中，会武功的不多。在唐代著名诗人中，有两位豪侠，一位是李白，仗剑行侠，曾经"杀人红尘中"；另一位边塞诗人高适，也是侠客。北宋时代，有游侠精神而又著名的，大概只有贺铸一人。当然，两宋词史上，文武双全的杰出人物，还有岳飞和辛弃疾。岳飞是战斗英雄，辛弃疾是悲剧英雄，想做英雄却没有机会成就英雄的伟业。

贺铸为人，很有特点。截然对立的两面，在他身上能够有机和谐地统一。他的词写得很优美，读其词想象其为人，仿佛是美男一枚，其实他长相奇丑无比，人称"贺鬼头"。他是侠客，在外飞扬跋扈；又是书生、收藏家，回到家里，每天在灯下用蝇头小楷校书。有时拿着刀剑打打杀杀，有时在书摊前写写画画、挑挑拣拣。儿女柔情、风云豪气在他的身上结合得比较完美。

这首词是写豪侠，先简略说说豪侠的特点。第一，肝胆相照，有勇有谋。孟郊《游侠行》说："壮士性刚决，火中见石裂。杀人不回头，轻生如暂别。"元稹《侠客行》诗说："侠客有谋人不测，三尺铁蛇延二国。"铁蛇，指宝剑。第二是不怕死，富有牺牲精神。元稹《侠客行》开篇就说："侠客不怕死，怕死事不成。"怕死就不会当侠客。第三是讲诚信，重然诺，一诺千金重。李白的《侠客行》说："三杯吐然诺，五岳倒为轻。"第四是重义气，往往是功成不受赏，帮助别人报仇不图回报。沈彬《结客少年场行》诗说："重义轻生一剑知，白虹贯日报仇归。"李白的《侠客行》也说："十步杀一人，千里不留行。事了拂衣去，深藏身与名。"侠客替人报仇以后，拂衣而去，不张扬。"纵死侠骨香，不惭世上英"，他们张扬的是人生价值，追求的是英名侠气。慷慨赴难，不重功利。初唐虞世南《结客少年场行》说："轻生殉知己，非是为身谋。"外在形象上，游侠身上离不开宝剑，酒量也非常大。南宋江湖词人刘过，虽是文士，却有侠气，他的做派有点像豪侠，狂饮、舞剑。所以有人称他为"文侠"。

　　下面再细读贺铸这首词。北宋词，以婉约为本色正宗，像贺铸这样的词很是少见，在词坛上别开生面。夏敬观《东山词补》批语说此词"雄姿壮彩，不可一世"，俞陛云《唐五代两宋词选释》说"此与《小梅花》调皆雄健激昂，为集中稀有之作"。

　　"少年侠气，交结五都雄"，词一开篇就推出少年豪侠的形象。他到处行侠，交游广泛。"五都"，有好几种说法，汉代五都指洛阳、邯郸、临淄、宛、成都，唐代五都指长安、洛阳、凤翔、江陵和太原，宋代没有五都而有四京：东京汴京、西京洛阳、南京商丘、北京大名府。贺铸所说的"五都"，泛指各大都市。意思是他与各大都市的游侠均有联络，一有召唤，游侠们都可以聚集到一起，听他调遣。"肝胆洞"，是肝胆相照，见面都非常坦诚。"毛发耸"，写毛发耸立、血气方刚的神态。可以联想岳飞"怒发冲冠"的形象。"立谈中，死生同"，写豪侠相见，一见如故，订下生死之交。又讲信用，"一诺千金重"，就像楚国的侠客季布一样讲义气，重诚信。《史记》记载当时有谚语说："得黄金百斤，不如得季布一诺。""推翘勇"，朋友们都推崇他英勇善战。"矜豪纵"，他豪迈英勇，自己也非常自负。"轻盖拥。联飞鞚"的"轻盖"，指车子，出门行游，非常张扬，常常两辆车并驾齐驱，纵横驰骋。"斗城东"的"斗"，读上声，不读去声，不是动词"斗争"的"斗"，而是名词"北斗"的"斗"。汉代有南斗城，北斗城。这里"斗城东"，指汴京城东。"轰饮酒垆，春色浮寒瓮。吸海垂虹"，写他们酒量很大，经常在酒店里聚众狂饮，豪气干云。"间呼鹰嗾犬"的"间"，读去声，指间或，有时。"间"，有的版本作"闲"，古代"闲"和"间"不分，都写作"閒"。"白羽摘雕弓"，写射猎。"白羽"，是箭。"狡穴俄空"，具体写他们箭术高超，像小李广花荣似的，百发百中，打猎时不一会就把山里的野兔打个精光。上片描绘少年游侠的英武形象。

下片一转，写豪侠的理想与压抑感。游侠也有社会责任感，想要建功立业。初唐四杰之一的卢照邻《结客少年场行》中的游侠，就具有这种使命感："横行徇知己，负羽远从戎。龙旌昏朔雾，鸟阵卷寒风。追奔瀚海咽，战罢阴山空。归来谢天子，何如马上翁。"本词是贺铸的自叙，写自己的理想与困境。人生好像是一场梦。早年游侠习武，是希望有朝一日能到边塞上建功立业，但理想"似黄粱梦"，终成为泡影。"辞丹凤"的"丹凤"，指丹凤城，即京城，因在京城找不到出路，便离京四处漂泊，每天披星戴月，乘着一只孤船流浪："明月共。漾孤篷。"好不容易找到一个职位，却只是低级的做杂务的小校官，压根没有成就感。"官冗从"，指所任官职很普通，只能在下级官吏中混时光。"怀倥偬"，是说琐事很多，终日忙碌，建立不了大的功业。"落尘笼"，跟陶渊明的"落尘笼"一样，比喻关在笼子里，无法施展自己的才华抱负，形容官场对人的限制。"簿书丛"，一天到晚和文书打交道。"鹖弁如云众"的"鹖弁"，指低级武官。"供粗用。忽奇功"，豪侠本应该上战场指挥千军万马，杀敌立功，结果现在打杂做文秘工作。听说边塞上已经燃起战火，却请缨无路。"笳鼓动"，指前线发生战事。"渔阳弄"和"思悲翁"都是乐府曲名。"不请长缨，系取天骄种"，谓请缨无路，报国无门。在秋风当中，宝剑空鸣，在登山临水中等闲虚度英雄的时光。"手寄七弦桐"的"七弦桐"，是一种乐器，借弹琴来抒发自己的悲愤。"归鸿"，用嵇康《赠兄秀才入军》诗意："目送征鸿，手挥五弦。"

　　贺铸这首词，让我们领略到宋代豪侠的精神面貌，同时也看到他们的人生追求与人生失意。这是和平时代的豪侠。下面来看亡国时代文天祥写的《沁园春·题张许公庙》：

为子死孝，为臣死忠，死又何妨。自光岳气分，

士无全节，君臣义缺，谁负刚肠。骂贼睢阳，爱君许
远，留取声名万古香。后来者，无二公之操，百炼之
钢。　　　人生翕欻云亡。好烈烈轰轰做一场。使当时卖
国，甘心降虏，受人唾骂，安得流芳。古庙幽沉，仪容
俨雅，枯木寒鸦几夕阳。邮亭下，有奸雄过此，仔细
思量。

读这样的词，让我们热血沸腾。我们要用一种虔诚的心情、
敬仰的心情、崇拜的心情来读这样的词。因为这是文天祥用他宝
贵的生命、用他崇高的人格、用他鲜活的热血凝成。这首词，不
是作出来的，而是从英雄内心深处喷薄出来的，流淌出来的不是
文字，而是沸腾的热血、激昂的民族正气。

1278 年南宋灭亡以后，文天祥在广东潮州坚持抗战，途中
他去拜谒张许公庙，有感于时事，挥笔写下这首震撼人心、感天
地泣鬼神的词作。张许，是唐代张巡、许远的并称。韩愈的散文
名篇《张中丞传后叙》就是为张巡立传，介绍了他和许远的英勇
事迹。安史之乱中，安史叛军所向披靡，只有张巡和许远在睢阳
（今河南商丘）坚持抗战，阻挡了安史叛军向南的步伐，成为保
护江淮的一大屏障。

元代王用文看到文天祥这首词之后，立即将它刻印，并作
《刻文丞相谒张许公庙跋》来推介："此词实愤奸雄之误国，欲效
二公之死以全节也。噫！唐有天下三百年，安史之乱，其成就卓

为江淮之保障者，二公而已矣。宋有天下三百年，革命之际，始终一节，为十五庙祖宗出色者，文山公一人焉。"他认为，宋代十五朝皇帝中最杰出的忠臣首推文天祥。

文天祥可以说是时势造就的英雄。他本来是一介书生，状元出身，没有武功，也没有军事才能，不像岳飞、辛弃疾那样文武全才。文天祥是为了伸张民族正气、维护民族尊严而率兵抗战。南宋灭亡时，举朝向元蒙投降，文天祥就是不服这个气：堂堂汉民族难道就没有一个不怕死的男儿？他明知不可为而为之。在南宋朝廷投降后，他散尽家财，自己组成军队起来抗战。他明知打不赢，但还是要打，就像《正气歌》里所说的，他要保存民族正气，证明当时的汉民族还有一个两个不怕死的男儿。他明知道无力回天，但还是要坚持抗战。所以他被俘以后，曾经跟随他抗战的朋友写书信给他，希望他早一点死去。他们生怕文天祥在监狱里扛不住，投降了，那他就前功尽弃，无数追随文天祥的烈士的热血就白流了。文天祥的抗战，与其说是为了保存赵宋的天下，让它再延续一两年；不如说是保存了民族精神、弘扬了民族的血气。他的抗战，是一种不怕死、不畏强权的民族精神的象征。如果文天祥最后投降，那这点精神也就消解了，所以他的朋友希望他早死，希望他全节而终。文天祥没有辜负友人的期望，求仁得仁，最终以崇高的民族气节而成就英雄的美名！

文天祥这首词，抒发了战斗英雄的正气、豪气。他的人生追求，和张巡、许远高度一致，所以他特别能够理解张巡、许远为什么那样敢于牺牲。词题是《题张许公庙》，赞美张、许二公大无畏的不屈精神。但一开始不直接写他们两人，而是推远一层，谈如何做人、做一个男人、做一个英雄，立意十分高远。

"为子死孝，为臣死忠，死又何妨"，说做儿子的为孝而死，做臣子的为忠而死，死了又何妨！死得有意义！今天我们读这三句，可能感觉是封建的伦理道德，好像为孝而死不值得。其实，孝道是追求、尊重生命的本原。如果一个人对父母不孝，那肯定谈不上对国家忠诚、对朋友讲信义。孝，应该是与生俱来的本能，一个人如果连父母都不爱，他还能爱谁？我觉得，年轻人谈朋友、找对象，先要考察对方是不是孝敬父母，如果对父母不孝，不爱父母，就别指望对方能爱一个没有血缘关系的半路相识者。"孝"，应该是做人的基本要求、最低的道德底线。当今，我们无需强调"为子死孝"，但要强调"为子尽孝""为女尽孝"。孝道在当下社会越来越淡漠，读这句，我希望大家能"心有戚戚焉"，能有一种感动，牢记在心。

"为臣死忠"，为臣忠于谁？在古代"国"和"君"是连在一起的，君是国的代表和象征。在特定的历史时期，忠君就是爱国。特别是文天祥，他忠的不是某一个人，他忠的是国家。为了国家，为了维护民族利益，为了弘扬民族正气，死也值得！这是死得其所、死得光荣。

"自光岳气分"的"光"，指三光，即日月星辰；"岳"是五岳。"光岳气分"，意思是天崩地裂。安史之乱后，唐玄宗的王朝垮掉了，不少士大夫向叛军屈膝投降，全无节义。"士无全节"，与其说是骂安乱之乱时的变节之士，不如说是骂南宋王朝屈膝投降的君臣。南宋灭亡时，谢太后和满朝文武大臣都向元蒙投降。他们丧失了君臣之义，罔顾民族尊严："君臣义缺，谁负刚肠。"谁能坚守正义，谁葆有刚正之气？当时只有"骂贼睢阳"。"睢阳"，指张巡。张巡每次打仗时，都要痛骂敌人，咬牙切齿，把牙齿都嚼碎了。张巡的脾气比较暴躁，而许远的性格比较温和，爱民如子。两人相得益彰，配合默契。"骂贼"和"爱君"对举，其实是互文见义。两人性格虽然不同，但爱国忠君，两人又是高度一致。所以他俩能"留取声名万古香"。虽然牺牲了性命，但精神永远流传，"纵死犹闻忠骨香"。古人特别推崇为国牺牲的生命意义。"后来"就再也难见张巡、许远那样如"百炼之钢"般的操守了。"后来者"二句，既隐含对现实的悲哀，也饱含对自我的期许。

上片用对比手法，凸显张巡、许远的刚烈、忠胆。过片由张巡、许远宕开。"人生翕欻云亡"的"翕欻"，意思是短暂，"云"是语助词。这句说人生短暂、生命有限。人生本就短暂，作为男子汉，应该"烈烈轰轰做一场"事业。为什么不用"轰轰烈烈"，而用"烈烈轰轰"？这是平仄的需要。文天祥高呼：人生要创造辉煌，做一番有意义、能传诵千古的伟业，假使张巡、许远像其他人那样投降了敌人，肯定被人唾骂，万万不能流芳百世。词写到"安得流芳"这里，褒贬与抑扬，推崇与唾弃，意思已非常显豁了。

因为词是题庙，词中需要点题，故而下文说："古庙幽沉，仪容俨雅。"瞻仰张许二公神像，依然栩栩如生，还是那么庄严，让人肃然起敬。全词以议论见长，只有"枯木寒鸦几夕阳"这句是写景。"枯木""寒鸦"，是衰飒的意象；"夕阳"，隐喻时间的流逝。晏殊词句"夕阳西下几时回"，就是表现时光的短暂。文天祥用"枯木寒鸦几夕阳"，既营造悲凉的气氛，又通过自然景物的易变和短暂，来反衬张巡、许远精神的永恒不朽。最后两句，掷地有声："邮亭下，有奸雄过此，仔细思量！"奸臣们，没有骨气的士大夫们，来到张许二公庙面前，应该好好地一想！是要万古流芳，还是让后世万人唾骂？！

文天祥此词，不以形象取胜，而以气势见长，以力量震撼人心。这是一种人格力量、人格精神的呈现。这样的词，不是艺术表现上有多么精巧，而是词人精神的崇高伟大，让我们为之感动。读文天祥此词，跟读他的《正气歌》一样，让人震撼。南宋亡国以后，词人词作都是低沉饮泣，都是感伤"泣血"。像张炎、王沂孙的词，都不敢正面地表达对故国的怀念，只是用一种曲折委婉的方式来表达内心的痛楚。只有文天祥以他的堂堂正气，激昂高歌。两宋词坛，在这样雄壮的进行曲中落下它的帷幕，唱奏出最后的光辉，实在是词史的荣幸！

这样崇高伟大的作品，最好能背诵下来，成为精神食粮。让这些华章变成营养融进自己的血液，以强健心智，雄伟人格。诗词背诵多了，今后写作，可以出口成章、文采飞扬，平时也谈吐高雅。

下面讲讲张元干《贺新郎·送胡邦衡待制》词。

张元干，曾经投笔从戎。靖康元年（1126）的汴京保卫战，李纲任前敌总指挥，张元干担任李纲的参谋，协助李纲在汴京城墙上冒着枪林弹雨指挥作战。当时战斗非常激烈残酷，"矢集如猬毛"，敌人进攻的箭密集得像刺猬的毛一样，漫天都是。由于汴京军民的英勇抗战，汴京保卫战终于取得胜利。可惜胜利的果实，不久就被投降派葬送，李纲被贬，汴京沦陷，北宋灭亡。

这首《贺新郎·送胡邦衡待制》，是张元干词集中的压卷之作。"压卷"，形式上是指开卷的第一篇，一般编别集，会把最好的作品放在第一篇。"压卷"，还是一种评价，往往把作家最好的压倒其他作品的叫压卷之作。

要读懂这首词，必须了解它的创作背景。绍兴八年（1138），宋高宗、秦桧力主和议，决定向金人求和，派王伦出使金朝，跟金人谈判。消息传出后，朝野上下强烈抗议，都坚决反对向金人投降求和、割地卖国，而上书中言辞最激烈的是胡铨。胡铨当时只是枢密院编修官，官位品级都很低，可他位卑未敢忘忧国，站在了反对和议的前沿。他上书的题目是《戊午上高宗封事》。戊午，是绍兴八年。因为上奏的事情很机密，要密封，其他人不能看，需要皇上亲自拆封，所以叫"封事"。据说胡铨写这篇封事的时候，一挥而就，非常痛快，他一边写，旁边的同僚一边传诵。写完后，他有点后悔，就跟旁人商量：这封事呈不呈上？朋友说：你的稿子已经传扬出去了，不呈上可能被暗害而死；呈上去，上峰有舆论压力，可能不敢公开置于死地。胡铨立马把遗书写好，把家人安顿好，做了付出生命的打算之后，就把这封奏疏呈上去。果然一呈上去，龙颜大怒，传诵开后，天下轰动。当时金朝派间谍用一千两黄金来购买这封上书，看到这封上书后，觉得宋朝有人才，从此不敢小觑南宋。金人原来是看不起南宋王朝的。当时有位著名的将相领，叫张浚。此人志大才疏，每打一仗就输一仗，但他坚决主张抗战，所以声望、人气特别高。张浚曾说：秦桧专权二十五年，只成就了一个人才，这个人才就是胡铨。胡铨因为这封上书而名扬天下。

这封上书究竟是怎么写的？我们来看看：

　　臣谨按：王伦本一狎邪小人，市井无赖，顷缘宰相无识，遂举以使虏。专务诈诞，欺罔天听，骤得美官，天下之人切齿唾骂。今者无故诱致虏使，以诏谕江南为名，是欲臣妾我也，是欲刘豫我也。刘豫臣事丑虏，南面称王，自以为子孙帝王万世不拔之业。一旦豺狼改虑，捽而缚之，父子为虏。商鉴不远，而伦又欲陛下效之！夫天下者，祖宗之天下也；陛下所居之位，祖宗之位也。奈何以祖宗之天下为犬戎之天下，以祖宗之位为犬戎藩臣之位？陛下一屈膝，则祖宗庙社之灵，尽污夷狄；祖宗数百年之赤子，尽为左衽，朝廷宰执，尽为陪臣；天下之士大夫，皆当裂冠毁冕，变为胡服。异时豺狼无厌之求，安知不加我以无礼如刘豫者哉！夫三尺童子，至无知也，指犬豕而使之拜，则怫然怒。今丑虏，则犬豕也。堂堂天朝，相率而拜犬豕，曾童稚之所羞，而陛下忍为之耶？……

臣备员枢属，义不与桧等共戴天。区区之心，愿斩三人头，竿之藁街，然后羁留敌使，责以无礼，徐兴问罪之师，则三军之士，不战而气自倍。不然，臣有赴东海而死，宁能处小朝廷求活耶！

真是铿锵有力，义正词严，掷地有声！"臣谨按"，这是上皇帝书的客套话。王伦是作为参知政事、相当于时下国务院副总理和金人谈判的。他本来是狎邪小人、市井无赖，是汴京的一个小混混。靖康之乱时，京城有很多人抗议示威，宋钦宗想找人来镇压抗议示威的人，王伦自告奋勇，毛遂自荐，钦宗当场许可。王伦说，我没官职，别人怎么会听我的。宋钦宗就立马封他一个官。王伦就这样走进了官场。"顷缘宰相无识，遂举以使虏"，是说宰相秦桧没有眼光，推荐王伦出使金国。"虏"，指金朝，后来有些版本改成"敌"了。王伦"专务诈诞，欺罔天听"，欺瞒皇上，而"骤得美官，天下之人切齿唾骂。今者无故诱致虏使"，无缘无故地把敌人引诱进来。这是给皇帝留面子的话。其实是高宗皇帝主动把金人招来的，但胡铨不好直说。

　　当时金朝来谈判的使臣称"江南诏谕使"，是"以诏谕江南为名"。这是外交辞令，"诏谕"，本是帝王的命令，皇帝颁布文书以告喻天下，这显然不是两个国家政府间的平等对话，而是上对下，主权国对附属国下命令。金朝和南宋，本来应该是平等的，但事实上并不平等，宋高宗赵构对金朝皇帝自称儿皇帝呢。为什么南宋陆游、辛弃疾等英雄志士坚持要抗战复国呢？因为民族自尊心已经沦落到了零点，堂堂的大宋皇帝，在双方来往国书中自称"大宋儿皇帝赵构拜见大金父皇帝陛下"，还要跪拜着接受金人的诏书。

　　这时的宋高宗，代表的不是个人，而是一个民族、一个国家，他的这种行为、做派，能不让他统治下的血气男儿倍感屈辱吗？金人以"江南诏谕使"为名，显然没有把南宋当作一个独立的主权国，而是当作一个附属国。胡铨一眼看穿，说这"是欲臣妾我也，是欲刘豫我也"，是把我们南宋当作臣妾、当作傀儡刘豫。刘豫是金人扶持的伪政权。"刘豫我"，是名词当动词用的动宾结构。"丑虏"指金人，刘豫对金称臣，故说"刘豫臣事丑虏"。"豺狼"，指金人。一旦金人改变了主意，就会像捆绑刘豫那样来捆绑我朝皇帝以羞辱。

　　这段史实是，北宋灭亡以后，金人先是扶持张邦昌做傀儡皇帝，国号"大楚"，作为金朝的代言人。几个月后，张邦昌在国人的唾骂声中下台，被迫把皇位让给赵构，赵构即位，才建立起南宋王朝。后来金人又在山东一带扶持了小皇帝刘豫，号称"大齐"，史称"伪齐"，让刘豫来牵制南宋。刘豫经常作为金兵的马前卒入侵南宋。后来刘豫几次进攻南宋，都没有得到什么便宜。绍兴七年（1137），金人废了刘豫，把他父子俩"捽而缚之"，揪住头发捆绑到燕京。故胡铨说"父子为虏，商鉴不远，而伦又欲陛下效之"，刘豫父子的下场就摆在眼前，而王伦又想让陛下重蹈覆辙，这不是心怀叵测吗？

　　"夫天下者，祖宗之天下也；陛下所居之位，祖宗之位也"。天下、皇位都不是您个人的，而是祖宗传下来的，别把它不当一回事。"奈何以祖宗之天下为犬戎之天下"，为什么要把祖宗传下来的天下送给金人？"犬戎"，是对金人的蔑称，以表达民族义愤。这些蔑称词汇，在《四库全书》本里都被改掉了，改成了中性的"金人"或"敌人"，明显不符合胡铨当时的语气和心态。这里用的是另外的单刻本，保持着原貌。"以祖宗之位为犬戎藩臣之位"，"藩臣"是陪臣。"陛下一屈膝"，您一跪下来，屈膝弯腰，"则祖宗庙社之灵，尽污夷狄；祖宗数百年之赤子，尽为左衽"。胡人披发左衽。"朝廷宰执，尽为陪臣"，朝廷百官都成了敌人的臣子。"天下之士大夫，皆当裂冠毁冕，变为胡服"，全都要改换服饰。"异时豺狼无厌之求"的"豺狼"，是骂金人。有朝一日金人无厌之求，就会像对待刘豫那样对待我们了。

　　"夫三尺童子，至无知也，指犬豕而使之拜，则怫然怒"，意思是说几岁的小孩，最无知不懂事理，但让他向猪狗跪拜，他也会很愤怒。"今丑虏，则犬豕也"，现在金人就是猪狗。"堂堂天朝，相率而拜犬豕，曾童稚之所羞，而陛下忍为之耶?"，堂堂天朝，让全国人民都向猪狗跪拜，连小孩都感到羞愧！皇帝老子，您居然忍心吗！这是责怪高宗连无知的小孩都不如，没有羞耻心，竟然甘心向猪狗不如的东西跪拜。

文章最后说，我虽然是枢密院的小官，但义不与秦桧共戴天。其实，胡铨的言下之意是跟高宗也不共戴天，只是不好明说而已。真想把秦桧、王伦和孙近三人的狗头砍下来，悬挂在外国驻宋大使馆示众！"藁街"，是当时外国使节居住的地方。"然后羁留敌使，责以无礼，徐兴问罪之师"，把金邦来谈判的使节扣留下来，公开谴责敌人的无礼行为，然后派军队去攻打。要不然，我宁可跳东海自杀，也不愿在这样屈辱的小朝廷里活命！

胡铨的言辞多么尖锐激烈！单纯从写作的角度看，这篇文章，可以说是南宋第一等文字，字字掷地有声，句句痛快淋漓。但是从上书劝谏的角度，策略上有点不妥当。上书劝谏的目的是劝阻，是要宋高宗接受建议，改变决策，但作者只求痛快，宣泄不满，没考虑上书的结果会激怒皇帝。上书的目的不是求责骂痛快，而是实现自己的主张，要考虑接受效果。把皇帝激怒了，绝对达不到目的，绝对不可能让他改弦易辙。

这启示我们，做事行文，都要注意目的和手段的一致性，遇事要讲究策略和方法。另一方面，胡铨明知这封奏章一上，肯定是做不成官了，甚至有性命之忧，但他决定豁出去了。从这又可以看出，古代仁人志士为了伸张正义是如何地不计个人安危、个人利害得失。

　　果然，书一上奏，宋高宗和秦桧都勃然大怒，但迫于舆论压力，一时还不敢把胡铨怎么样，就把他贬到了福州。秦桧始终怀恨在心，四年以后，再把胡铨从福州贬到广东新州。胡铨离开福州前夕，张元干写了这首《贺新郎》词为他送行。

　　胡铨被贬后，受迫害牵连的人很多，一般人都不敢与他交往，怕惹火上身。而张元干却写了这首《贺新郎》来激励他、鼓舞他。从这也可以看出张元干的忠肝义胆。《四库全书总目》就说此词"慷慨悲凉，数百年后，尚想其抑塞磊落之气"。下面看张元干《贺新郎》词是怎么写的：

　　　　梦绕神州路。怅秋风、连营画角，故宫离黍。底事昆仑倾砥柱。九地黄流乱注。聚万落、千村狐兔。天意从来高难问，况人情、老易悲如许。更南浦，送君去。　　凉生岸柳催残暑。耿斜河、疏星淡月，断云微度。万里江山知何处。回首对床夜语。雁不到、书成谁与。目尽青天怀今古，肯儿曹、恩怨相尔汝。举大白，听金缕。

　　题中的"待制"，是官职名。胡铨字邦衡，故称胡邦衡。这是送别词，但不同于一般朋友之间的送别，胡铨不是因为个人的原因而遭贬，而是因为民族的义愤、为了维护民族的尊严而遭贬。所以，词一开始从国事谈起。"梦绕神州路"，魂牵梦绕的是神州大地，是沦陷的中原，是被金人占领的故国。当时中原故国在秋风瑟瑟中"连营画角"，到处战火纷纷，兵营满地，号角声声。"故宫离黍"的"离黍"，出自《诗经》的"彼黍离离"，故国原本繁华的宫殿，现在长满了野草，意思相当于杜甫的"国破山河在，城春草木深"。他不直接说故国灭亡，而说故国宫殿长满了野草，那亡国的意思自然就在其中了。"底事昆仑倾砥柱"的正常语序，应是"底事昆仑砥柱倾"。为什么昆仑山砥柱山倾塌了？传说昆仑山是擎天的柱子，现在昆仑山倾折了，黄河的砥柱也崩塌了。"九地黄流乱注"，象征着天崩地裂，象征着金兵猖獗。

"聚万落、千村狐兔"，是说自从金人入侵以来，中原大地，千村万落都已经荒无人烟，狐兔出没。汉乐府《十五从军征》也写过类似情景："遥望是君家，松柏冢累累。兔从狗窦入，雉从梁上飞。中庭生旅谷，井上生旅葵。"南宋著名史学家李心传《建炎以来系年要录》第四十一卷里，记载有当时一位监察御史的奏章，奏章说他在金兵退师后到南方民间访贫问苦，发现：

> 自江西至湖南，无问郡县与村落，极目灰烬，所至破残，十室九空。询其所以，皆缘金人未到而溃散之兵先之，金人既去而袭逐之师继至。官兵盗贼，劫掠一

　　同。城市乡村，搜索殆遍。盗贼既退，疮痍未苏，官吏
　　不务安集，而更加刻剥，兵将所过纵暴，而唯事诛求。
　　嗷嗷之声，比比皆是。

　　张元干词可与史书的记载相互印证。南方如此，北方就更加
悲惨。"天意从来高难问"的"天意"，隐指皇帝之意。这里把矛
头指向宋高宗，体现出一种大无畏的批判精神。真让人搞不懂，
当今的皇帝老儿为什么要投降，为什么要向敌人求和？"况人情、
老易悲如许"，人情易老，皇上的"天意"不可知，世态又炎凉。
当年你胡铨在朝为官时，宾朋往来，络绎不绝，现在贬到福州，
无人理睬。世态炎凉，真让人寒心。
　　上片写国事，由天意转折到人间世态。歇拍点题："更南浦，
送君去"，意思是说：国事如此，世态如此，已经够让人悲愤的
了，送别本就让人难堪，更何况在这种时候来送别呢？南浦，在
中国古代诗歌中，是水边的送别之所。屈原《九歌·河伯》说：
"与子交手兮东行，送美人兮南浦。"江淹《别赋》也说："春草
碧色，春水绿波，送君南浦，伤如之何！"后来，白居易曾留下
了一首有名的绝句《南浦别》："南浦凄凄别，西风袅袅秋。一看
肠一断，好去莫回头。"古来水边送别并非只在南浦，但长期的
文化浸染，南浦就成为水边送别之地的专名了。南浦在哪里呢？
在今湖北鄂州市区东南。古称"南浦"，又名南湖、长湖；因为
湖的南侧曾建过一座"洋澜寺"，所以又名"洋澜湖"。南宋祝

穆《方舆胜览》记载："南湖,旧名南浦,江淹别赋'送君南浦'即此。"

张元干是什么时候与胡铨送别的呢?是七八月份,"凉生岸柳催残暑。耿斜河、疏星淡月,断云微度"的秋日晚上。"自古多情伤离别,更那堪冷落清秋节!"这里的疏星淡月,象征着国势,也烘托离别氛围的惨淡。"万里江山知何处。回首对床夜语",说胡铨兄弟,你这一去远隔万里,我们对床夜语的情景以后是很难有了。"雁不到、书成谁与",是巧用典故。"大雁传书"已经被用滥了,但是张元干说:你去的地方,在衡阳以南,连大雁都飞不到。为什么说"雁不到"呢?湖南衡阳有座"回雁峰",传说北方的大雁到回雁峰就不再继续南飞了,因为岭南太荒凉。传书的大雁都不到,即使写了信也寄不到呀。

词意是层层推进。国事如此已让人难堪,是一层悲。此时又送朋友远贬岭南,是第二层悲。别后想写信表达思念,而书信又送不到,是第三层悲。但下文情绪陡转,变得高昂起来。有韩愈《听颖师弹琴》诗"划然变轩昂"的味道,也有白居易《琵琶行》"银瓶乍破水浆迸,铁骑突出刀枪鸣"的效果。"目尽青天怀今古",孟子不是说过吗?"天将降大任于是人也,必将苦其心志,劳其筋骨,饿其体肤,空乏其身",受磨难挫折,是仁人志士的必经之路。

"肯儿曹、恩怨相尔汝"!兄弟,痛饮一杯,莫愁前路无知己,天下何人不识君。别像那些多愁善感的少男少女一样,分手时哭哭啼啼的。诗词里，"肯""忍""堪"，有时表达的是否定之意，即岂肯、怎肯、不忍、岂忍、不堪、怎堪之意。如"忍把浮名，换了浅斟低唱""相斟相劝忍分离"，表达的就是不忍、岂忍之意。这里的"肯儿曹恩怨相尔汝"的"肯"，也是岂肯、怎能之意。这类特殊的用法，读诗读词时要留意。

"听金缕"的"金缕"，是《金缕曲》，也就是《贺新郎》词调的别名。我唱一首《贺新郎》为你送行，你昂首阔步地往前走，不要忧愁，总有一天会光荣回来。

这首送别词，充分张扬了正义和正气。后来秦桧得知此词，借故抄了张元干的家，把张元干逮捕入狱，削籍为民。张元干为这首词付出了沉重的代价，但他义无反顾。

下面再讲两首词，一是南宋后期王埜的《西河》，二是曹豳的和韵词。读这两首词，可以体会在即将亡国的时代，有志之士是怎样面对社会危机、思考民族命运的，他们的心境、心态又如何。先看王埜的《西河》：

> 天下事。问天怎忍如此。陵图谁把献君王，结愁未已。少豪气概总成尘，空余白骨黄苇。　　千古恨，吾老矣。东游曾吊淮水。绣春台上一回登，一回揾泪。醉归抚剑倚西风，江涛犹壮人意。　　只今袖手野色里。望长淮、犹二千里。纵有英心谁寄。近新来又报胡尘起。绝域张骞归来未。

　　《西河》词调是三叠，即三段，一般慢词分上下两阕，叫双调。有的词调有三阕，叫三叠。这首词大约写于1255年王埜被罢官之后。他曾做过知镇江府事，也做过江东安抚使，本是一位有作为的将领，但被迫闲居。1234年，南宋军队配合蒙古军推翻了金朝。这首词就与这段历史有关。

　　开篇"天下事。问天怎忍如此"，表现出深深的无奈。这时蒙古军队节节进攻，南宋王朝危在旦夕，四面楚歌，故词人感到无力回天。古人讲究温柔敦厚，词人对君王和朝廷官员不便直接指责，所以"问天怎忍如此"，老天爷怎么把事情弄成这个样子，也许非人力，是天意。

　　"陵图谁把献君王"，是指1234年灭金后，南宋曾一度恢复三京，南宋军队进入东京汴京、西京洛阳和南京应天府（今河南商丘）。当时京西、湖北安抚使史嵩之曾去河南巩县，也就是诗人杜甫的故乡，朝拜北宋的王陵，画了一份陵图进呈给宋理宗皇帝。后来理宗又派人去祭扫王陵，并重新绘制了一份陵图。画回北宋王陵的举动，含有恢复中原之意，但1235年蒙古就败盟了，撕毁了双方原有的协议，不再让南宋进入中原。因此词人追问谁能把陵图献君王，言下之意是说谁能把中原夺回来献给君王呢？想到这些，词人的心情就格外沉痛。回想自己少年时代豪气干云，到如今理想成空，一事无成。"空余白骨黄苇"的"黄苇"，指枯萎的芦苇，泛指贫瘠之地。

回忆过去，再看眼前，已是"千古恨，吾老矣"。自古以来，汉民族和周边民族的矛盾斗争，从没有像南宋这样沦丧如此多的领土，中原沦陷如此长的时间。"千古恨"，即指民族恨，民族仇恨中包含着个体人生的失意与感叹，自己年轻力壮时，报国无门，无路请缨，如今老了，更加无可奈何。英雄失路的浩叹，与刘克庄"叹臣之壮也不如人，今何及"是同一心声。当时淮水是宋金交界之处，是南宋的边塞。"东游曾吊淮水"，有观察地形、侦察敌情之意。绣春台，在池州，登上绣春台，远望被金人占领的中原地区，泪如雨下。从绣春台下来，心情郁闷，于是喝醉酒，迎着西风，挥舞起宝剑，以宣泄内心的积郁。宝剑，本是用来杀敌的，如今弃置不用。宝剑的命运其实也象征着英雄壮士的命运，宝剑的功能跟英雄的使命总是紧密相连的。宝剑蒙尘，自然让人联想到英雄志士的失意。

南宋词里，宝剑的意象，经常出现，如辛弃疾《水龙吟·登建康赏心亭》的"把吴钩看了，栏杆拍遍，无人会，登临意"；陈人杰《沁园春》的"叹封侯心在，鳣鲸失水，平戎策就，虎豹当关。渠自无谋，事犹可做，更剔残灯抽剑看"。宝剑意象的频繁出现，是南宋词区别于北宋词的一大标志。从意象的角度，可看出时代精神的不同、词人心态的差异。"江涛犹壮人意"，江上的波涛似乎也在诉说着不平，同时也激发起词人的豪气，和他的心情一样起伏不定。

这首词也体现出豪放词的结构特点。跟辛弃疾的许多词作一样，此词的起承转折，心绪变化，都有迹可循。时间的变化，空间的转换，都有明确的提示。因此，读辛弃疾这派词，比较容易把握主体心绪的变化。例如这一首，"少豪气概"提示我们是过去，到"只今"又转回现实。"袖手野色里"，再次感叹对现实的无可奈何。南宋末词人周密有首诗说道："世事难言唯袖手，人无可语且看山。"宋末贾似道专权，采用两手对策，一手利诱拉拢，一手残酷打击，致使当时的士大夫都噤若寒蝉，闭口不敢言国事。只好"袖手"，不愿也不敢谈世事。"人无可语"，可以有两种理解：一是没有可以推心置腹的好朋友，也不敢和人谈世事。二是放眼望去都是俗人，没有雅人，没有志同道合的人来谈世事。无人可语，还不如看山。"我见青山多妩媚，料青山见我应如是。"人在社会的人际关系中得不到理解，无法沟通，往往会走向大自然，贴近大自然。词人倍感孤独，但还未绝望。"望长淮、犹二千里"，似乎还可以抵挡敌人的攻势，仍事有可为。然而"纵有英心谁寄"。

此词表现出内心情绪的起伏变化。回想过去，注目现在，既有悲愤，也有失落，有希望，但更多的是一种无可奈何。词人虽然老了，但英心还在，只是谁能理解呢！"近新来又报胡尘起"，最近前线又传来蒙古军队大举入侵的战报，词人希望有类似张骞的人物来拯救民族的灾难。这首词也让我们了解到，南宋后期的士大夫，欲有所为却请缨无路，对民族灾难有着深深的忧虑却又无可奈何。

　　我们再来看曹豳的和词《西河·和王潜斋韵》：

　　　　今日事。何人弄得如此。漫漫白骨蔽川原，恨何日
　　已。关河万里寂无烟，月明空照芦苇。　　谩哀痛，无
　　及矣。无情莫问江水。西风落日惨新亭，几人坠泪。战
　　和何者是良筹，扶危但看天意。　　只今寂寞薮泽里。
　　岂无人、高卧闾里。试问安危谁寄。定相将、有诏催公
　　起。须信前书言犹未。

　　王潜斋就是王埜，号潜斋。我们读词时，经常看到"和韵"
和"次韵"，这两者既相似又有不同。和韵和次韵都是按照原唱
的诗或词所用的韵部来押韵。相对而言，次韵比和韵要严格，和
韵比次韵要自由。次韵必须严格按照原唱的韵脚字来押韵，一个
都不能调换。而和韵只要求用原唱的韵部即可，韵脚字是可以变
换的。无论是写诗还是填词，"唱和"是经常遇到的情况。唱和不
一定要和韵，但有人喜欢显示自己的才能，唱和时不仅和意，而
且还"和韵"。和韵分为如下几种类型：

　　次韵：又称步韵，即用原唱相同的韵字，而且前后次序都必
须相同，这是最常见的一种方式。

　　用韵：即用原唱中的韵字，但不必依照其原来的次序。

　　依韵：即用与原诗同一韵部的字，但不必用其原字。

　　曹豳这首和词，韵字基本上是一样的，没有变化。

读曹豳和词，感觉他的心情又不一样。如果说王埜的词还是温柔敦厚，压抑着满腔怒火，那么这首词则是怒火中烧、激情澎湃了。词的开篇直接就说"今日事。何人弄得如此"，批判的矛头直指当时朝廷君臣。这和两人的身份不同有关。王埜毕竟做过大官，说话有所顾忌，而曹豳则是一介平民，可以直言不讳。今日的天下已是"漫漫白骨蔽川原"，"恨何日已"，满腔仇恨，既有对敌人的憎恨，也有对当朝君臣无能的愤恨。王埜是"愁"，曹豳是"恨"，从中可以看出两人心境的差异、态度的不同。一个较温和，一个较激烈。

"关河万里寂无烟，月明空照芦苇。"回首万里江山关河，杳无人烟，到了晚上，只有冷清的月光空照着大片秋风中摇荡的芦苇。如果这两句词用画面来表现，是非常阔大而又冷清荒凉的境界。构思上，有老杜"国破山河在，城春草木深"的意味。"漫哀痛，无及矣。"国执危殆，无可救药，词人此时已是绝望。世事的无情，问江水也无用，更可痛可悲的是，现在举国上下民不聊生，朝廷内外却还在醉生梦死。"新亭"的典故，一般用来嘲笑南朝人的软弱，而用在这里却是强烈的反讽，现在的朝廷官员连在新亭哭泣忏悔的心思都没有了！"战和何者是良筹，扶危但看天意"，词人对朝廷已经是完全绝望，不期待奇迹的出现。所谓"天意"，其实，他心里明白，老天爷也帮不了忙。

"只今寂寞薮泽里"的"薮泽"，代指民间，意思是说，像你我这样的人只有在民间甘守寂寞了。虽然我们有雄心壮志，又能如何？"岂无人、高卧闾里"，难道民间就没有英雄志士来力挽狂澜吗？"试问安危谁寄"，"定相将、有诏催公起"，我相信，朝廷很快便会起用你的。"须信前书言犹未"，这句有点不大好理解，大意是说，你应该相信我在前封书信里说的，朝廷很快就会起用你了。

这首词，颇有杜甫诗沉郁顿挫的意味。词人先是愤怒，次感绝望，在绝望中有奋起，又带来一线希望，对朝廷还抱有一丝信心，希望有朝一日能起用像王埜这样的志士来改变现状。

这两首词是在宋蒙对峙时期难得一见的比较响亮激昂的声音。虽然有失望，但毕竟还有怒吼。在这之后，我们所能看到的，都是沉痛的哀泣了。

幽默：大槐宫里着貂蝉

唐代诗人总是板着面孔写诗，宋代词人常常苦着脸写词，泪眼汪汪。其实宋代词人有时也会面带微笑写些幽默词。幽默是一种智慧，可以化解危机和尴尬；幽默是一种心态，可以让自己也让别人快乐开怀。词世界里，有丑男的幽默，有酒徒的幽默，有寒士的幽默，更有壮士的幽默。表现形态各不相同，但能量魅力则一。

在我们的印象中，唐代诗人天天板着面孔写诗，一本正经地赋诗言志；宋代词人常常哭丧着脸写词，词中时常充满了泪水。不过，宋人也偶尔露过笑脸写幽默词，北宋中后期还一度兴起过"滑稽词派"。王灼《碧鸡漫志》卷二说：

> 熙丰、元祐间，兖州张山人以诙谐独步京师，时出一两解。泽州孔三传者，首创诸宫调古传，士大夫皆能诵之。元祐间，王齐叟彦龄，政和间，曹组元宠，皆能文，每出长短句，脍炙人口。彦龄以滑稽语噪河朔。组潦倒无成，作《红窗迥》及杂曲数百解，闻者绝倒，滑稽无赖之魁也。

除了王灼点名的这批人外，苏轼、黄庭坚也写过幽默词。刘永济先生的《唐五代两宋词简析》，专门选了一些幽默滑稽词。这是 20 世纪唯一专题选有幽默滑稽词的词选，可以参看。

幽默滑稽词，兴盛于北宋中后期，到了南宋，辛弃疾将它发扬光大，赋予了幽默词比较严肃的内容和深刻的意义，用幽默词来嘲讽炎凉世态、讽刺贤愚颠倒的社会，抒发人生的不得意，提高了幽默词的艺术品位。

简单介绍了幽默词的发展历程后，我们再来看几首具体作品。一是北宋侯蒙的《临江仙》：

> 未遇行藏谁肯信，如今方表名踪。无端良匠画形容。当风轻借力，一举入高空。　才得吹嘘身渐稳，只疑远赴蟾宫。雨余时候夕阳红。几人平地上，看我碧霄中。

幽默，是一种人生的智慧。侯蒙用幽默的态度化解人生的尴尬。洪迈《夷坚志》记载：侯蒙直到 31 岁时才中乡试，身材矮小，长相丑陋，经常被人取笑。有次一位轻薄少年把他的尊容画在风筝上放飞。这要是一般人，早就被气哭了，可侯蒙见后大笑，在风筝上写下这首《临江仙》后再次放飞。词开篇说，我一直不得志，没人相信我的才能。如今画工把我的容貌画在风筝上，让我大出风头。我正好借着风势，一举飞上天空。《红楼梦》里薛宝钗也写过一首《临江仙》，其中"好风凭借力，送我上青云"之句，就是从侯蒙"当风轻借力，一举入高空"转化出来的。这也表明曹雪芹是读过侯蒙这首词的，所以不知不觉地化用在宝钗名下。

被人嘲讽挖苦，本来是一件难堪的事情，让人郁闷，可侯蒙将负面情绪转化为正能量的心理暗示和激励，他不但没责骂那位取笑他的放风筝者，还感谢他"送我上青云"，去蟾宫折桂、考取状元。到那时，你再仰望我、翘首羡慕我吧！"雨余时候夕阳红"，写景如画而又含意丰富。既可理解为词人终于时来运转，守得雨散天晴，云开见日；也可理解为词人年纪老大，终于创造人生的辉煌，如同夕阳分外灿烂。侯蒙把一场人生的尴尬和无奈，用智慧的方式，巧妙地予以化解，既表明了自己的理想，又友善地回应了好事之徒对他的嘲弄，足显大度和智慧，他的这种处世方式值得我们借鉴。后来他果然有大出息，官至副宰相。

再看南宋后期词人周文璞的《浪淘沙·题酒家壁》：

还了酒家钱。便好安眠。大槐宫里着貂蝉。行到江南知是梦，雪压渔船。　　盘礴古梅边。也信前缘。鹅黄雪白又醒然。一事最奇君记取。明日新年。

"还了酒家钱。便好安眠"，这两句包含三层意思：一是他是个酒徒，好喝酒，经常赊酒喝；二是他很穷，没钱喝酒，经常赊账；三是他是个讲诚信的酒徒，有了钱便还酒债，还了债才好安心睡觉。"大槐宫里着貂蝉"，化用唐传奇《南柯太守传》中的故事。他穷了一辈子，酒醉后酣然入梦，发现自己终于发达了，不仅做了太守，还当上了驸马爷。"行到江南"醒来，才知道是一场美梦，自己原来还睡在渔船上。破船上白雪皑皑，刺得眼睛差点睁不开。读了这一句，我们才晓得，词人原来是一位流浪汉，是一个很可爱的诚信的酒徒。

"盘礴古梅边。也信前缘"的"盘礴"，出自《庄子》，指一种箕踞的姿势，是古人的一种不礼貌的坐姿，这里是表现一种傲然的姿态。梅花是高洁隐士的象征，作者虽然穷困潦倒，但也赏梅爱梅，心中自有股清高傲气。所以他自嘲"也信前缘"，这傲骨清高是天生注定的。"鹅黄雪白又醒然"的"鹅黄"，指柳冒嫩芽，是不是春天快到了？"一事最奇君记取"，词人在醉酒醺醺然时还故作神秘状，设置悬念，引起你的期待与猜想，读者还以为他要宣告什么特大新闻呢，原来是"明日新年"。这情形很符合酒徒喝醉了的状态。词写得很逼真好玩，诙谐幽默中展现了词人自由自在、洒脱超然的人生态度，虽然贫困，但品性高洁。

卓田的《眼儿媚·题苏小楼》词，反思一种现象，也蛮有幽默感：

> 丈夫只手把吴钩。能断万人头。如何铁石，打作心肺，却为花柔。　　尝观项籍并刘季，一怒世人愁。只因撞着，虞姬戚氏，豪杰都休。

苏小小是南朝的著名歌妓，今天杭州有苏小小墓。这首词很有味道，词意比较显豁，用不着细讲。有人说这首词是瞧不起女人，我看未必。他只是在思考为什么男人的铁石心肠一遇见美女就柔软了。项羽和刘邦算是英雄豪杰了，可在虞姬和戚夫人跟前，就没有了大丈夫的豪气。原因何在？作者让世人去思考。

再看一首送穷词。古人经常烧纸钱送穷。南宋杨湜《古今词话》记载有这种民间习俗。一位太学士人，在正月晦日扎芭蕉船送穷鬼，并写了一首《临江仙》：

> 莫怪钱神容易致，钱神尽是愚夫。为何此鬼却相于。只因频展义，长是泣穷途。　　韩氏有文曾饯汝，临行慎莫踌躇。青灯双点照平湖。旧船从此逝，相共送陶朱。

作者开篇就骂钱神是笨蛋，说像我这么聪明又讲义气的人，钱神离我远远的，可穷鬼总是跟我寸步不离，相亲相厚。"为何此鬼却相于"的"此鬼"，指穷鬼；"相于"，相厚新近之意。为什么钱神请不来，穷鬼总是缠着我呢，大概因为我过于重德仗义，所以一直受穷。"展义"，大词小用，一般指帝王朝廷宣示德义，这里作者说自己"因频展义"而受穷，有调侃之意。

"韩氏有文曾饯汝，临行慎莫踌躇"，意思是韩愈不是写过《送穷文》为你穷鬼饯行吗？怎么还不走开，老缠着读书人。韩文公这样的大文豪都出面写文章为你送行了，你就该知趣地离开，别踌躇犹豫！民间送穷鬼时都要用纸扎成小船，点上双灯，把穷鬼送走，所以说"青灯双点照平湖"。

"旧船从此逝，相共送陶朱"的幽默点在哪呢？按上下文的词意，应该是说今天把穷鬼送走了，明天就能把陶朱公范蠡迎来，让我发点小财。为何词人不是"迎陶朱"而是送陶朱呢？幽默就体现在这里。穷鬼、财神一起都送走了，折腾了半天，自己照样受穷。贫寒的学子，穷得没法，写下这首词，聊以打发寂寞贫寒的时光，颇有几分趣味。杨湜也说此词"极有理致"。

还有无名氏写的《失调名·咏纸钱》：

> 你自平生行短，不公正、欺物瞒心。交年夜、将烧毁，犹自昧神明。若还替得，你可知好里，争奈无凭。　　我虽然无口，肚里清醒。除非阎家大伯，一时间、批判昏沉。休痴呵，临时恐怕，各自要安身。

"你"，是指烧纸钱的人，上阕用第二人称的口吻来写，大意是：你们这些烧纸钱的人，平时欺行霸市，欺瞒别人，尽做昧良心的缺德事，到了年关夜，良心不安，烧纸钱来求鬼神保佑，却照样烧假钱来欺骗鬼神。如果假钱能代替真钱也就罢了，只是代替不了呢。

下阕作者拟纸钱的口吻来写，转换为第一人称。大意说：我虽然没有口，不能说话，但心里清楚得很。你烧纸钱又有什么用，难道想阎王判你多活几年？这是不可能的，除非阎王一时糊涂判错了。你别痴心妄想了，阎王是不会判错的。你做的坏事，生死簿上都记得清清楚楚，还是好自为之吧。此词通过咏纸钱来讽刺那些做尽坏事的人不仅骗人还骗鬼神，读来很是解气痛快。

刘过的《沁园春·寄稼轩承旨》，构思奇特，品位高雅：

斗酒彘肩，风雨渡江，岂不快哉。被香山居士，约林和靖，与东坡老，驾勒吾回。坡谓西湖，正如西子，浓抹淡妆临镜台。二公者，皆掉头不顾，只管衔杯。　　白云天竺飞来。图画里、峥嵘楼观开。爱东西双涧，纵横水绕，两峰南北，高下云堆。逋曰不然，暗香浮动，争似孤山先探梅。须晴去，访稼轩未晚，且此徘徊。

此词的创作缘起是，辛弃疾在浙江绍兴做浙东安抚使时，派人到杭州去请刘过来聚会，刘过一时不得空，不能分身前往，于是请出历史上曾在杭州生活过三位大名士来帮他请假。这三位名士是何许人？原来是白居易、林逋和苏轼。为什么请他们三位来说情呢，因为他们都是杭州历史上人人熟知的名贤，在杭州做官或隐居时写下不少名篇佳作。杭州之所以出名，与这三位诗坛名流的广告宣传大有关系。杭州市应该授予这三位前贤以"杰出市民"的荣誉称号。可不，宋代杭州还真有过类似的表彰活动，杭州有一座三贤祠，正是纪念这三位贤人的。

刘过的词是这样写的：稼轩翁您要请我去相会，真是太荣幸了。我喝着美酒、吃着猪肘，冒着风雨，渡过钱塘江去拜访您，多么爽快！只可惜香山居士白居易大人约着和靖先生林逋和大才子东坡居士把我的车驾给拦住了，硬是留下我不让走。东坡说，西湖就像梳妆台前浓抹淡妆的西施，浓淡得宜，清雅亮丽，让人流连忘返；而林和靖和白居易一边推杯换盏，一边说：上天竺和下天竺，景色如画，飞来峰上更是楼台叠印，值得观赏。更有那"东西双涧，纵横水绕，两峰南北，高下云堆"，有山有水有云，看不够呢。林逋又说，这些都比不上孤山的梅花好看，我们还是先去孤山赏梅，等天气晴朗了再去造访辛弃疾，你就先陪我们在此流连几日。他们三人说的话，都是刘过用他们的诗句剪辑而成的。"白云"是白居易说，而不是空中飘着的白云。这构思真可谓别出心裁，居然把历史上不同时期的三位名流拉扯到一起，就像关公战秦琼、穆桂英大战樊梨花、安娜·卡列尼娜跟潘金莲较量一样，无理而有趣。辛弃疾看了这首词后也拍案叫绝，立即派人给刘过送去千两白银，做求田问舍之用。

其实这首词是模仿辛弃疾的《沁园春·将止酒戒酒杯使勿近》：

> 杯汝来前，老子今朝，点检形骸。甚长年抱渴，咽如焦釜，于今喜睡，气似奔雷。汝说刘伶，古今达者，醉后何妨死便埋。浑如此，叹汝于知己，真少恩哉。 更凭歌舞为媒。算合作平居鸩毒猜。况怨无大

小，生于所爱，物无美恶，过则为灾。与汝成言，勿留
亟退，吾力犹能肆汝杯。杯再拜，道麾之即去，招则
须来。

辛弃疾爱酒如命，天长日久，形成酒精依赖症，影响健康，理智上想戒酒，但情感上难以割舍，生理上的渴望更难控制，于是戒酒就成了十分纠结的心理与生理的问题。这首《沁园春》以幽默的态度，亦庄亦谐的语调，别开生面的艺术表达形式，表现了心中的纠结。

他把自己想象为将军，把酒杯设想为士兵，命令酒杯说：酒杯，你前来，听我训话。本帅今天做了身体检查，感觉长时间口干舌燥，喉咙像烧焦的铁锅，近来精神也不佳，特想睡觉，呼噜打得像雷鸣。这是为啥子？都是你在捣鬼作怪！酒杯说：大帅真是想不开，戒什么酒呢。人家刘伶，走到哪儿喝到哪儿，随时准备醉死后就地掩埋，那才是古今达者。辛帅自我检讨说：如此看来，你是真知己，是我错怪你了。是啊，饮酒过量，也不能全怪你酒杯，时常有歌儿舞女侑觞助兴，想不多喝也难。平常大伙儿总是把酒当作鸩毒来防嫌，殊不知饮酒的多少全在人为掌控。无论怨大怨小，全因溺爱而生；物事本无所谓好坏，过分偏爱就会酿成灾害。今日跟你沟通后，对你倒是有了新认识。好吧，从今开始，跟你达成协议：你赶快离开。不走的话，我又禁不住拿你痛饮了。最妙的是结尾，酒杯说：得令！俺听大帅的，今日个

挥之即去，没准哪天想俺了，招之即来。酒杯看透了辛大帅的心思，并没有铁心戒酒，所以随时准备回来侍候。

词用主客问答体，已很新鲜，把酒杯想象成士兵招来训话，更是别出心裁，古来无二。表面上是责备数落酒和酒杯，实则是替酒开脱。这哪是戒酒令，俨然是祝酒词。辛帅平时严肃得很，遇到知己酒杯，就变得格外幽默风趣！

宋末曹豳，也有一首幽默诙谐的《红窗迥》词：

> 春闱期近也，望帝乡迢迢，犹在天际。懊恨这一双脚底。一日厮赶上五六十里。　　争气。扶持我去，转得官归，恁时赏你。穿对朝靴，安排你在轿儿里。更选个、宫样鞋，夜间伴你。

《红窗迥》词调，两宋时期是专门用来写幽默诙谐情趣的。宋代书生每年有两次考试，春试和秋试。秋试又叫乡试，是在州府举行的考试，只有先通过乡试成为举人，才能去参加春季在朝廷举行的礼部试。许多家境贫寒的年青举子，没钱骑马或雇车，只得用双脚走路去赶考。曹豳也是如此。他是浙江温州人，从温州走到杭州，真是"路漫漫其修远兮"。"春闱期近也，望帝乡迢迢，犹在天际"，考试时间一天又一天临近，可是我还有漫长的道路要走完，遥望帝乡，仿佛远在天边，不知何日才能走到。遗憾双脚不争气，一天只能走上五六十里路。可无论如何，还得双脚一步一步地走啊。于是词人鼓励安慰双脚说："争气。扶持我去，转得官归，恁时赏你。"你好好争气，扶持我到京城，等我考上做了官人，一定好好奖赏你。怎么奖赏呢？"穿对朝靴，安排你在轿儿里"，朝靴，是朝官所穿。做了高官，就有轿子坐了。唐宋时代的交通工具有三种：一是人力轿子，一般是当官的人才能坐；二是马和驴子，马是有钱人骑的，驴子一般是穷人所骑。唐代王梵志有诗云："他人骑大马，我独跨驴子。回顾担柴汉，心下较些子。"三是舟船，走江河水路就乘船。最有趣的是结拍："更选个、宫样鞋，夜间伴你"，白天坐轿子，不用双脚走路，晚上还有佳人陪伴不孤单。"宫样鞋"，是宫廷式样的新鞋，代指身份高贵的美女佳人。也就是找位佳人来陪伴。这是作者在路上的自我安慰，自我开解，自我打气：及第后，可以做大官，可以娶美女。自我幽默，会减轻心理的压力和身体的疲倦。

　　上海社会科学院王毅博士在上海古籍出版社出版过一部《中国古代俳偕词史论》，搜集了大量唐宋时期的幽默词，并作了有理论深度的分析，值得一读。

都市风情：
万家竞奏新声

宋人都市词，如城市风光纪录片，既展现城市的自然风光，也实录城市的经济繁荣。杭州、汴京、成都，各有各的魅力，各有各的风采，里面有初来乍到的看客，有流连忘返的才子；有狂欢的场景，有壮美的画卷。

　　唐宋词不仅展现了丰富多彩的个体人生的情感世界，也建构出色彩缤纷的社会图景。社会图景，可分都市风情和乡村田园两个层面来展示。

　　在唐宋词人中，写都市风情较多的，首推柳永。北宋时期，柳永词倍受人们的喜爱，不仅仅是因为它写得通俗，还在于它生动描绘了当时人们熟悉而又陌生的都市风情——城市里的人熟悉，听了有亲切感；乡村的人听了新鲜，产生好奇心。我们这个时代，也有很多吟唱当地风光的歌曲，都给人留下特别的审美感爱。到哈尔滨，听一首《太阳岛》；下雪的时候到东北，听一首《我爱你塞北的雪》；到青藏高原，听一首李娜唱的《青藏高原》，都有一种特别的亲切感。我曾经去乌鲁木齐，听刀郎唱的《2002年的第一场雪》，感受与在内地听时完全不一样。歌中唱的"八楼"，我经常在那儿转车。哇！他原来唱的就是这里！特亲切！

　　北宋的柳永，在漂泊流浪中，到过杭州、汴京、苏州、成都，用他的生花妙笔来歌咏当地风光，再经过著名歌手一演唱，肯定会有一种特殊魅力。因此，这些词在当时备受人们的关注和赞许。北宋中后期的李之仪就说过："柳耆卿始铺叙展衍，备足无余，形容盛明，千载如逢当日。"另外一位著名人物范镇也说：
"仁宗四十二年太平，镇在翰苑十余载，不能出一语歌咏，乃于
耆卿词见之。"宋仁宗在位四十二年，号称太平盛世，范镇自称
在翰林院十多年，没有歌咏过太平盛世，却在柳永词里见到太平
盛世的繁荣气象。神宗时期有位状元叫黄裳，曾经给柳永词集写
过一篇题跋《书乐章集后》：

> 予观柳氏乐章，喜其能道嘉祐中太平气象，如观杜
> 甫诗，典雅文华，无所不有。是时予方为儿，犹想见其
> 风俗，欢声和气，洋溢道路之间。

南宋著名的目录学家陈振孙，在《直斋书录解题》中也提
到，柳永的词是"承平气象，形容曲尽"。从这些评语中，可以
看出当时人很关注柳永词歌唱的都市风情、太平气象。北宋词人
中，用词来歌咏社会太平气象的，柳永是很突出的一个。

先看柳永的名作《望海潮》。关于这首词，有则传播轶事。
南宋罗大经《鹤林玉露》里记载，《望海潮》词传播到金邦，金主
完颜亮听后，欣然有慕于"三秋桂子，十里荷花"，遂起投鞭渡
江之志，激发了他要占领南宋的雄心。一首词，引发一场战争。
这个传说不一定可靠，但说明这首词的传播之广、影响之大。

这则传闻，确有一定的历史真实性，比较符合完颜亮这个人
的性格特点。完颜亮非常狂妄又残暴。只要是漂亮的女子，不管

是姐妹、嫂子，都要霸占，没有一点伦理道德观念。他曾经说他平生有三大心愿：御天下名马而骑之，得天下美女而妻之，执南宋君臣而鞭之。据岳珂《桯史》记载，他曾让人画临安山水形胜，在吴山绝顶画上自己策马而立的形象，题诗其上说："万里车书尽混同，江南岂有别疆封？提兵百万西湖上，立马吴山第一峰。"占领南宋的野心暴露无遗。他也能词，有年中秋待月不至，赋《鹊桥仙》词曰："停杯不举，停歌不发，等候银蟾出海。不知何处片云来，做许大通天障碍。虬髯捻断，星眸睁裂，惟恨剑锋不快。一挥截断紫云腰，仔细看嫦娥体态。"有霸气，更有杀气。柳永词使完颜亮侵占南宋的野心更加膨胀，虽属传说，却符合完颜亮的个性。

词史上，大凡名作，往往有本事，本事包含创作过程的故事和传播过程的故事。柳永《望海潮》词传到金朝为完颜亮所知，属于传播故事。它的创作本事是，柳永不得意，到处漂泊流浪，寻找晋升的途径，希望有人援引提拔他。到杭州以后，想找杭州知州孙何。有人认为柳永要找的杭州知州是孙沔，"沔"的草书有点像"何"字，故将孙沔误成孙何。两种说法，各有理据，我们姑且依从旧说。

杭州知州的级别很高，是地方要员。孙何虽然是柳永的老朋友，可柳永是一介布衣，很难见到孙何。柳永没法子，就写了这首词，找来一位当红歌女，吩咐她说，如果孙何在宴会上请她唱词，别的词不唱，专门唱这首《望海潮》。柳永在歌坛上是大腕，很有号召力的。果然，孙何有次宴会，请了这位歌女去唱，她反复唱这首词。孙何问是谁写的，歌女如实说是柳三变写的。当时柳永还叫柳三变呢，后来才改名永的。于是孙何把柳三变请来接见，招待了一餐饭，就把他打发走了，也没有怎么提携他。

从这则本事来看，《望海潮》是一首干谒词，干谒是请托达官权要来提携援引自己。唐诗里这类诗作很多，也不乏名作。比如孟浩然的《望洞庭湖赠张丞相》就是："八月湖水平，涵虚混太清。气蒸云梦泽，波撼岳阳城。欲济无舟楫，端居耻圣明。坐观垂钓者，徒有羡鱼情。"这首诗是请求张九龄丞相援引自己，但写得很策略、很得体。

柳永《望海潮》词原文是：

> 东南形胜，三吴都会，钱塘自古繁华。烟柳画桥，风帘翠幕，参差十万人家。云树绕堤沙。怒涛卷霜雪，天堑无涯。市列珠玑，户盈罗绮、竞豪奢。　　重湖叠巘清嘉。有三秋桂子，十里荷花。羌管弄晴，菱歌泛夜，嬉嬉钓叟莲娃。千骑拥高牙。乘醉听箫鼓，吟赏烟霞。异日图将好景，归去凤池夸。

词的开篇说，杭州是东南一带的形胜之地，又是著名的大都会，自古以来，风光优美，热闹繁华。所谓"上有天堂，下有苏杭"。从立意上看，"形胜"和"繁华"是词眼。"形胜"，是自然环境的优美；"繁华"，是社会经济的繁荣。全词从这两个角度分别写杭州的形胜和繁华。"烟柳画桥"，是写湖边风景，城市绿化好。现在我们常说建设绿色城市、园林城市，北宋的杭州已然是园林城市了，湖里有堤，堤上有画桥，画桥两旁是依依杨柳。"风帘翠幕"，家家户户悬挂着华丽的窗帘，一派繁荣景象。

"参差十万人家"，说市区内，房屋鳞次栉比。根据王存《元丰九域志》记载，北宋元丰年间，杭州主户有 16.4 万多，客户有 3.8 万多。所以柳永说"十万人家"，一点都不夸张，完全是写实。比较当时各大州府的户口数：东京开封府主户是 18.3 万，洪州南昌 18.7 万，潭州长沙 17.5 万，苏州 15.8 万，越州 15.2 万，成都府 11.9 万，江宁府 11.8 万，福州 11.4 万，北京大名府是 10.2 万，西京洛阳是 7.8 万，南京应天府 6.5 万，广州 6.4 万，鄂州（今湖北武汉）才 5.3 万。可见，杭州的户口，当时仅次于汴京开封府、洪州、潭州而名列第四。当然，这些主户，并非单纯指城市，也含有辖区的农村。从户口的多少，既可以看出一个地区的人口密度，也大致反映出那个地区经济发达的程度。当然这是神宗元丰年间（1078—1085）的户口数。据吴熊和先生《柳永与孙沔的交游及柳永卒年新证》一文所考，此词作于仁宗至和元年（1054），下距元丰年间不过 20 多年，户口的变化应该不会很大。与柳永作词几乎同时，嘉祐四年（1059）欧阳修写的《有美堂记》说杭州"邑屋华丽，盖十余万家"，正可与柳词"参差十万人家"相印证。杭州的楼房比较高，因地价昂贵，房价不菲，房子就向空中发展。法国著名汉学家谢和耐写的《蒙元入侵前夜的中国日常生活》，对杭州的高楼有详细介绍，可以参看。因为房屋有高有低，故说"参差十万人家"。

"云树绕堤沙。怒涛卷霜雪，天堑无涯"转写形胜，很有画面感。堤，当时西湖有白堤。那时没有水泥路，堤上为了防止雨天泥多路滑，就铺上细细的沙子。大堤的两边都是高耸入云的大树。要是用视频把"云树绕堤沙"还原成具体画面，是一幅很壮观的图景。"绕"字极佳，可以想象不仅白堤两旁耸立着一排排高树，西湖四周也都是云树围绕。

写杭州之景，就不能不写到钱塘江潮的奇观。钱塘江潮从唐代开始就非常有名了，到宋代更成为天下一绝。比柳永年长的宋初隐士词人潘阆就写过《酒泉子》观潮词："长忆观潮，满郭人争江上望。来疑沧海尽成空。万面鼓声中。　　弄潮儿向涛头立。手把红旗旗不湿。别来几向梦中看。梦觉尚心寒。"好事者画成《潘阆咏潮图》，广泛流传。

"怒涛卷霜雪"，写钱塘江潮水的壮观，后来苏轼的"惊涛拍岸，卷起千堆雪"的"卷"字，用得非常妙，实际上是从柳永此词借鉴而来。要是去过大海边，看到过海浪，才能体会"卷"字的妙处。用"翻""滚"等字，都很难体现海潮来时的形状和气势。李白的《横江词》，写过类似的壮观场景："浙江八月何如此，涛似连山喷雪来。"不过，从字面上看，"怒涛卷霜雪"的"卷"字，也不是柳永的创造，刘禹锡的《浪淘沙》写海潮时已用到了"卷"字："八月涛声吼地来，头高数丈触山回。须臾却入海门去，卷起沙堆似雪堆。""吼"字很生动，也很有气势。苏轼《念奴娇·赤壁怀古》的"惊涛拍岸，卷起千堆雪"，又可以说是吸取了刘诗柳词的意境。比较了这几首诗词后，我们更容易想象"怒涛卷霜雪"这五个字所包含的画面感、动态美和壮阔气势。

"云树"三句是写形胜，"市列珠玑，户盈罗绮、竞豪奢"又转写繁华。词人用笔灵活变化。形胜与繁华，是分开穿插着写。"市列珠玑"，可想见市场繁荣的盛况；"户盈罗绮"，可想见家家户户的富裕奢华。罗绮，一般是指绫罗绸缎，南京师范大学钟振振教授曾写过一篇文章，说"罗绮"应代指美女，指妓妾，意思是说家家都有歌妓。这个说法可以成立。当时确实有用"罗绮"代指姬妾、歌妓的。

宋代的妓，有私妓、官妓、家妓三种，只有私妓才是从事性服务的。官妓，只是在官员举行宴会时唱歌侑觞佐欢，是不陪寝的。家妓，是家庭歌舞演员或说演艺人员。宋代没有电视机，没有多媒体，没有网络，生活条件好的人家想听歌看舞，就让家妓表演，有时也可以借官妓来演唱。殷实的人家，一般都养有家妓，富裕的人家养的家妓还不止一个，而是多个。家妓各有专业分工，或专长弹琴，或专长吹笛，或长于唱歌，或多样全能。宋人家中有家妓，就像我们今天家庭拥有电视机一样平常。家家有点绫罗绸缎，算不了什么豪奢；家家有歌女，而且攀比着买最漂亮的色艺俱佳的歌女，那才是"竞豪奢"。

　　写风景与繁华，有合有分。过片，再来重点写西湖。描绘杭州，西湖自然是不能不写的。西湖有里西湖和外西湖之分，所以称"重湖"。"叠巘"，是指远处的山峰，如灵隐山、南高峰、北高峰。单纯从自然环境来看，武汉的东湖要比西湖更有气势更壮观，但东湖的知名度不如西湖，一个重要原因就是缺乏像柳永《望海潮》这类宣传片。柳永这首词是绝妙的广告词，也可以说是绝美风光片。杭州西湖之美，不仅在西湖本身，还跟周围的山峰山势相得益彰。西湖是秀美，周边起伏的山峰十分妩媚，与西湖相互映衬，相得益彰。有水还有山，有山还有水，水的鲜活灵气与山的沉稳刚健结合，刚柔相济，让人赏心悦目。"重湖叠巘清嘉"，像是摇动的远镜头，展现西湖山水的秀美。"三秋桂子，十里荷花"，则是两个分镜头。桂花和荷花，是杭州有代表性的两种名花，历来备受文人墨客的赞许。白居易《忆江南》词写道："江南忆，最忆是杭州。山寺月中寻桂子，郡亭枕上看潮头。"桂花是暗香袭人，荷花是鲜艳夺目，更有出淤泥而不染的高雅品质。这"十里荷花"，如果用镜头来表现，该是多么壮观大美的画面！难怪让野心勃勃的金主完颜亮起投鞭渡江之意。"三秋桂子，十里荷花"，对于江南的读者来说，也许没有什么特别新奇的感觉，因为随处可见。但在塞北，完颜亮没闻过桂花，也没见过荷花，所以对三秋桂子、十里荷花特别羡慕和向往。

　　写山水，如果有景无人，会缺少生机与活力，少一点热闹的气氛。王维的《终南山》描绘"白云回望合，青霭入看无。分野中峰变，阴晴众壑殊"后，最后写人物："欲投人处宿，隔水问樵夫。"在崇山峻岭中，诗人游玩了一天，想找个住处，突然听到山涧对面有砍樵的声音，心中暗喜。于是高喊："喂，老乡，附近有人家吗？"问答之声在山间回响，寂静中顿时增添了声响效果。欧阳修的《醉翁亭记》里写了山间四时朝暮之景后，也写到"滁人游"的热闹。柳永这里也是，写了湖光山色后，接着写"羌管弄晴，菱歌泛夜，嬉嬉钓叟莲娃"，正面是写游客观景赏景，侧面是写杭州的繁华。这里的人很富有，好休闲，才可以"放长假"，纷纷外出旅游，倾城而动。"嬉嬉钓叟莲娃"，姑娘、小孩在湖里采莲蓬，老头儿在湖边钓鱼。老少皆有所乐，其乐融融。就像欧阳修《醉翁亭记》里"伛偻提携"，写老少咸乐一样。提携，抱小孩的夫妇，伛偻，驼着背的老头，都到山上来玩，借此展现滁州的太平景象。欧阳修的言下之意是，俺欧阳修当知州，是物质文明与精神文明两手抓，把滁州治理得社会安定，经济繁荣，所以滁州人民都非常闲暇，日子过得很安逸滋润，都陪太守一起来游醉翁亭。柳永这两句实际上是赞美杭州知州孙何，吴熊和先生说杭州知州指孙沔，其言有理。言外之意是，你孙太守政绩很大，到杭州不久，就带领杭州人民走上了富裕的道路。

　　"千骑拥高牙"的"千骑"，代指太守。汉乐府《陌上桑》里的秦罗敷说她的夫婿是"东方千余骑，夫婿居上头""为人洁白皙，鬑鬑颇有须。盈盈公府步，冉冉府中趋"。夫婿是太守，人又长得帅气，风度翩翩。柳永的"千骑拥高牙"，是说孙何闲暇的时候，政务之余也出来游玩观景，与民同乐。高牙，是指仪仗队，前呼后拥的。偶尔兴致来了，喝两三杯小酒，微醺之后，听听歌舞，看看风景。最后是恭贺的话："异日图将好景，归去凤池夸。"凤池是中书省的代称，也就是宰相办公的地方。这句意思是，你今天在杭州当太守，过不了多久，就会到朝廷去当宰相。到那时，你把杭州的美景画成画，挂在宰相办公室里，向同僚们夸耀。这一方面祝愿孙太守高升，另一方面也希望能提携自己：你高升了，别忘了拉兄弟一把！

这首词像是一部城市风光片，从自然形胜和经济繁荣两个角度，展现了杭州西湖的湖光山色，钱塘江潮的壮观图景，描绘了市场的繁荣，家庭的富裕，老百姓的游乐场面，官员吟赏的自得其乐。景兼山水四季，人及老幼官民，真是盛事尽矣！想想看，这首词，经当时杭州的歌星一演唱，杭州人该是多么陶醉！又何等亲切！

如果说《望海潮》是表现杭州一年四季的风光片，那么，柳永另一首《木兰花慢》，就是清明时节汴京游乐盛况的纪录片：

> 拆桐花烂漫，乍疏雨、洗清明。正艳杏烧林，缃桃绣野，芳景如屏。倾城。尽寻胜去，骤雕鞍绀幰出郊，风暖繁弦脆管，万家竞奏新声。　盈盈。斗草踏青。人艳冶、递逢迎。向路傍往往，遗簪堕珥，珠翠纵横。

欢情。对佳丽地，信金罍罄竭玉山倾。拚却明朝永日，
画堂一枕春醒。

"洗清明"的"清明"，指时令节气，但我们又可以把它理
解成或联想为形容词，写春雨过后，树叶桐花，一派清新明亮的
景致。

词一开始写花开，构思跟前面的《望海潮》不一样，《望海
潮》是先交代杭州的自然环境和地域方位。这首词像是特写镜
头，富有画面感。如果让我们来拍视频的话，展现在眼前的是
一排排、一树树紫白色的绚烂的油桐花。拆，是动词，指桐花
绽放。有人说"拆桐"是花名，是"花"的定语，不确。宋末
沈义父《乐府指迷》就说："近时词人，多不详看古曲下句命意
处，但随俗念过便了。如柳词《木兰花慢》云：'拆桐花烂漫。'
此正是第一句，不用空头字在上，故用'拆'字，言开了桐花烂
漫也。有人不晓此意，乃云：此花名为'拆桐'，于词中云开到
拆桐花，开了又拆，此何意也。""拆桐花烂漫"是将动词提前，
按语序应是"桐花拆烂漫"或"桐花烂漫拆"，即桐花绽放得很
艳丽。油桐花是在清明节前后开放。桐花开，意味着清明节到。
故接着说"乍疏雨、洗清明"，一场疏疏落落的雨，把景物洗得
清新明亮。词人不说是"正清明"或"近清明"，却说是"洗清
明"，诗意更浓郁深厚。春雨滋润着桐花，也滋润着清明时节的
其他草木。杜牧的"清明时节雨纷纷，路上行人欲断魂"，饱含

着漂泊的感伤，而这首词呈现的是一种欢乐的气氛。

"正艳杏烧林，缃桃绣野，芳景如屏"的"烧""绣"二字，富有动作感、场面感，跟张先的"云破月来花弄影"的"破"字、宋祁的"红杏枝头春意闹"的"闹"字，有异曲同工之妙。清代李渔《窥词管见》说：

> 琢句炼字，虽贵新奇，亦须新而妥，奇而确。妥与确，总不越一理字，欲望句之惊人，先求理之服众。时贤勿论，吾论古人。古人多工于此技，有最服予心者，"云破月来花弄影"郎中是也。有蜚声千载上下，而不能服强项之笠翁者，"红杏枝头春意闹"尚书是也。"云破月来"句，词极尖新，而实为理之所有。若红杏之在枝头，忽然加一"闹"字，此语殊难著解。争斗有声之谓闹，桃李争春则有之，红杏闹春，予实未之见也。闹字可用，则吵字、斗字、打字，皆可用矣。宋子京当日以此噪名，人不呼其姓氏，意以此作尚书美号，岂由尚书二字起见耶。予谓闹字极粗极俗，且听不入耳，非但不可加于此句，并不当见之诗词。近日词中，争尚此字者，子京一人之流毒也。

李渔的话有点过分，只是一家之言。无论是褒是贬，都说明宋祁这个"闹"是引人注目。与其说宋祁是因为这句词而出名，不如说他是因为这个"闹"字而闹出了名。其实柳永这个"烧"
字，比"闹"更富有形象感，"烧"字把静态的杏花写得非常富有
动感和气势，传神地表现出杏花的热烈与鲜艳。"缃桃绣野"，也
是别出心裁，说桃花仙子有意把原野绣制得艳丽夺目。"芳景如
屏"，眼前之景好像是在屏风里、在画里。"芳景如屏"，其实就
是"风景如画"，因为押韵的关系，不能用仄声"画"字，所以
改用"屏"字。诗中有画，词中也有画。唐宋时代没有电影和电
视，不然，苏轼就会说王维"诗中有电影"了。柳词同样有电影
般的镜头感、画面感。

"倾城"，不是指倾国倾城之貌，而是东坡"为报倾城随太
守"的那个"倾城"。全城老百姓，都倾城而出，踏春寻芳。清
明时节，人们纷纷去上坟祭祖，也借此机会出郊踏青赏春。"骤雕
鞍绀幰出郊"，绀幰指浅红色车幔。各种华车大马，纷纷朝郊外
涌去，场面壮观。我们来看《东京梦华录》的一段记载，完全可
以跟柳永的词相互印证，甚至有的用字都是一样的：

> 凡新坟皆用此日拜扫，都城人出郊。……莫非金装
> 绀幰，锦额珠帘，绣扇双遮。纱笼前导，士庶阗塞。四
> 野如市，往往就芳树之下，或园圃之间，罗列杯盘，互
> 相劝酬。都城之歌儿舞女，遍满园亭。抵暮而归。

此日，即清明时节。官员和老百姓阗街塞巷，争相出郊，全

城出动。到了郊外，摆上酒菜，三五成群在树下饮酒作乐，到黄昏的时候才回来。那些歌儿舞女们，趁此机会，现场表演，赚点小费。对照《东京梦华录》的记载，可以看出柳永词的描写，是多么真实。这种纪实性描写，跟晚唐五代的词大不一样。温庭筠的词和整个花间词，抒情写景，基本上都是虚拟化的，不是实有其情，实有其景。而柳永的都市风情词，完全可以说是风光纪录片。他不仅是时代的歌手，还是当时都市风光纪录片的导演和摄影师。

上片通过自然景观、车马如潮、乐声震天，烘托繁荣热闹的气氛。下面就用特写镜头来集中表现。"盈盈斗草"，是女孩子们玩的游戏。晏殊《破阵子》词也描写过斗草："燕子来时新社，梨花落后清明。池上碧苔三四点，叶底黄鹂一两声。日长飞絮轻。巧笑东邻女伴，采桑径里逢迎。疑怪昨宵春梦好，元是今朝斗草赢。笑从双脸生。"《红楼梦》第二十六回里也写到斗草游戏。"人艳冶"，人人浓妆艳抹，打扮得花枝招展的。"递逢迎"，人们摩肩接踵，过了一拨又来一批。相识的人，相互打着招呼。

"向路傍往往，遗簪堕珥，珠翠纵横"，写人群熙熙攘攘，摩肩擦踵，因为人多拥挤，女子头上、身上的装饰都被挤落在路上。这从侧面写出人们的狂欢场景，挤落了身上的装饰都没察觉。也是有趣啊，上坟祭祖，本来是很严肃静穆的事，那场面应该庄严肃穆才是，却变成了大众狂欢节。家家户户，男女老幼，个个喝得醉醺醺的，饮酒时彼此劝着说，没关系，今天一醉方休，大不了，明天睡他一天。我们现在是"五一""十一"放长假，宋代清明节也是放长假，官员都不用上朝。所以说，今天喝醉了，也不用担心，明天可以在画堂上尽情地睡上一觉。

全词充满了欢乐祥和、热烈奔放的气氛。宋词里多半是以忧患为情感基调，经常表现悲伤和忧郁。柳永这首词，却看不到一丝丝的伤感。柳永本人，也被这热烈的气氛感染得激动不已。

再看看与柳永同时的贾昌朝的《木兰花令》。这首小令也是写都城，因为篇幅相对短小，不可能尽情地铺陈描写，因而表现得比较含蓄：

> 都城水绿嬉游处。仙棹往来人笑语。红随远浪泛桃花，雪散平堤飞柳絮。　　东君欲共春归去。一阵狂风和骤雨。碧油红旆锦障泥，斜日画桥芳草路。

后面两句也是写游乐的场面，但是他没有写人，而是通过写车马锦旆来表现。这首词虽然不太著名，但有两句值得我们关注，从中可以体会，写诗词时怎样把普通的景色表现得具有陌生化效果。有时可以句法上翻新。"红随远浪泛桃花，雪散平堤飞柳絮"，句式一变，景物的色彩就被突出强化出来。如果咱们换一种句式，说"水里远浪泛桃花，平堤柳絮如飞雪"，味道就差多了。波浪中漂浮着桃花，平堤上飞扬着柳絮，意思虽然差不多，但平铺直叙，只交代了一种事实，给人留不下鲜明深刻的印象。而词人通过句法的变异，写成"红随远浪泛桃花"，就有一种陌生化效果。读后你会追问，"红"怎么会"泛"呢？再一思索，啊，词人是为突出红色的桃花在水里漂浮。初见"雪散"，会让人惊讶新奇，明明是"都城水绿嬉游处"，怎么会有雪呢？又是一种陌生化效果。继续读下去，才知道，平堤上飘扬的不是真正的雪，而是柳絮如雪花在飞。用柳絮来形容雪，原是个著名的典故。《晋书》记载，有次下雪，谢安问子侄们，这雪像什么？一位侄儿说："散盐空中差可拟。"侄女谢道韫说："未若柳絮因风起。"谢安大悦。贾昌朝倒过来，将雪比拟柳絮。一个平常的比喻，通过新鲜的句法，就突出了桃花的红和柳絮的白。平常之景，可以表现得不平常。

贾昌朝一辈子只写过这一首词，宋末词人黄升，很欣赏。他在《唐宋诸贤绝妙词选》中评论说："贾昌朝平生唯赋此一词，极有风味。"《唐宋诸贤绝妙词选》和《中兴以来绝妙词选》，合称《花庵词选》，黄升号花庵，故名。这是宋代很有名的一部词选。

下面再看仲殊的一首《望江南》：

> 成都好，蚕市趁遨游。夜放笙歌喧紫陌，春邀灯火上红楼。车马溢瀛洲。　　人散后，茧馆喜绸缪。柳叶已饶烟黛细，桑条何似玉纤柔。立马看风流。

《望江南》词调，一般是单调，也就是一段或一片。这首词有两阕，叫"双叠望江南"，又叫"双调望江南"。白居易那首著名的《望江南》（江南好，风景旧曾谙）是单调。唐五代时期，大多是单调。北宋以后，《望江南》大多是双调，上下两叠。

仲殊是僧人，俗姓张，名挥，是湖北安陆人。安陆是什么地方？安陆是李白出川后住过十年的地方。这个仲殊，年轻时参加过乡试，没考上。传说他很风流，老是在外沾花惹草，屡教不改，他的妻子一气之下在汤中下了毒，差点把他毒死。侥幸没死，仲殊一气之下，休了老婆，自己也出家了。后来他天天吃蜂蜜解毒药，所以苏轼叫他"蜜殊"。他有一首《南歌子》，很有特色，是这么写的：

> 十里青山远，潮平路带沙。数声啼鸟怨年华。又是凄凉时候在天涯。　　白露收残暑，清风衬晚霞。绿杨堤畔闹荷花。记得年时沽酒那人家。

"绿杨堤畔"句，画面感强，堤上绿杨依依，随风摇曳；池中荷花璀璨夺目，相映成趣。"闹"字与"红杏枝头春意闹"之"闹"异曲同工。这仲殊，像鲁智深一样，不戒酒的。来到绿杨堤畔，想喝酒了，就寻找酒店。记得当年荷花池边有户人家，在那喝过酒的，说不定还有位可人儿陪过他呢。后来辛弃疾的"旧时茅店社林边，路转溪桥忽见"有"记得年时沽酒那人家"句的影子。可以看出，仲殊这位出家人，凡心未泯。

回到《望江南》词上来。词写成都的风俗民情。成都好，好在哪？给他印象最深刻的是蚕市。成都的蚕市，在五代西蜀时，就已经很流行了，到宋代仍然如此。成都又叫锦城，丝帛的原料主要是蚕丝，光看锦城这名称，就知道这地方养蚕之风很盛。李白《蜀道难》曾说："蚕丛及鱼凫，开国何茫然。"可见成都很早就开始养蚕了。宋代每年二月十五、十六日这两天，养蚕的人都到集市买养蚕的用具。开始时是蚕市交易，慢慢地演变成狂欢的节日。佚名《五国故事》卷上记载说："蜀中每春三月为蚕市，至时货易毕集，阗阓填委，蜀人称其繁盛。"这里说蚕市在三月。而北宋苏辙《蚕市诗序》说："眉之二月望日，鬻蚕器于市，……蚕市。"南宋祝穆《方舆胜览》也说是在二月："成都，古蚕丛之国，其民重蚕事，故一岁之中，二月望日鬻花木、蚕器于某所者，号蚕市。"东坡有《和子由蚕市》诗说："蜀人衣食常苦艰，蜀人游乐不知还。千人耕种万人食，一年辛苦一春闲。闲时尚以蚕为市，共忘辛苦逐欣欢。去年霜降斫秋获，今年箔积如连山。破瓢为轮土为釜，争买不啻金与纨。忆昔与子皆童丱，年年废书走市观。市人争夸斗巧智，野人喑哑遭欺谩。诗来使我感旧事，不悲去国悲流年。"可见，宋代不止成都，眉州的蚕市也很兴盛。

蚕市到底是怎样的一种情形？有哪些欢乐场面？史书记载不详，仲殊这首词可让我们了解个大概。仲殊是外地人，到成都后，见到蚕市十分热闹，倍感新奇，于是前去观赏一番，而且如实录像。"夜放笙歌喧紫陌，春邀灯火上红楼"句法和刚才贾昌朝词的句法有一点接近，本来是夜里笙歌喧紫陌，春天红楼上灯火通明。如果这样说，味道又差了。用"放"与"邀"，就把客观的景象变成一种主动，逐渐呈现，把一种状态描写成了一个过程。"夜"与"春"，是互文见义。春天的晚上，蚕市里到处灯火辉煌，笙歌不断，大街小巷里回荡着迷人的乐曲，让人流连忘返。东坡诗说"蜀人游乐不知还"，可为印证。一年辛苦到头，总算有一天能潇洒轻松一回。

　　"柳叶已饶烟黛细，桑条何似玉纤柔"两句，写景又写人，构思新奇，有点像晏几道的"舞低杨柳楼心月，歌尽桃花扇底风"。好像是写柳叶，又好像是写人，说是比喻也可以。"烟黛细"，喻女子的眉毛，比柳叶稍微细长一点。这句主要是形容柳叶的形态和色泽。倒过来理解，又是写人，人比柳叶更优美，更鲜嫩。桑叶已经够柔软鲜嫩了，可还是不如美女的纤手那样柔嫩。这两句很巧妙地把景和人有机地结合起来写，亦人亦景，亦景亦人。是风景画，又是人物画。构思很有特点。这两句，以前不太受人关注，今天挖掘出来，没准日后会成为经典名句。

　　结句"立马看风流"，也很有味道。我们仿佛看到，在杨柳依依、柔桑摇曳、美女如云的蚕市里，一位骑着马的游客，欣赏着眼前的一切。他在艳羡，在赞叹：天下竟有这般景致、这般热闹场所。全词上片热闹，下片宁静，上片是长镜头，下片是特写镜头，形象地展现出成都蚕市白天和夜里不同的场景。

下面再欣赏李邴的《女冠子·上元》词：

> 帝城三五。灯光花市盈路。天街游处。此时方信，凤阙都民，奢华豪富。纱笼才过处。喝道转身，一壁小来且住。见许多、才子艳质，携手并肩低语。 东来西往谁家女。买玉梅争戴，缓步香风度。北观南顾。见画烛影里，神仙无数。引人魂似醉，不如趁早，步月归去。这一双情眼，怎生禁得，许多胡觑。

词用纪实的手法，表现元宵节北宋都城汴京的游乐盛况。细节的描写，特别生动，像电影一样，一连串的镜头展现出元宵之夜京城的狂欢场景。作者可能是初到京城，见了这场面气派，才发现凤阙都民，是如此奢华豪富。"见许多、才子艳质，携手并肩低语"，才子佳人，携手并肩，卿卿我我，他心里那个羡慕，简直是馋涎欲滴！特别是结尾的"这一双情眼，怎生禁得，许多胡觑"，让人忍俊不禁！本来就才子多情，街上那些"神仙"靓妹又不断给他放电，勾魂摄魄，把他撩拨刺激得筋酥骨软，受不了啦，赶快走开吧。

上面几首词写都市风情，多是全景式展现。也有从一个特殊视角来表现的，如南宋俞国宝的《风入松》。这首词在当时非常著名，曾荣幸得到太上皇宋高宗赵构的欣赏和修改。俞国宝当时是太学生，宋高宗在一家酒肆墙壁上看到这首词后，当天就破格提拔，让他释褐做了官。原词是：

　　　　一春长费买花钱。日日醉湖边。玉骢惯识西湖
　　路，骄嘶过、沽酒垆前。红杏香中箫鼓，绿杨影里秋
　　千。　　暖风十里丽人天，花压鬓云偏。画船载取春
　　归去，余情寄、湖水湖烟。明日重扶残醉，来寻陌上
　　花钿。

　　这首词用自己的游赏经历，表现杭州市民玩乐休闲的情形。一个太学生，天天醉倒在西湖边，连他的马儿都熟悉了湖边的道路，不用扬鞭，就径直来到湖边楼外楼酒家。南宋的杭州，号称"销金窝"。元人宋无《西湖》诗说："故都日日望回銮，锦绣湖山醉里看。恋着销金窝子暖，龙沙忘了两宫寒。"林升的《题临安邸》大家更熟悉："山外青山楼外楼，西湖歌舞几时休。暖风熏得游人醉，直把杭州作汴州。"连太学生都"长费买花钱"，在杭州这销金窝里烧钱，可以想象，那些有钱的主儿，又该是怎样的游乐潇洒！怎样大把大把地烧钱挥霍！

　　词的结句"明日重扶残醉"，是宋高宗改的，俞国宝原来写的是"明日重携残酒"，宋高宗觉得这三个字太寒酸，于是改成"明日重扶残醉"。改了两个字，意思就大不一样。"扶残醉"，是人喝醉了，酒还没喝完，表明他口袋里银子依旧饱满。说"重携残酒"，那就意味着口袋里没钱沽酒，酒瓶里还剩下一点点，留

待明天再来对景当歌，不免露出寒酸相。皇城根下的子民百姓，个个富得流油，他太上皇才高兴，怎能让太学生连喝酒的钱都没有？那岂不是影响到都城的繁荣景象，给皇城抹黑？不可以的。御笔一改，词意就变了。怎奈寒酸的太学生原本只有"携残酒"的资本呢。好在太上皇好人做到底，破格提拔他做了官。从此，俞国宝也就有资本"重扶残醉"了。能得到宋高宗御笔改定，多让人羡慕啊！太上皇改词的故事一传开，这首词也就名扬天下了。

从艺术上说，"红杏香中箫鼓，绿杨影里秋千"两句最亮眼。不晓得宋高宗是不是也喜欢。"红杏香中箫鼓"六个字，把视觉、嗅觉和听觉形象打成一片。遍地杏花，鲜红一片，四处弥漫着清香。杏林中，箫鼓齐鸣，有人在那轻歌曼舞。这么丰富的场景画面，如果用视频来表现，要切换好几个镜头才能表现得完整，可词人只用六个字就搞定了！就画面而言，"红杏"句是静态，而"绿杨影里秋千"，则是动态画面。"绿杨影里"，游人悠闲地荡着秋千，也许荡秋千的是少女，有的穿红，有的着黄，与绿杨相映，色彩多么丰富！画面感何其强烈！还可以进一步想象，少女们一边荡秋千，一边嘻嘻哈哈地谈笑。正是欢声笑语，才引起了在湖边游玩的词人的注意。这两句，与王维的"竹喧归浣女，莲动下渔舟"有异曲同工之妙。

乡村田园：
春在溪头荠菜花

乡村田园，是唐宋词中独特的风景线，看惯了都市里秦楼
楚馆的绣幌佳人，偶然望见乡村中迎日双舞的孔雀，骑象
过水的村妹，东家娶妇的热闹，西家归女的温馨，平冈上
的黄犊，稻田里的蛙声，让人心旷神怡。

　　唐宋词是在都市化环境里产生的，主要满足士大夫的审美趣味和都市市民娱乐文化的需求，所以唐宋词大多是表现都市化、富贵化的生活场景，农村风光、田园生活比较罕见。《花间集》词，本来都是虚拟的情感世界和生活世界，但依托的背景大多是都市生活场景，只有李珣和孙光宪词，有的是以乡村为背景。李珣有一组《南乡子》词，描写岭南的热带风光。李珣是波斯裔，生长在西蜀，不知什么机缘，他旅行到岭南，用他随身携带的码字"相机"摄下了一组岭南风光和乡村生活图景。看惯了城市里的花花世界、秦楼楚馆里的灯红酒绿，再看这几首带有乡土气息的岭南风光，觉得十分新鲜。就像前些年的歌坛，听惯了都市化的歌曲，突然听到"村里有个姑娘叫小芳"和"妹妹坐船头"之类的歌，有种特别的新鲜感。且看李珣是怎样写的：

　　　　乘彩舫，过莲塘。棹歌惊起睡鸳鸯。游女带香偎伴笑。争窈窕。竞折团荷遮晚照。

　　词写一群采莲女乘舟游莲塘的欢乐情景。场面的描写很生动传神，特别是"游女带香偎伴笑"和"竞折团荷遮晚照"二句，人物动作神态，活灵活现，富有生活气息。"棹歌惊起睡鸳鸯"，写一群女孩一边划着小船，一边唱歌，歌声惊起了水草中沉睡的鸳鸯。"睡鸳鸯"，可作两种理解，一种是实写，一种是虚写。实写是把水中的鸳鸯给惊醒、惊飞起来，这是个动态镜头。虚写，则是写一对相互依偎着谈情说爱的青年男女，被歌声惊起来。这当然是按照我们现代人的生活经验去理解，古人是不是这样很难讲。所谓作者未必然，读者何必不然。接受美学理论，强调的就是读者在阅读过程中应有自己创造性的解读和诠释。如果拍视频，可以把这虚实两种理解叠印成一个蒙太奇镜头。一边是鸳鸯惊飞，一边是芦苇或草丛中一对男女惊起。这样构图，是不是也挺有趣味？

　　魏晋以来的乐府诗里，有很多《采莲曲》，描写的情形与这首词相近。过去认为这些《采莲曲》都是表现劳动人民采莲的劳动场面和现实生活。中国人民大学的诸葛忆兵教授，曾在《文学遗产》杂志发表过一篇题为《"采莲"杂考》的论文，认为从魏晋到唐代，《采莲曲》基本上是描绘舞台表演的采莲，而不是现实中的采莲活动。《采莲曲》里写到的女子，过去都把她们当作是劳动妇女，实际上都是由歌妓装扮的。他的说法，有历史依据，可以参考。但是，就李珣这首《南乡子》而言，应该写的是现实生活，因为它是一组词。整个组词都是写乡村生活，似乎不是舞台表演，应该是现实生活的写照。读这首词，我们可以联想到李清

照的《如梦令》："常记溪亭日暮。沉醉不知归路。兴尽晚回舟，
误入藕花深处。争渡。争渡。惊起一滩鸥鹭。"

李珣的另一首是：

> 相见处，晚晴天。刺桐花下越台前。暗里回眸深属
> 意。遗双翠。骑象背人先过水。

这骑象的镜头，在唐宋词里很新鲜。它绝不是中原所有的情
景，而是岭南热带地区特有的景观。越王台，在广州，可见词写
的是广州一带的情景。"遗"，应该读 wèi，"遗我双鲤鱼"的遗，
赠送的意思。不读 yí，不是遗失的"遗"。词写一对男女青年，
在晴天的黄昏时分，来到刺桐花下的越台前约会。"暗里回眸深
属意"，是说游人很多，情侣间心有灵犀，虽然隔着人群，但还
是眉目传情，相互示爱。男子悄悄地送给他"深属意"的女伴一
种定情物——双翠羽，女子"骑象背人先过水"，假装不认识先
走了，也许在河那边等着他呢。这个"骑象背人先过水"的特写
镜头，不仅仅是在花间词里，即使是在整个唐宋词里，也是非常
罕见的，因此能给人留下非常深刻的印象。假如我们到南方去采
风、照相，肯定会捕捉这个有趣味的镜头。尤其是在《花间集》
这个到处都是绣幌绮筵的艺术世界里，活跃的都是佳人公子，突
然看到一个骑着大象的乡村女子，该是多么新鲜有趣。

李珣另外的一首《南乡子》还写到了孔雀：

> 双髻坠，小眉弯。笑随女伴下春山。玉纤遥指花深
> 处。争回顾。孔雀双双迎日舞。

像这种乡村特有的镜头、孔雀双舞的场景，在唐宋词里也是很新鲜罕见的。

与李珣同时的，还有一位孙光宪。他虽然只写过一首乡村词《风流子》，但也值得注意：

> 茅舍槿篱溪曲。鸡犬自南自北。菰叶长，水葓开，
> 门外春波涨渌。听织。声促。轧轧鸣梭穿屋。

在《花间集》里，我们看多了看惯了绮筵公子、绣幌佳人的生活情态，突然看到这样充满泥土气息的农村生活场景，会有一种别样的新鲜感。"茅舍槿篱溪曲"，呈现在画面上的，是一条弯弯的小溪，溪水边有一栋茅草房子，房子周边用槿树栽成的篱笆。透过篱笆望去，"鸡犬自南自北"。这一句，写的是视觉形象，但我们应该感觉到有声响，不仅是看到鸡群从南到北地觅食，看到犬儿在转悠的动态场景，而且听到了鸡叫和犬吠，陶渊明诗不是说"狗吠深巷中，鸡鸣桑树巅"吗？溪边还有茂盛的菰叶。菰是可以食用的茭白，它的禾秆很长。水葓，是水草，干茎可以长到两三米高，叶子非常宽大。这是南方特有的两种水生植

物。作者有意选取这两种植物，来突显当地风物的特点。景物描写，不止写出了动态、声响，还有色彩。槿树开的花是粉红色的，而菰叶是绿色的。至于鸡犬的毛色，我们也可以想象得出。虽然词中没有出现色彩的字眼，但景物本身已包含斑斓的色彩。

"门外春波涨渌"，又是流动之景。平淡的语言中其实蕴含着丰富的画面感、色彩感和动态感。如果我们把这首词拍成视频，是非常有特色的，前面几句展现的是农舍的风景，下面则写农家的生活。"听织。声促"，通过听觉，写妇女在家里织布，织布的声响很急促，表明织布的人很用力，她正在赶活呢！"轧轧鸣梭穿屋"，织布的梭子快速地被抛来抛去，声音从屋内传到屋外。请注意，前面是写看到的，为什么后三句写听到的，而不直接描绘农妇织布的具体情景呢？因为作者没进到屋内，他是站在房屋附近听到的。屋外的场景是所见，屋内的织布声是所闻。不仅用笔富有变化，更主要的是很真实。如果我们拍视频，可以先表现织布的声响，然后将镜头切换到屋内，去正面拍摄农妇织布的动作和场景。

这首词，是五代时南方农村生活的一个剪影、一个侧面。虽然没有用温庭筠词中的那些色彩艳丽的字眼，但平平淡淡的描写中却富有诗情画意。这种情景，在当下的南方，还偶尔可见呢！

乡村田园风光，在宋初几十年的词里很难见到。一直到了北宋中期，苏轼才为我们描绘过几幅农村生活的素描。他在黄州的时候，写过一首《鹧鸪天》：

　　　　林断山明竹隐墙。乱蝉衰草小池塘。翻空白鸟时时
见，照水红蕖细细香。　　　　村舍外，古城旁。杖藜徐步
转斜阳。殷勤昨夜三更雨，又得浮生一日凉。

　　苏轼到黄州后，心情很郁闷，他独自一人到城外去散心，写
下这首词，记录夏秋之交的乡村生活。"林断山明竹隐墙"一句，
让我们联想到孟浩然《过故人庄》的"绿树村边合，青山郭外
斜"。"林断山明竹隐墙"的意象比较密集，主导意象，或者说主
场景是一栋房子，庭院围墙内有几丛翠竹，露出几枝竹梢竹叶。
远处有朦胧的树林、高耸的山峰。为什么说"林断"呢，"断"是
被掩映遮蔽的意思，视线被遮，山腰和山脚下的树林，看上去不
是连成一片，而是时断时续。但远处的山峰还是看得很清楚，所
以用一个"明"字。这句构成一幅远近结合、浓淡相间的画面。
围墙边有个小池塘，因为是夏末秋初，池塘的野草快干枯了，池
边上有片小树林，林中的蝉在嘶鸣，知了、知了地叫唤。"乱蝉衰
草小池塘"写的就是这一景致，非常生动。开头两句捕捉静态景
物，静中有声响。所谓"蝉噪林愈静，鸟鸣山更幽"，乱蝉的嘶
鸣，更显出环境的宁静。

　　"翻空白鸟时时见"的"见"，读 xiàn。写动态之景。"翻空白
鸟"，就是白鸟翻空，时不时地有几只白鸟划过空中，飞舞翱翔。
"照水红蕖细细香"的"蕖"，是荷花的别名。池塘里有荷花，荷

花散发出阵阵幽香。这不仅写出视觉形象，还写出嗅觉感受，让人有亲历其境之感，看得见，听得到，闻得着。白鸟、红蕖、绿树，色彩丰富，笔法又富于变化。写了远景，就要写近景，近景中还要有变化。写了空中，再写水面或地面，也可以将空中水面结合着写，就像杜甫《登高》诗中的"渚清沙白鸟飞回"一样。

上片是词人站在一个固定的角度捕捉到的村边景致。可以想象，词人静静地站在村边，欣赏着眼前这宁静而优美的乡村风光。他像是摄影师，不停地摇动着镜头，远拍近照。下片写心情和感受。他拄着拐棍四处转悠，转过了"村舍外"，来到了"古城旁"。古城，是黄州。一直转到夕阳快要西下了。"殷勤昨夜三更雨，又得浮生一日凉"，转了半天，郁闷的心情变得开朗舒畅，昨夜下的一场雨让人感觉凉爽多了。

结拍两句，包含着丰富的人生感慨。天气闷热难熬，心情又郁闷，难得一场夜雨降降温、解解凉，来到城外，心情为之一爽。平时忙忙碌碌，今日总算有闲暇出来散散心，虽然没有特别令人惊喜的事，但能享受到一场清凉，也心满意足了。苏轼很善于从日常生活中体验人生的快乐，在平凡景物中发现美感和诗意。其实，根据陆游《入蜀记》的记载，宋代黄州是很荒凉的，可在东坡笔下，却到处充满了诗意，充满了美感。我们可以从中获得启示，遇到心情不好的时候，不必去寻找新奇与刺激来解脱，要学会在日常生活中感受到快乐、调节情绪。

苏轼这首词，主要是写乡村之景。而他在徐州写的五首《浣

溪沙》词，就写到乡村生活和乡村人物。组词写于元丰元年
（1078）的暮春三月。词有题序说："徐门石潭谢雨道上作。"徐
门，就是现在的江苏徐州；石潭，在徐州城东二十里。这时苏轼
在徐州当知州，古代地方官，如果遇到天旱，就要到庙里或者能
显灵的地方举行一种仪式，向老天爷祈求下雨。等到下雨了，又
要去谢雨，感谢上苍下甘霖，拯救一州的老百姓。在这之前，苏
轼曾去石潭求过雨的。他的《起伏龙行》诗序说："徐州城东
二十里，有石潭。""元丰元年春旱，或云置虎头潭中，可以致雷
雨。"谢雨回来，他在路上写下这组词，从不同的侧面表现徐州
乡村的生活情景。先看其中的第二首：

> 旋抹红妆看使君。三三五五棘篱门。相挨踏破蒨罗
> 裙。　　老幼扶携收麦社。乌鸢翔舞赛神村。道逢醉叟
> 卧黄昏。

旋是快速、匆忙的意思。石潭一带的农村比较偏僻，村民们
平时很少能看到大官员。今天知州下乡，他们自然不会轻易放过
这见世面的难得机会。更何况知州苏轼是天下闻名的大才子呢，
怎能不去瞧瞧？于是，妇女们匆匆擦点口红，梳妆打扮。

宋人曾用男女出门打扮与否来比喻苏轼、黄庭坚诗歌风格的
不同。南宋林光朝（号艾轩）曾说："譬如丈夫见客，大踏步便
出去，若女子，便有许多妆裹。此坡、谷之别也。"意思是说东

坡诗不事雕琢，而山谷的诗歌爱讲究润饰。这个比喻，简单形象又贴切。

东坡词中的村姑村妇们，出门前就有许多"妆裹"。为什么说"旋抹"，因为开始没有准备，忽然听说知州大人驾到，于是妇女们匆匆妆扮，争先恐后地出门"看使君"。要是用镜头来表现，一定是很热闹的场面。穿着各式各样衣服的大人小孩、村夫村妇纷纷从自家屋内涌出来，站在自家门前或者是篱笆的出口，指指点点，议论纷纷："哎，那就是太守啊！""哪一个是啊？"还可以想象，人群中，有的抱着小孩，有的牵着小孩，扶着老人，有的小孩很害羞，躲到大人的身后，大胆点的小孩，偶尔走出人群来抢镜头。反正这场景，是热闹得很呢。苏轼肯定也很得意，哇！这么多人来欢迎我啊！就像他在《江城子·密州出猎》里写的"倾城随太守"，那是老百姓倾城而出，这儿是倾村出动。谁让他是名人呢，出门在外，自然备受关注。村民们知道是当地官员来了，于是看稀奇，看新鲜，紧紧追随，如同当下追星一般。"相挨踏破蒨罗裙"的"蒨罗裙"，是用红绸子做的裙子。可以想象，村里的女子，把自己最鲜艳最时尚的衣服都穿出来了。见到太守到了跟前，大家蜂拥往前，道路可能比较窄，大家挤来挤去，有的裙子被路边篱笆旁的野刺丛扯破了。"相挨踏破"四个字，营造出十分热闹的场景、热烈的气氛。不能不佩服东坡的表现力！

苏轼走到哪儿都很受欢迎的。南宋周辉《清波杂志》卷三记载说，东坡晚年从海南回到江苏宜兴，经过运河时，运河两岸有"千万人"在那儿欢迎他。听说当代大文豪苏轼大难不死，人们也是争先恐后地想一睹他的风采。苏轼见此情景，开玩笑说："莫看煞我也！"一句玩笑话，不幸成为谶语，他到宜兴的第二年就病逝了。

苏轼在徐州，既是当地的长官，又是文坛的大腕，声名赫赫，所以来看他的老百姓非常多。上片是写村民围观的场景，下片是写另外的场景。苏轼好像是拿着摄像机，一边走，一边得意地捕捉镜头，这里拍摄场景，那里又转换一个场景。"老幼扶携收麦社"的"麦社"，是祭祀祖先、祈求丰收的地方，类似于节日，可能是当地的一种风俗。所以，男女老少，扶着的、牵着的，都去麦社里看热闹，就像欧阳修《醉翁亭记》里写的："负者歌于途，行者休于树，前者呼，后者应。伛偻提携，往来而不绝。"

如果说"老幼"句拍摄的是地面的镜头，那么"乌鸢翔舞赛神村"，则是摄取空中的场景。"赛神村"也是祈神的，因为有很多祭品，乌鸦在空中盘旋，准备下来啄食。"赛神村"与"收麦社"也可理解为互文。读这两句，要想象其中的场景，作者不是叙述一个事实，而是在描绘一种场景。要把"老幼扶携"和"乌鸢翔舞"化成两幅流动的画面、两个动态的镜头，这样读来才有兴味。苏轼离开了欢乐的人群、热闹的麦社，来到大道上，行人渐渐稀少。他忽然发现路旁树下躺着一位醉醺醺的老人，在夕阳下酣睡，于是又赶紧拍下"醉叟卧黄昏"的镜头。

整首词，不仅描绘出若干场景，更营造出了热闹祥和的气
氛。苏轼这时的心里，该有几分满足和惬意。为什么呢？因为
醉叟卧路旁，表明这里老百姓的生活还比较殷实，起码不像陶渊
明那样经常没酒喝。苏轼心想，看来在我的治理下，这里社会
安定，百姓生活安逸。"老幼扶携收麦社"，是当时农村的文化生
活，醉叟卧黄昏，侧面反映出物质生活。东坡也许没有此意，我
们不妨作出这样的联想。我总觉得这首词与欧阳修《醉翁亭记》
表达的与民同乐的思想有点相似。至少东坡是被当地村民的热
情和欢乐的情绪所感染，所以他在另一首词里说"使君原是此
中人"。

再看第四首：

　　簌簌衣巾落枣花。村里村北响缲车。牛衣古柳卖黄
瓜。　　酒困路长惟欲睡，日高人渴漫思茶。敲门试问
野人家。

欣赏这类词，要把它放在特定的词坛背景里才能看出它的新
鲜感，看出它的独特韵味。从情感内涵和表现艺术上说，这些农
村词，并不是最好的，虽然苏轼自称"使君原是此中人"，但他
毕竟对农村生活了解得不够深入，更何况他还是作为官员在那里
走马观花，他并没有深入到农村，去真切体验农民的喜怒哀乐。
这样说，并不是责怪他表现得不深沉，而是指出这类农村词存在

的问题和"现象"。但当我们把这些乡村生活场景放在都市化的词坛背景里来观察时，仍然可以感受到陌生化的审美效应。

这首词是一句一景，景随步移。第一句按日常语序应作"簌簌枣花落衣巾"，为了平仄的协调才写成"簌簌衣巾落枣花"。可以想象，这里的枣树很多，行走在枣树底下，枣花四处飘落，沾满了衣服。李后主的"砌下落梅如雪乱，拂了一身还满"，写梅花落，可以对比联想。"簌簌"，是象声词，写声响；"落"，是动态，要想象枣花飘落的过程和状态。写花不重视觉，而重听觉、质感和重感，这种描写不太常见。第一句写所见，第二句写所闻。词人穿过枣树林，由村南走到村北，听到家家户户抽蚕丝的车子响个不停。眼中的枣花、耳中的缲车，两个富有乡村气息的典型意象，勾画出了农村特有的生活场景。

通过声响来表现视觉化的情景，这种构思，与北宋诗僧参寥的一联诗相同："隔林仿佛闻机杼，知有人家住翠微。"隔着树林，听到织布声，就知道树林里住有人家。这是通过声响来凸现视觉形象。类似的诗句还有秦观的"菰蒲深处疑无地，忽有人家笑语声"。诗中有画，诗词又能表达绘画无法画出的意境。秦观诗中的"菰蒲"，就是前面说到的茭白，茂密的菰蒲，遮住了道路，隐蔽了房屋，看不到人家。突然听到菰蒲林中有笑语声传出来，就知道有人家了。南宋曾慥的《高斋诗话》很欣赏这几句，说："三诗大同小异，皆奇句也。"其实，这种奇句，唐宋诗里多得是！梅尧臣《鲁山山行》曾写道："人家在何许？云外一声鸡。"梅尧臣是游河南的鲁山，在山中游了大半天，想找个地方休息，却不知何处有人家，突然云外传来一阵咯咯咯的鸡叫声，这声鸡叫打破了山中的宁静，也给诗人带来意外的惊喜。原来"白云深处有人家"！这种情景，又让我们联想到王维《终南山》诗的"欲投人处宿，隔水问樵夫"。当时王维在终南山游览了一天，到了黄昏时分，想找个地方住，突然听到溪涧对面有砍樵的声音，于是就"隔水问樵夫"，我们仿佛听到诗人在喊："哎，砍樵的老乡，有地方住吗？"这两句诗，还表现出诗人心情的变化，在大山深处，找不着人家，心里不免焦急，突然听到有人砍樵的声音，心中顿时一喜，有人砍樵，附近肯定有人家啊，跟着樵夫一起走就行啦。"隔水问樵夫"，诗人的举手询问，樵夫的应答，问答之声在山涧中的回响，都如闻其声，如其见人。

回头再说"牛衣古柳卖黄瓜"。"牛衣"，是用芦苇草或乱麻编织的蓑衣，披在牛背上以防寒。冬天很冷，农民爱护牛，所以给牛披上牛衣。这时到了春末，牛衣还没有解下来。这样理解的话，古柳下还系着一两头牛呢，人就在牛的旁边卖黄瓜。还可作另外的理解，牛衣是挂在古柳上晾晒着；或者是卖黄瓜的人披着牛衣；或者是卖黄瓜的人坐在或躺在牛衣上，牛衣是铺在地下当坐垫用，就像现在菜市场里卖菜的人，拿块塑料布垫在地上坐着一样。

其实这里暗用了典故。《汉书·王章传》说王章病重，没有被子盖，只好"卧牛衣中"。苏轼对《汉书》可是读得滚瓜烂熟。

南宋陈鹄《耆旧续闻》卷一记载说，东坡在黄州期间，有位叫朱载上的朋友去看他，通报姓名后，过了好长时间东坡才出来，致歉说，不好意思，刚做完"日课"，让你久等了！朱载上问，先生刚才说的日课是怎么回事？东坡说："抄《汉书》。"朱又问："以先生天才，开卷一览，可终身不忘，何用手抄？"东坡说："不然。某读《汉书》，至此凡三经手抄矣。初则一段事，抄三字为题，次则两字，今则一字。"朱看了东坡手抄的《汉书》，一点也看不懂，正纳闷呢，东坡说你随便举一题，我背给你听。朱按照他说的，举出几个字，东坡应声背诵出数百字，没有一字差错。朱听后，佩服得五体投地，说："先生真谪仙才也！"后来，朱载上对他的儿子朱新仲说："东坡尚如此，中人之性，岂可不勤读书耶！"是啊，像东坡这样的天才，还天天读书背书，一般质资的人，怎能不勤奋读书！东坡熟悉《汉书》，说不定他写此词时脑海里曾跳出"牛衣"两个字。

"牛衣古柳卖黄瓜"是一种什么情景？我们可以想象，在古柳树下，一位卖黄瓜的老人或者是抱着小孩的妇女，口里叫卖着：好新鲜的黄瓜哟，便宜卖！无论这牛衣是披在牛背上，还是挂在树上，或者铺在地上，都是乡村特有东西，具有乡村的特点。南宋曾季狸在《艇斋诗话》中说，他曾经看见过东坡此词的墨迹，"牛衣"原作"半依"。"半依"也有味道。古柳下，卖黄瓜的人，身子一半斜靠在树上，很悠闲的样子。这是个特写镜头。

下片"酒困路长惟欲睡，日高人渴漫思茶"，转写自己在路途中的感受，很真切。午餐后，词人忙着赶路，走了大半天，人困马乏，因为午餐时酒喝多了点，昏昏欲睡，被太阳一晒，更觉口干舌燥，想找点茶水喝。于是"敲门试问野人家"。这句出语自然，而动作神态毕现。像王维的"隔水问樵夫"，杜牧的"借问酒家何处有"。但苏轼加了一个"敲门"的动作，有声响，有内心的急切期盼。"试问"，见出词人的和善，不是居高临下地问，而是友好地询问与试探，而且苏轼不是派随从去问，而是他自己去问。这与《陌上桑》那位太守不同。那个好色的太守是让"使者"去"问罗敷"。两相对照，见出苏轼的爱民亲民。说不定他还想借机访贫问苦、体察一下民情呢！这样理解"敲门试问野人家"，是不是别有意趣？

再看秦观的《行香子》。秦观词，多半是写爱情相思，从他的词里找出这首写农村风物的，比较难得：

> 树绕村庄。水满陂塘。倚东风、豪兴徜徉。小园几许，收尽春光。有桃花红，李花白，菜花黄。　　远远围墙。隐隐茅堂。扬青旗、流水桥傍。偶然乘兴，步过东冈。正莺儿啼，燕儿舞，蝶儿忙。

这《行香子》词调比较有特点，就是上下片的最后三句都是三字句，而且都要用叠字。句式比较短促，读起来比较欢快流畅。如果用这个调子填词，注意最后三句要用叠字。

　　这首词是不是秦观写的还有疑问。秦观的词集名《淮海居士长短句》，宋本《淮海居士长短句》没有收录这首词，但后来有的选本说是秦观所作，不无疑问。

　　首句也跟孟浩然《过故人庄》的"绿树村边合"意境相近。小村落里，绿树环绕，村边有口池塘。读这两句，我感到特别亲切。这情景跟我老家相似。我生长的村庄也是绿树环绕，家门口有池塘，可以钓鱼，可以洗衣服，夏天还可以在里头游泳。农村里一般每个村庄都有池塘，池塘不仅用来洗衣，还有防火的功能。开篇两句所写，是典型的江南农村之景。如果此词确是秦观所作，那可能是写他江苏高邮的故乡。

　　秦观词，差不多篇篇充满了泪水，所以清代有位词学家说他是"古之伤心人"。而这首词，是难得的心情舒畅、豪情满怀，"倚东风、豪兴徜徉"，乘着春风，兴致勃勃地到村边散步。最吸引他眼球的是一座小园子，园子虽小，却占尽了春光。园子里有"桃花红，李花白，菜花黄"。色彩鲜艳，对比鲜明。就构图来讲，和谐漂亮。试想，词人在园子中踱步，看着眼前的景致，该是何等惬意！虽然词人没有直接表露内心的情绪，但内心的喜悦已是溢于言表。

　　1999 年 7 月我到西藏旅游，从拉萨到藏南的林芝，大山里有许多金黄的油菜花和白绿相间的野花，给我留下特别深刻的印象。内地的油菜，三四月份就开花，但高原上气候寒冷，直到七八月才开花。我当时写有一首《游林芝》的诗，其中两句是：

"菜花黄遍处，牦牦一声声。"油菜地旁有牦牛，内地很难看到牦牛。所以用这两句记录当时高原特有的景物。

"远远围墙。隐隐茅堂"。前面苏轼那首词是说"竹隐墙"，这里是说远处有堵围墙，里面隐隐约约有几间茅草房。墙边有小河流水，河上有座小桥，桥边飘扬着一杆青旗。这像是一幅江南的水墨画，意境完整。青旗，是酒旗，酒家的标志，像现在的广告招牌。前面讲过宋代画院曾用"竹锁桥边卖酒家"作试题，那情景与这有点相似。见了青旗，词人心中一喜，那隐隐茅堂，原来是酒家啊，赶快去喝他几杯，也不负这大好春光！于是"偶然乘兴，步过东冈"，朝那酒家走去。

上片说是"豪兴徜徉"，下片又说是"偶然乘兴"，前后似乎有点矛盾。既然前面说了"豪兴"，兴冲冲地出来溜达，后面就不应该再说是"偶然乘兴"。当然，"偶然"也可以说是"偶然"发现"东冈"那边别有酒家，于是就乘兴而往。但先说"豪兴"，再说"乘兴"，总嫌有点重复。

结拍"正莺儿啼，燕儿舞，蝶儿忙"，是东冈那边的情景。这首词，通过园内山间的两个场景，来写春天乡村特有的景象，呈现出一派蓬勃的生机。写景清新，但意蕴不深。

在两宋词史上，写农村词最多最好的，是英雄辛弃疾。辛弃疾在江西上饶、铅山农村生活了二十多年，经常跟农民来往，熟悉他们的生活情态，了解他们的喜怒哀乐，因此，他才是真正以"此中人"的身份来表现农村生活，写来更亲切。且看他的《鹧桥仙·己酉山行书所见》：

> 松冈避暑。茅檐避雨。闲去闲来几度。醉扶怪石看
> 飞泉，又却是、前回醒处。　　东家娶妇。西家归女。
> 灯火门前笑语。酿成千顷稻花香，夜夜费、一天风露。

　　将这首词跟苏轼的农村词比较，可以说，苏轼是作为一个看客，以旁观者的身份来观察当时农村的生活场景和人物；而辛弃疾是以个中人的身份，把他自己的生命、情怀都涵泳其中。他经常到松树林里去避暑，有时在人家茅屋的屋檐下避雨，这地方他来了很多次，时常是喝醉了以后扶着奇形怪状的石头，看着飞泉奔涌。醒来后，发现还是曾经躺过的地方。这展现出词人闲适潇洒的精神风貌，更透露出宁静安逸的心境。这里捕捉的不是一时一地的景象，而是长时间的生活状态。"几度""前回"，就表明不止一次，而是多次。要在有限的篇幅里表现反复出现的日常生活情态，真是不容易呢，而稼轩用一两个表示频率的数量词就轻松搞定。"醉扶怪石看飞泉"，很有意境，有人有景，有动有静，要是用镜头来展现，是很富有动感和气势的。酒醉之后，扶着怪石，醉眼蒙眬地看着瀑布在山崖间喷涌而出，特别有情调。

　　下片写周边邻家热闹的生活情景。东家在举行仪式，迎娶新媳妇，吹吹打打，欢笑声不断。西家呢，出嫁的女儿归家省亲，也是热闹而亲切。古代妇女出嫁叫"于归"，《诗经》里就写到

"之子于归";回娘家省亲叫"归宁"。稼轩《鹧鸪天·游鹅湖醉书家壁》词也写过同样的情形:"春入平原荠菜花。新耕雨后落群鸦。多情白发春无奈,晚日青帘酒易赊。　　闲意态,细生涯。牛栏西畔有桑麻。青裙缟袂谁家女,去趁蚕生看外家。"写穿着青裙白衣的妇女,带着小孩回娘家看外公。

稼轩词里,描写了大量的乡村人物,有老人,也有小孩,比如《清平乐·检校山园书所见》下片:"西风梨枣山园。儿童偷把长竿。莫遣旁人惊去,老夫静处闲看。"辛弃疾花钱买了一大片庄园,庄园里有水果树,经常有小孩拿着长杆去偷打枣子吃。我小时候在家乡也有过类似的经历,几个小朋友,趁着没人的时候,就跑到人家枣树下用竹竿偷打枣子,好玩得很。读稼轩这首词,常引发我童年的快乐回忆,读来很是亲切。英雄辛弃疾,也有一颗童心,看到小孩用长杆偷打树上的枣子,不仅不驱赶,反而让旁人不要惊扰他,自己在一旁静静地观察着、欣赏着。我们仿佛看到英雄的脸上露着慈祥和善的微笑,他热爱乡野儿童,热爱乡间生活。

"灯火门前笑语"六个字,很值得玩味。有场景,有笑声,有光亮色彩,活脱脱的电影镜头。词写的是夜景,闻到"千顷稻花香",英雄辛弃疾也感到一种喜悦,看来今年的早稻又丰收在望!他的心思跟老百姓是相通的,他理解农民,也关心农民,套用现在歌词的表达方式,可以说他是"想着农民的想,爱着农民的爱"。

这首词上下片的场景气氛，有一种强烈的对比效果。上片景物宁静，避暑，避雨，看飞泉，都是一种宁静的状态、宁静的生活和宁静的心境。下片的东家娶妇，西家归女，灯火门前笑语，是热闹、热烈。从光线而言，上片是昏暗的，下片是明亮的，也形成一种对比。

下面再看稼轩的另一首名作《西江月·夜行黄沙道中》：

明月别枝惊鹊，清风半夜鸣蝉。稻花香里说丰年。听取蛙声一片。　　七八个星天外，两三点雨山前。旧时茅店社林边。路转溪桥忽见。

这首词，是辛弃疾夜行黄沙道中写的，景随步移，一句一景，像不断摇动的镜头，一个画面接一个画面连续呈现。"明月别枝惊鹊"，像北宋张先的"云破月来花弄影"一样，表现出景物的变化。月亮出来之前，大地是一片昏暗，明月出来后，夜色明亮，月光惊醒了树枝上的鸟鹊。"清风半夜鸣蝉"，写夏夜里，清风吹拂，凉爽舒适，到处都是蝉在嘶叫，时或划破夜空的宁静。这两句写景，可说是声光色态俱全。声，有蝉鸣；光，有月光及月出前后的明暗对比；色，树枝就暗示出树叶的翠绿颜色；态，有清风吹衣、清风吹拂树叶的动态和鸟鹊在枝头醒来扑腾的动态。十二个字，就表现出声光色态俱全的场景，不只是词中有画，简直是词中有电影镜头。"稻花香里说丰年，听取蛙声一片"

的"说",主语是谁,是谁说?是农民说还是词人自己说?如果是农民说丰年的话,太直白,没有诗意,而且诗里没有出现农民的身影。其实,是青蛙在"说"丰年、唱丰年。一片蛙声共说丰年,这才有诗味。连青蛙都在放声歌唱,好像是在欢唱着丰收,预示着丰年的来临。词中虽然没有直说心情如何,但他喜悦的心情自在不言中。

上片表面上写热闹之境,蝉鸣、蛙叫,实际上整个意境是很静谧的。蝉鸣蛙叫之声停歇后,夜晚更显宁静。词人行进在黄沙道中,沉浸在凉爽的清风与清新的稻花香里,时或抬头仰望,但见天外散嵌着七八个明暗不一的星星,境界空旷高远。突然,天空中洒下几点雨。"七八个星天外,两三点雨山前"两句,出自五代卢延让《松寺》诗句:"两三条电欲为雨,七八个星犹在天。"也许稼轩读过卢延让的诗,不知不觉地化用,也许没读过,只是偶然的巧合。请想想,这时作者的心情有怎样的变化?开始紧张,有点焦急,哎呀,没带雨具啊!转念一想,前面好像有个小酒店,印象中以前在那儿喝过酒的,"醉扶怪石看飞泉,闲去闲来几度",何不到那儿去避避雨呢!因为是夜里,看不清楚路向,走了一会也没见着。沿着山中小路,转过一个山弯,过了一座小溪桥,就见着那"旧时社林边"的小茅店了。请注意,有溪桥,就要联想到有溪水,不仅是看到"清泉石上流"的画面,还仿佛听到潺潺流水的声响。桥,也要想象它的形状。稼轩有《沁园春》词曾写到小桥:"正惊湍直下,跳珠倒溅,小桥横截,缺月初弓。""缺月初弓"就是形容石拱桥的形状如弯弯的上弦月，可补充此词中桥的形象。

这首词，通篇写景，好像没有抒情。其实心情的变化已在其中。开始是喜悦和惬意，下雨时稍有紧张焦急，最后见到茅店，又很开心，有地方避雨，心里就踏实了。他通过描写景物和行动的变化，表现出心理活动。这首词，很像是夏夜山村风光纪录片。

稼轩还有一首《鹧鸪天》：

> 陌上柔桑破嫩芽。东邻蚕种已生些。平冈细草鸣黄犊，斜日寒林点暮鸦。　　山远近，路横斜。青旗沽酒有人家。城中桃李愁风雨，春在溪头荠菜花。

此词中的"些"，不读 xiē，读 shā；"斜"，读 xiá。"斜"字在句中一般读 xié，在句末押韵时多读 xiá。词末两句是名句，为什么有名，有何独特意蕴？城中的桃李，虽然很鲜艳，但愁风怕雨，很快就会凋零，而乡间溪头的荠菜花，虽然寂寞，无人观赏，却有顽强的生命力，一直在默默开放。这是字面的意思。言外之意，包含着词人的生活态度。他不喜欢城市，因为城市代表官场，喧嚣，时有争斗。而乡村的溪头，代表着宁静和谐。他似乎更欣赏宁静的村居生活，而不希望到城市里与人明争暗斗。陶渊明诗说："问君何能尔，心远地自偏。"稼轩本来就身在偏僻之地，能够保持个体心灵的宁静，保持自我人格的独立完善。这两句有象征意义，内蕴丰富，读者自可作出别的解读。

自然山水：玉界琼田三万顷

唐宋词中的山水，有虚拟的舞台背景式风景，也有真山真水、人格化山水。无论是高山、云山，还是潮水、湖水、瀑布，词人写来各具面目，各具气度。有的气势飞动，有的宁静温柔，不仅可见大自然的丰富多彩，也能见词人情感世界的变化多姿。

　　唐五代词，大多是以都市生活为背景，写自然山水的不多。虽然我们读唐五代词时，经常看到很多写景的丽句，但那些景物并不是自然界的真山真水，大多是虚拟的类似于舞台背景的风景。只有白居易的《忆江南》"日出江花红胜火，春来江水绿如蓝"等少数几首词是写真正的自然山水。进入宋代以后，写自然山水的词才多了起来。

　　宋初词坛，最早写山水词的是宋初著名隐士潘阆。他写过十首歌咏杭州风光的《酒泉子》词。

　　潘阆的生平事迹一向不清楚，我曾对他做过考证，初步弄清楚了他的庐山真面目。潘阆是宋初三位著名隐士之一，另外两位是林逋和魏野。此人一生充满了传奇色彩。传说王安石写过一首诗谜："佳人佯醉索人扶，露出胸前白雪肤。走入绣帏寻不见，任他风雨满江湖。"一句隐含一个诗人的名字。"佳人佯醉"，也就是假装快要倒了，指唐代诗人贾岛。"露出胸前白雪肤"，是李白。"走入绣帏寻不见"呢？是罗隐。"任他风雨满江湖"，指潘阆。宋代曾经流行以人名为诗谜，这类诗谜也讲究意境。这首诗谜，描写佳人，意境比较完整。

　　潘阆虽然是隐士，但曾经闹得"风雨满江湖"，名声震天响。他早年在杭州、汴京等地以卖药为生，汴京有他开的药铺。作为药店老板，社会地位不高，但善于交际，跟宫廷的高层人士来往密切，先后两次卷入宫廷斗争，两次被捕都逃脱，最后一次被逮住。

　　第一次是宋太宗登基的时候。宋太祖、太宗和秦王赵廷美是三兄弟，宋太祖死后，太宗继位，可秦王赵廷美也想当皇帝。潘阆是秦王的记室参军，跟宰相卢多逊一起合谋，立秦王做皇帝。宋太宗登基以后，展开血腥报复，将秦王贬到湖北房县，处死了他门下的几位谋士。禁兵围捕秦王和宰相卢多逊时，潘阆正在宰相府，潘阆伺机逃脱，跑到附近的人家躲藏，说："我现在犯事了，禁兵正在追杀我。我死了，就我一个人。你们现在窝藏罪犯，如果抓住你们，就会死一家，甚至株连九族。隔壁几家也会受到牵连。你们权衡利害，是把我送去交官还是藏起来，尽快做出决断。"人家一听，觉得他说的有理，就把他藏在夹墙里，逃过一劫。事后剃了头发，像鲁智深似的，装成和尚逃出京城。

　　第二次是宋真宗登基时。潘阆跟太监王继恩关系很密切，王继恩在宋太宗登基时立过功，深受太宗的宠幸。王继恩向太宗推荐潘阆，说："潘阆这个人很了不起，当年得罪过您，现在江湖上名气很大。如果陛下赐他同进士出身，对天下读书人会有激励。"于是太宗赐他同进士出身，并授予他国子四门助教，让他在太学里教书。没几天，有人上书反对，说潘阆行为不检点，太宗很快就把任命收回。潘阆空喜一场。太宗死的时候，想把皇位传给他太子，即后来的真宗。潘阆给王继恩出馊主意，说："太子（真宗）是当今皇帝立的，他当了皇帝，不会感激你，如果你另立一个不当立的人，被立的皇帝一定会对你感激涕零，你今后在宫廷的地位就更加稳固了。"于是王继恩劝太宗不要立真宗。可最终还是真宗当了皇帝。真宗上台，又和他父亲一样，秋后算账，把王继恩和几个同谋抓起来，潘阆也在逮捕之列，可潘阆又趁机逃脱。一年后，潘阆以为时过境迁，皇上不再追究，回到京城，没料想自己送上门，被逮个正着。好在真宗怒气已消，没怎么处置他。还让他到滁州做散骑参军，虽是闲职，却也有俸禄。没想到，名闻天下的大隐士，居然两次卷入宫廷皇位的斗争。他不是真隐士，不甘寂寞，想在政治上投机、走捷径，结果差点送了性命。

潘阆最有名的词，是咏钱塘江潮的十首《酒泉子》，当时有人把它画成《潘阆咏潮图》，到处印卖。且看其中的一首：

长忆观潮，满郭人争江上望。来疑沧海尽成空。万面鼓声中。　弄潮儿向涛头立。手把红旗旗不湿。别来几向梦中看。梦觉尚心寒。

钱塘江观潮，是宋代一大景观。南宋吴自牧《梦粱录》说：

　　临安风俗，四时奢侈，赏玩殆无虚日。西有湖光可爱，东有江潮堪观，皆绝景也。每岁八月内，潮怒胜于常时，都人自十一日起便有观者，至十六、十八日倾城而出，车马纷纷。十八日最为繁盛，二十日则稍稀矣。十八日盖因帅座出郊，教习节制水军。自庙子头直至六和塔，家家楼屋，尽为贵戚内侍等雇赁作看位观潮。

杭州西边有湖光可赏，东边有江潮可观，都是天下绝景。每年八月，潮水比平时更绝妙。十八日这天最为繁盛壮观，而且水军还举行阅兵式。所以，杭州人在这天几乎是倾城出动，争先恐后地前去观赏。六和塔一带的房屋，都被达官贵人租去作为最佳的观景点。

周密《武林旧事》写海潮和弄潮儿的场面更翔实生动：

　　浙江之潮，天下之伟观也。自既望以至十八日为最盛。方其远出海门，仅如银线，既而渐近，则玉城雪岭，际天而来，大声如雷霆，震撼激射，吞天沃日，势极雄豪。杨诚斋诗云"海阔银为郭，江横玉系腰"者是也。每岁京尹出浙江亭教阅水军，艨艟数百，分列两岸，既而尽奔腾，分合五阵之势，并有乘骑弄旗标枪舞刀于水面者，如履平地。倏尔黄烟四起，人物略不相睹。水爆轰震，声如崩山。烟消波静，则一舸无迹，仅

有数舟为火所焚，随波而逝。吴儿善泅者数百，皆披发
文身，手持十幅大彩旗，争先鼓勇，泝迎而上，出没于
鲸波万仞中，腾身百变，而旗尾略不沾湿，以此夸能。
而豪民贵宦，争赏银彩。江干上下十余里间，珠翠罗绮
溢目，车马塞途，饮食百物皆倍穹常时。

周密也说，浙江之潮，自十六日既望至十八日为最盛。潮水
刚从海门出来的时候，如一条白色的银线，等到潮渐近，奔腾而
下，就像银山玉城崩塌，声如雷霆。杨诚斋，是著名诗人杨万
里。他的"海阔银为郭，江横玉系腰"诗句，描绘的就是这种情
形。"每岁京尹"的"尹"，是官职名。宋代一般州府的长官，叫
知州、知府；而都城的长官，称京尹，简称尹。南宋临安府的京
尹，出浙江亭教阅水军，相当于现今的军事演习。"艨艟数百"，
"艨艟"是战舰，分列两岸，一会儿奔腾而出，分为五个方阵。
迎着潮水，有的骑马，挥舞红旗，有的挥舞刀枪，如履平地。突
然黄烟四起，人物都隐而不见。烟波消尽以后，一条船也见不
着，只有几只舟船被火焚烧，随波而逝。当地识水性善于冲浪的
年轻小伙子数百人，都披散着头发。唐宋时男子是长发，打个鬏
髻盘在头上。杜甫诗"白头搔更短，浑欲不胜簪"，是说头发差
不多掉光了，梳不成髻子。水上小伙子们，手持十幅大彩旗，争
先鼓勇，逆潮水而上，相当于今天的冲浪。在万顷波涛和壁立万
仞的潮头中，做出各种各样的姿势，类似于今天的水上芭蕾。"而

旗尾略不沾湿"，即"手卷红旗旗不湿"。这是用散文笔法写的，也生动传神。

潘阆在杭州待的时间很长，对潮水印象极深。这首词用回忆的方式来写，"常忆观潮"时，满城人争先恐后地到浙江上观潮。为什么用"望"不是"看"或"观"呢？因为"望"字押韵。"争江上望"的"争"字，表现出人们争先恐后往前拥挤的动态场景和气氛。如果换作"在"字，只写了一种静止的状态，无法展现热闹的气氛。"来疑沧海尽成空"，写潮水刚来的情景。潮水奔涌而来，好像是从天上倾倒下来一样。"来疑沧海尽成空。万面鼓声中"一句写视觉，一句写声响，让人如见其形，如闻其声。"弄潮儿向涛头立"，极具造型感，那种惊心动魄的动作和人战胜自然的勇气，让人敬佩又惊叹！宋代没有电影电视来记录弄潮儿的场景，所幸有散文家和诗人词客用生花妙笔，记录了那些令人难忘的壮观场面。"手把红旗旗不湿"，与周密《武林旧事》的记载完全吻合，可见潘阆这首词纪实性的描写是多么真实。试想，在波涛汹涌的银色世界里，有几面红旗在翻卷挥舞，画面、构图是何等壮美，视觉效果是多么强烈！色彩是多么醒目耀眼！就像岑参《白雪歌送武判官归京》写在冰天雪地里"风掣红旗冻不翻"一样。"别来几向梦中看"，虽然离开了很长时间，但"弄潮儿向涛头立"那紧张刺激的情景，梦里依然惊心动魄。

潘阆之后，写潮水著名的词，就推辛弃疾《摸鱼儿·观潮上叶丞相》了。词序中的叶丞相，指叶衡。淳熙二年（1175），辛弃疾在临安任仓部郎官，观潮后，写下这首词送给时任右丞相的叶衡。词是这样写的：

> 望飞来、半空鸥鹭。须臾动地鼙鼓。截江组练驱山去，鏖战未收貔虎。朝又暮。诮惯得、吴儿不怕蛟龙怒。风波平步。看红旆惊飞，跳鱼直上，蹴踏浪花舞。　　凭谁问，万里长鲸吞吐。人间儿戏千弩。滔天力倦知何事，白马素车东去。堪恨处。人道是、属镂怨愤终千古。功名自误。谩教得陶朱，五湖西子，一舸弄烟雨。

词的开篇就给人一种不平凡的飞动气势。如果用镜头表现，展现在镜头前面的是半空中飞来一群雪白的鸥鹭，由远而近。写潮水，为何写鸥鹭？这鸥鹭，是真是幻？很有悬念。一会儿，又仿佛听到战鼓隆隆，震天动地。这又是真还是幻？天空中的鸥鹭与地上的战鼓，原本是风马牛不相及的，而稼轩将这两组似真似幻的镜头剪辑在一起，就形象地表现出潮水来时的奇特与气势。"截江组练驱山去，鏖战未收貔虎"的"组练"，是"组甲披练"的简称，用《左传》的典故。"练"本来是白袍子，这里指穿着白衣的军队。把潮水比作军队，仿佛无数的军队在堵截江水，仿佛把要把银山推走。"貔虎"，指勇士，代指勇猛的军队。奔腾的江水像千军万马在对垒搏斗厮杀，战鼓隆隆，激烈异常。这种奇特的描写，只有辛弃疾才想得出。南宋后期词人陈人杰很欣赏这首词，他的《沁园春·浙江观澜》说："若到夜深，更和月看，组练分明十万兵。尤奇特，有稼轩一曲，真野狐精。"陈人杰说稼轩词"奇特"，就是指这几句想象的奇特。

　　稼轩是行伍出身，而潘阆是个文人、隐士，所以潘阆用纪实的手法来描绘江潮的实景。而辛弃疾有着军旅生活的经历，所以，常常自觉不自觉地将普通物象与军事活动联系在一起，将自我特有的军人意识投射到意象的创造上。意象的选择与创造，能体现诗人词人的创作风格。稼轩是军人，是英雄，所以，他创造的意象，有好多是军事化的意象，这在唐宋词史上是独一无二的。连娇美艳丽的牡丹，在他笔下也变成春秋时代杰出军事家孙武训练的吴宫女兵。他的《念奴娇·赋白牡丹和范廓之韵》就说："对花何似，似吴宫初教，翠围红阵。"《鹧鸪天·赋牡丹》又说："愁红惨绿今宵看，却似吴宫教阵图。"稼轩词的这个特点，刘扬忠先生的《辛弃疾词心探微》有深入分析，可以参看。

　　"朝又暮"，写潮水持续的长久。从早上到黄昏，战鼓阵阵，如同千军万马，鏖战不休。"诮惯得、吴儿不怕蛟龙怒"的"诮"，有的版本作"悄"，意思相同，都是副词，完全、简直的意思。吴儿不怕蛟龙，有战天斗地的勇气，在汹涌的波涛之中如履平地。辛弃疾对他们投以惊叹敬佩的眼光。他们挥舞着红旗，时而在浪尖中如跳鱼直上，又像是水上芭蕾，在浪涛中翻舞。"看红旆惊飞，跳鱼直上，蹙踏浪花舞"三句，如电影画面，色彩鲜明，形象生动。这镜头与潘阆词近似，但更富于造型感、立体感和动态感。潘阆的"手卷红旗旗不湿"，惊叹的是弄潮儿在波涛翻滚中能使红旗不被潮水沾湿，表明弄潮儿的水性特别好。辛弃疾的"红旆惊飞"，红旗上下翻飞，着力表现弄潮儿的力量和勇气。

上片写观潮，下片就"上叶丞相"着笔，写观潮后的人生感慨。相比较而言，辛弃疾的这首词比潘阆词的意蕴要丰富深厚得多，包容量大得多，含容了他对历史和人生的思考和感慨。潘阆只说江潮的奇与美，情感与思想的容量不大。看此词下片，"凭谁问，万里长鲸吞吐"，潮水仿佛是长鲸吞吐出来的，汹涌异常。"人间儿戏千弩"，传说吴越王钱镠曾筑堤防潮水，总是被昼夜的潮水冲垮，于是派几百名勇士用箭射击潮头，想抵挡住汹涌的潮水。辛弃疾觉得这如同人间儿戏。潮水是自然力，人力怎能控制得了？试图用弓箭阻挡击退潮水，简直就是儿戏。

"滔天力倦知何事，白马素车东去"，潮水来的时候如"长鲸吞吐"，潮退的时候如"白马素车东去"。为什么说潮落的时候像"白马素车东去"？"白马素车"，原是吊丧的人用的，常常被用作悼念人的逝世。不过，这里是用汉代枚乘《七发》中的语典。《七发》写曲江的波涛是"其少进也，浩浩澄澄，如素车白马帷盖之张"，同时也暗含了伍子胥的故事。传说伍子胥自杀以后，时常有人见到他乘素车白马立在潮头之中。"人道是、属镂怨愤终千古"，正面说伍子胥。当年吴王夫差不听伍子胥的建议，接受了越王勾践的假降。后来吴王夫差赐属镂剑让伍子胥自刎。传说伍子胥死后冤魂不散，化成海潮。海潮之所以千年以来始终不断，就是因为忠心耿耿的伍子胥被残酷杀害而激怒海潮。这明面上写伍子胥，暗中寄寓对叶衡像伍子胥一样忠君爱国却得不到君王理解的同情。"功名自误"应该是个疑问句，最好打个问号，伍子胥自刎是因为伍子胥好功名吗？是因为过分追求功名而被逼自杀吗？很明显，辛弃疾在这里是否定的。"谩教得陶朱，五湖西子，一舸弄烟雨"。陶朱，就是范蠡。传说范蠡功成身退之后去经商，成了大富翁，带着西施做了江湖隐士。稼轩的意思是说，像范蠡这样的大功臣，结局又如何呢？最终还是去"一舸弄烟雨"，做了隐士。词人有不平，有怨愤，同时也是劝慰叶衡，不要在意政治上的升沉得失。

这首词，上下片之间既有衔接，又宕得开，这叫不即不离，写观潮而不局限于观潮，超越了观潮。下片写对人生、历史的感慨，仍然是紧扣潮水来写。跟潘阆词做比较，潘词只是纯粹写景，写观潮；而辛弃疾不是单纯写景，还通过描写观潮，表达他的人生感慨，也寄托对叶衡被无辜罢相的同情和劝慰。感慨深沉，意境阔大而深远。对观潮的描写，也充分体现出辛弃疾的军人性格。王国维曾说："以我观物，物皆着我之色彩。"辛弃疾以军人的眼光看潮水，潮水也打上词人强烈的主观色彩。这样的意象、这样的场景也只有辛弃疾这样的军人才能创造出来。要把握词人的艺术个性，首先要了解他的人格个性。这首词很能体现辛弃疾的英雄性格。

　　欣赏了气势磅礴的潮水词，再来领略瀑布词。唐宋诗里写瀑布的比较多，唐宋词写瀑布的却比较少。这首词不算太好，但我们可以借此感受宋代词人笔下的瀑布。下面这首《江城子》，是南宋第一任宰相李纲写的：

　　　　琉璃滑处玉花飞。溅珠玑。喷霏微。谁遣银河，一派九天垂。昨夜白虹来涧饮，留不去，许多时。　　　幽人独坐石嵚崎。赏清奇。濯涟漪。不怕深沉，潭底有蛟螭。鸿洞但闻金石奏，猿鸟乐，共忘归。

　　这首词没有说明是哪里的瀑布，读者不妨根据自己所见过的瀑布来作类比和联想。"琉璃滑处玉花飞"的"琉璃滑"，明显是从欧阳修词里借过来的。不过这里的"琉璃滑"，是形容瀑布的质感，透明又流动。玉花，写飞溅的水花，也有色泽、质感和动感。"溅珠玑。喷霏微"，激起的水花像"珠玑"。"飞""溅""喷"三字总写瀑布，意思都差不多，有点浪费笔墨，就像苏轼曾经批评秦观用十三个字来写"骑马楼前过"一样，用字不够精练。而温庭筠《菩萨蛮》"鬓云欲度香腮雪"七个字就画出一幅美人图，写出了女主人公辗转反侧的情态。

　　"谁遣银河，一派九天垂。"也不新鲜，有了李白的诗，就觉得这句词缺乏创意。"昨夜白虹来涧饮"，想象倒是蛮新鲜。古人认为虹能入溪中饮水。北宋沈括《梦溪笔谈》说："世传虹能入溪涧饮水，信然。"大概是虹常常跨在水面上的缘故吧。元代乔吉的《双调·水仙子·重观瀑布》也写过类似的情景："天机织罢月梭闲，石壁高垂雪练寒。冰丝带雨悬霄汉，几千年晒未干。露华凉人怯衣单。似白虹饮涧，玉龙下山，晴雪飞滩。"

下片写他的感受。"幽人独坐石嵚崎"的"嵚崎"，指石头的奇形怪状。坐在怪石上，欣赏着山形和水态，跟辛弃疾"醉扶怪石看飞泉"差不多。"不怕深沉，潭底有蛟螭"，别有寓意，包含着人生感慨。作者为大自然的状秀美丽所吸引，与自然融为一体，不怕深水里有蛟龙出来作怪。隐喻忘怀物我，回归大自然，再不怕官场上的勾心斗角了。李纲在南宋初只做了七十多天的宰相，就被排挤下来，在官场上是几起几落。也许这首词是罢官闲居时写的。"鸿洞但闻金石奏"的"鸿洞"，是辽阔无边的意思。"金石奏"，指大自然的声响，形容瀑布的声音。"猿鸟乐，共忘归"，与自然融为一体，类似于辛弃疾"我见青山多妩媚。料青山见我应如是"之意，写自己与大自然心神融合的感受。

潮水、瀑布，以飞动为胜，湖水多以宁静为美。我们就来欣赏一首宁静优美的湖水词。且看欧阳修的《采桑子》：

　　　轻舟短棹西湖好，绿水逶迤。芳草长堤。隐隐笙歌
　　处处随。　　无风水面琉璃滑，不觉船移。微动涟漪。
　　惊起沙禽掠岸飞。

　　这首词写的西湖，不是杭州的西湖，而是颍州的西湖。颍州是现在的安徽阜阳。欧阳修对颍州西湖情有独钟，他晚年退休后居住在此，并终老于斯。欧阳修的故乡是江西永丰，但他出生于四川绵阳，卒于安徽阜阳，一生几乎没在故乡江西待过。

　　欧阳修一口气写了十首《采桑子》词来赞美颍州西湖，每首词都以"西湖好"开头。这首词写得轻盈、欢快。如果说上述稼轩的词像一首高昂雄壮的进行曲，那么欧阳修此词就像一首宁静优美的小夜曲。我们能够体验到词人那种惬意放松的心境。

　　他驾一叶轻舟，与二三好友，在西湖上遨游。湖里是绿水悠悠。"逶迤"，本来是漫长曲折的意思，这里指水悠悠流淌。往湖边望去，但见湖岸长满芳草，一片葱茏，极目四顾，到处充满了诗意。更有"隐隐笙歌处处随"。"笙歌"，是岸上游人演奏的笙歌，也可以理解为是船上在奏乐唱歌。湖上游人，跟他一样，充满着喜悦与轻松。我们可以联想到他在《醉翁亭记》里写的"与民同乐"。有人认为，这首词他是在颍州做太守时写的，当时社会稳定，所以太守和百姓同乐。"无风水面琉璃滑，不觉船移"，一派静谧。湖面上一点风儿都没有，船就像在玻璃上滑动一样，感觉不到船行，只见涟漪微动。人们的欢歌笑语声，"惊起沙禽掠岸飞"。看起来很热闹，"笙歌处处随"，"惊起沙禽掠岸飞"，实际上景致是非常静谧的，诗人心态也是宁静的。这首词没有一句是直接言情，但景物中已经透露出词人轻松欢快的情绪，又极富画面感。

再看张孝祥的名作《念奴娇·过洞庭》：

> 洞庭青草，近中秋、更无一点风色。玉鉴琼田三万
> 顷，着我扁舟一叶。素月分辉，明河共影，表里俱澄
> 澈。悠然心会，妙处难与君说。　　应念岭海经年，孤
> 光自照，肝肺皆冰雪。短发萧骚襟袖冷，稳泛沧浪空
> 阔。尽吸西江，细斟北斗，万象为宾客。扣舷独啸，不
> 知今夕何夕。

张孝祥才华横溢，跟苏轼一样是天才型的人物，诗词和书法
都学苏轼，大得苏轼的风神。这首词是孝宗乾道二年（1166）写
的，张孝祥年方 34 岁。头一年，他在广西桂林任静江知府兼广
南西路安抚使，可谓少年得志。但仅仅只做了一年的安抚使，就
落职罢官。北上返乡，经过洞庭湖，时近中秋，写下这首词。
刚刚罢官，心里不免郁闷，有些不服气，这种心情在词中有所
流露。

"洞庭青草"的"青草"，指青草湖。宋代洞庭湖和青草湖相
通相连。"近中秋，更无一点风色。"快到中秋时分，湖面非常宁
静，像是"三万顷"的"玉鉴琼田"。置身其中，仿佛不在尘世，
而是在冰清玉洁的世界里。"着我扁舟一叶"，是以大衬小的写
法，如杜甫的《登岳阳楼》"吴楚东南坼，乾坤日夜浮。亲朋无

一字，老病有孤舟。"在无边无际的洞庭湖上，只有一叶扁舟在飘荡，想想看，这叶扁舟该是多么孤单。张孝祥这句词构思虽然与老杜诗有异曲同工之妙，但心情不太一样，张孝祥这时候不像老杜那样悲伤。

"素月分辉，明河共影，表里俱澄澈。"这境界，跟范仲淹《岳阳楼记》里写的"长烟一空，皓月千里，浮光跃金，静影沉璧"有些近似。月光和银河倒映在湖水里，湖面和水中都澄澈透亮。天空中的月亮、月光、银河与湖水里月亮、银河的倒影浑然一体。从天上到湖里，上上下下、里里外外都是一个"澄澈"透明洁净的世界。"悠然心会，妙处难与君说"的"妙处"，需要我们去体会。这里有对自然美景的赞叹，更有天人合一、忘怀物我、心境与物景契合的超然感受。

"应念岭海经年"的"岭海"，指"岭外"，广西桂林在岭外。他在广西做了一年多的官，所以说"经年"。"孤光自照，肝肺皆冰雪"，一如王昌龄的"洛阳亲友如相问，一片冰心在玉壶"。词人扪心自问，心底透明，自己没有做什么有悖于道德和有违良心之事，天地可鉴。无罪而被人弹劾罢官，心中不快，但词人不是直接地宣泄苦闷，而是用自我表白的方式间接表达出不满的情绪。"萧骚"，形容头发稀疏，像杜甫的"白头搔更短"。"襟袖冷"，晚上在湖面上泛舟，时间长了感觉有点冷，暗示游湖的时间进程。

"稳泛沧浪空阔"，写在万顷湖光中徜徉，心境为之开阔。

"沧浪"，暗用屈原《渔父》的"沧浪之水清兮，可以濯吾缨"句意，有"世人皆醉我独醒"的兴味。过片五句写自我人格心境，以下转写豪兴。用北斗星来做酒杯，把西江当作酒饮，更有"万象为宾客"，人间万物来陪侍。想象奇特，气度非凡，富有浪漫精神。李白《陪侍郎叔游洞庭醉后》诗说："划却君山好，平铺湘水流。巴陵无限酒，醉杀洞庭秋。"想象也奇特，但气势与境界似乎不如张孝祥的"尽吸西江，细斟北斗，万象为宾客"。词人在大自然中，忘怀物我，忘怀尘世，也忘怀了时间进程，整个心灵与大自然融为一体，获得了精神的解放、灵魂的超脱。心里的郁闷不仅荡然无存，而且激发起俯视人寰的豪迈气概。所以"扣舷独啸，不知今夕何夕"。"扣舷独啸"，尽显自信与傲然，世事虽无奈，然世事奈我何。

全词紧扣水与月来构思，跟苏轼的《前赤壁赋》相近。虽然不像张若虚《春江花月夜》那样绚丽多彩、美轮美奂，但通体透明，主体的精神世界与词中构建的冰清玉洁的自然境界相互映射，水乳交融，不仅展现了自然美，也表现了人格美。

以上几首词都是写水的，写潮水、瀑布、湖水，下面再看两首写山的。唐宋词人写山，要数辛弃疾写得最好、最有特色。且看他的《玉楼春·戏赋云山》：

何人半夜推山去。四面浮云猜是汝。常时相对两三峰，走遍溪头无觅处。　　西风瞥起云横度。忽见东南天一柱。老僧拍手笑相夸，且喜青山依旧住。

这首词用调侃戏谑的笔法来写云山，很有幽默感。"何人半夜推山去"，一开始有点故弄玄虚，制造悬念，像是变魔术，原来一直耸立在这儿的山，半夜里被谁推走了？"四面浮云猜是汝"，莫不是四面的浮云把它笼罩住了吧？用个"猜"字，就加强了戏剧性和幽默感，真真假假，虚虚实实的。这两句写山被云遮，意思本来很简单，但如果直说四面云雾笼罩着山峰，就没有什么诗意了。将平凡的景物戏剧化，将静态的山峰动态化，写来就别有兴味。

开篇两句明白如话，其实是用《庄子·大宗师》里面的典故："藏舟于壑，藏山于泽，谓之固矣。然而夜半有力者负之而走，昧者不知也。"字面则来自黄庭坚《次东坡壶中九华》诗句："夜半有人持山去，顿觉浮风暖翠空。"辛词语言既生动灵活，又字字有来历，表面浅显，实则内蕴深沉。"常时相对两三峰"，说平时常常面对的那两三座山峰，如今"走遍溪头"也没见到。进一步写足浮云未散，仍然遮蔽着山峰。

上片写云雾罩山，下片写云去山现。突然一阵西风吹来，云雾慢慢飘走了。"忽见东南天一柱"的"见"，跟陶渊明"采菊东篱下，悠然见南山"的"见"一样，读"现"。"见"是主动、有意识的；"现"，则有不知不觉、偶然相遇的意思。这样兴味就更浓厚。结尾两句是开玩笑，加强戏剧效果："老僧拍手笑相夸，且喜青山依旧住。""老僧"本是修炼到波澜不惊的，何况这司空见惯的云山呢？连老僧都高兴得直拍手，那一般人不是更加兴高采烈了么？用"老僧"反衬内心的喜悦，有一种童心似的喜悦。稼轩很富有童心、童趣。词题是"戏赋云山"，全词都在"戏"上用功夫。全词最妙的是"老僧拍手笑相夸"一句，想必辛弃疾对这句也很得意，把很普通的日常景象写得富有戏剧性，极具喜剧效果。

下面这首《沁园春·灵山斋庵赋时筑偃湖未成》，也是稼轩的名作：

> 叠嶂西驰，万马回旋，众山欲东。正惊湍直下，跳珠倒溅，小桥横截，缺月初弓。老合投闲，天教多事，检校长身十万松。吾庐小，在龙蛇影外，风雨声中。　争先见面重重。看爽气朝来三数峰。似谢家子弟，衣冠磊落，相如庭户，车骑雍容。我觉其间，雄深雅健，如对文章太史公。新堤路，问偃湖何日，烟水濛濛。

灵山，是辛弃疾在江西上饶居住的地方。"斋庵"指茅屋，是他小憩之处，想开一个人工湖，还没有完工，故说"时筑偃湖未成"。开篇"叠嶂西驰，万马回旋，众山欲东"，把原本是一种静态的山，赋予其强烈的动感和奔腾流走的气势。山势跌宕起伏，如万马回旋，忽东忽西。把山峰想象成奔腾的战马，只有辛弃疾这样行伍出身的军人才想得到。看什么都能想象成军事意象，是辛弃疾独特的思维方式。这三句写山的气势与动感，在唐宋词中是独一无二的。他还有一首《菩萨蛮·赏心亭为叶丞相赋》也写道："青山欲共高人语，联翩万马来无数。"

起拍三句写山。山有水，才有灵气，所谓"仁者乐山，智者乐水"。故下面写水："正惊湍直下，跳珠倒溅；小桥横截，缺月初弓。"把柔软的水也写得活灵活现，富有气势和力度。溪上有座小桥，小桥像弯弯的上弦月和刚拉开的弓箭。"惊湍直下，跳珠倒溅，小桥横截，缺月初弓"四句，交错对仗，叫扇面对，也就是"惊湍直下"对"小桥横截"，"跳珠倒溅"与"缺月初弓"对。这里的山、水、桥，都极富造型感、立体感、画面感。如今只有用电影镜头才能鲜活地呈现出来，而稼轩却用语言文字表现得如此生动，所谓"才人伎俩，真不可测"。

"老合投闲"的"合"，是应该的意思。人老了，应该退休享清福了。其实是反话，辛弃疾贬官是被迫无奈。英雄辛弃疾，哪里甘心退休闲居呢？人老了，本应该清闲不管事，可老天爷又多事，让我来视察"检校长身十万松"。他把十万棵松树，想象成一排排等待检阅的战士，这又是他别出心裁的想象。"吾庐小，在龙蛇影外，风雨声中"。"吾庐"，指灵山的小茅屋，也就是词题中的"斋庵"。"吾庐"虽小，却可以容纳、观览周边的景致。"龙蛇"是指松树，"风雨声"，指松涛声。宋人有《咏松》诗说：
"影摇千尺龙蛇动，声撼半天风雨寒。"晚上躺在小屋里，可以看
到松树龙蛇般的影子，听到松涛声、风雨声。既有视觉的感知，
也有听觉的享受，令人陶醉。晚上有龙蛇之影可观，有松涛之声
可听，清晨起来又有三数峰迎候。"争先见面重重。看爽气朝来三
数峰"。早上起来，不是"我见青山多妩媚"，而是青山见我非常
友好。"三数峰"争先恐后地来看我，跟我聊天。大自然在稼轩笔
下，总是那么富有亲和力。

　　"似谢家子弟，衣冠磊落"，说松树像谢家子弟，衣冠楚楚。
东晋谢家，指谢安为代表的谢氏家族，也就是刘禹锡写的"旧时
王谢堂前燕，飞入寻常百姓家"的那个谢家。谢家子弟都很讲究
仪表，故说"衣冠磊落"，松树像谢家子弟长得很帅，穿得很酷。
这个比喻新鲜有个性。一般是把人比成花、比成树，这里倒过来
把松树比作人，就像李白的"云想衣裳花想容"一样，说花也想
能跟杨贵妃一样丰美。

　　西汉司马相如文名很盛，来看望拜访他的人都是有身份的高
雅之士，门外停的车子也都雍容华贵，故说"相如庭户，车骑雍
容"，用来形容松树，也是别出心裁。"雄深雅健"，本来是韩愈
评价司马迁的文章有气势，辛弃疾却用来形容松树有气度，有
力量，有内涵，想象奇特。最后一句点题中"偃湖未成"："新堤
路，问偃湖何日，烟水濛濛。"意思是什么时候偃湖可以修好，

走在湖堤路上，望着濛濛烟水，定然赏心悦目。

稼轩写山写水有力度、有气势。他笔下的山水，既是真山真水，又是英雄心目中的山水、英雄人格化的山水。

咏物：
自是花中第一流

咏物词，要求形神兼备，若即若离，既要逼真绘出物的外
在形态，又要传达物的内在精神。词人笔下，杨花如困酣
娇眼的思妇，蔷薇多情似牵衣待话的少女，梅花则是骨中
香彻的高人。双燕亲昵，孤雁清高，风神各异。

　　咏物词，是词中一个独特的审美类型。跟咏物诗一样，咏物词也有独特的审美要求。这就是形神兼备，不即不离，或说若即若离。

　　所谓形神兼备，是既要写出所咏之物的外在形态特征，还要写出物的内在精神。客观的景物，当然没有精神，这个精神往往是创作主体赋予的，或者是把自己的人格精神、人生体验投射到物上。客观之物有形又有神，形神兼备，这样才是好的咏物词。如果仅仅是把对象物的外在形象写得非常生动逼真，而没有内在的精神生命，这样也不是好的咏物词。

　　所谓不即不离，就是构思不能仅限于对象物，而要放得开，由此及彼，要超越对象物，但又不能离得太远，有放有收，似断实连，若即若离。苏轼曾说："论画以形似，见与儿童邻。赋诗必此诗，定知非诗人。"意思是，如果评价一幅画，仅仅是看它画得像不像，那跟儿童的见识差不多。写诗也是同样的道理，所谓"诗画本一律"。如果写诗只局限于题目，局限于对象物，而放不开，肯定不是好诗人，比如，写月亮只就月亮着笔，写雪只说雪，而不涉及别的人和事，就一定不是好的咏月诗、咏雪诗。

写诗写词，特别是咏物词，要展开想象，由有限引向无限，由眼前的实景引向无限的虚景，虚实结合，才能写出优秀的作品。

先欣赏苏轼的《水龙吟·次韵章质夫杨花词》。这是一首次韵词，原唱的作者章质夫，名楶（读 jié），字质夫。要知东坡词的妙处，先须熟悉章楶的原作《水龙吟》：

> 燕忙莺懒芳残，正堤上、柳花飘坠。轻飞乱舞，点画青林，全无才思。闲趁游丝，静临深院，日长门闭。傍珠帘散漫，垂垂欲下，依前被风扶起。　　兰帐玉人睡觉，怪春衣、雪沾琼缀，绣床旋满，香球无数，才圆却碎。时见蜂儿，仰粘轻粉，鱼吞池水。望章台路杳，金鞍游荡，有盈盈泪。

词咏柳花，柳花即杨花。柳花的外在形象并不引人注目，词人怎样来描写柳花、凸显柳花的审美特征呢？注意动态表现，不是静态来写柳花外在的特征，而是写不同环境中、不同时空里柳花的形态。开篇用衬托法，"燕忙莺懒芳残"，既是烘托环境，又点明季节。如果说"正是暮春时分，江堤上柳花飘坠"，也说得过去，表达的意思差不多。但用燕忙、莺懒、芳残三个并列组合的意象，就形象地烘托出春天的热闹、春天的蓬勃生机，也暗示春光即将流逝。

写诗词，不能把要表达的意思直接说出来，而要通过形象来

表现，这是写作时必须注意的。前面讲过苏轼《定风波》中的
"莫听穿林打叶声"，如果换成"莫听刮风下雨声"，意思也差不
多，但形象性不足。刮风下雨，只是说明一个事实，而"穿林打
叶"，就写出了雨点滴落时的运动状态，而且写出了声响，还暗
示了下雨的环境，有树林，有色彩。"穿林打叶"比刮风下雨的
含义要丰富得多。同时，写诗词，要注意用字的变化，尽可能不
用重复的字。这个"芳残"，有的版本作"花残"，其实"芳"跟
"花"，这里是一样的意思。后面特指柳花，前面泛指春花，但连
用两个"花"字就不太好，所以前面用"芳残"。词咏柳花，字
面上出现柳花，这是早期咏物词的特点，到后来，随着咏物词的
发展，用字越来越讲究、越来越精致，特别强调字面上不能出
现所咏之物的字眼。咏柳、咏花，字面上一般不允许出现柳字、
花字。早期的咏物词，还没这些讲究。宋代诗歌中有所谓"白
战体"，就特别强调咏物不能使用所咏之物的字面，咏雪禁用雪
字，咏月禁用月字，而且还禁止使用那些经常用来描写其外形的
字词，例如写雪时不许用玉、月、梅、练、絮、白、舞、鹅、银
等字。

　　"轻飞乱舞，点画青林，全无才思"，是写林中的落花。因为
是写落花，所以随风飘荡，"轻飞乱舞"。柳花很轻盈，被风裹挟
着到处飘荡，点缀着青青的树林。"全无才思"，用韩愈《晚春》
诗的"杨花榆荚无才思"，说柳花没有情感，没有主见，被人裹
挟着。这可以理解成是一种象喻。但象征比喻什么？各人可以有

不同的理解。

"闲趁游丝，静临深院，日长门闭"，前面写柳花在树林里飘荡，点缀着青林，让它更富春天的气息，其次写它趁着游丝，追寻到一家深院。就环境而言，先写堤上、林中的柳絮，次写深院的柳絮。描写的视野随着柳絮的飘荡，由室外引向深院，过渡十分巧妙。深院里日长门闭，环境静谧，柳絮仿佛想要探个究竟。这表面上看不出拟人的写法，但作者暗地里已经把它当作一个有才有思的人来写了。柳絮"静临深院"后，是怎样的情态，又看到了什么？"傍珠帘散漫，垂垂欲下"，轻扬的柳絮黏附在珠帘上，随时像要掉落的样子。"散漫"这个词，形容柳花的情态很准确。因为柳花被风吹到门帘上，散乱地粘在那里，似粘非粘的。

下片从帘外转到室内。转折巧妙，由柳絮沾帘，仿佛想偷窥帘内的佳人，很自然地过渡到写人。上片以柳花为主，下片以人为主，描写的视角发生了变化。上片是正面写柳花，侧面写环境、写人。下片是正面写人，侧面写柳花。这就是不即不离，若即若离。"兰帐玉人睡觉，怪春衣、雪沾琼缀，绣床旋满，香球无数"，是从珠帘往里看。上片不是说"日长门闭"吗？"门闭"是为下文理下伏笔。原来屋中的佳人刚刚睡醒，这就呼应上片的"门闭"。玉人起来一看，哇！衣服上到处都沾满了柳花，绣床上堆满了柳花。雪、琼形容柳花的颜色，香球形容柳花的形状。

此词结构严谨，笔法绵密，上片说柳花飘到门外就被挂在珠帘上，不一会又"依前被风吹起"。被风吹到哪儿去了？吹到室内的衣上和床上。"才圆却碎"，暗示玉人心事重重，睡不安稳，在床上辗转反侧，把香球般的柳花给压碎了。"时见蜂儿，仰粘轻粉，鱼吞池水。"又由室内转向户外，可以想象是玉人起来站在窗前所见。蜜蜂不是采花吗？蜜蜂就粘着这"轻粉"般的柳花。小池里，游鱼在吞食着花絮。正面写蜜蜂、写池鱼，仍是在写柳花，不即不离。

"望章台路杳，金鞍游荡，有盈盈泪"。由"见"而"望"，词境转折的脉络清晰。玉人站在窗前，见到成群的蜜蜂、成群的池鱼，引发了孤寂，生发出对心上人的思念，于是就翘首"望"。"章台"，是汉代的街名，后来泛指游乐场所。冯延巳《蝶恋花》就有"楼高不见章台路"的词句。玉人的心上人，正在章台街里骑着宝马游荡，所以她在"望"，期待他回来，玉郎没回，望而不见，于是玉人"有盈盈泪"。这结尾写人，跟柳花有何关系？也许在她的心目中，柳花是自由自在的，它可以随意到林中飞舞，可以穿过珠户，而玉人只能关闭在深闺绣户里。人孤独封闭，而柳花自由自在，二者形成反衬、对比，更加深了玉人内心的寂寞，于是"有盈盈泪"。

一般咏物诗词，常常会写到人。这有两种情况，一种是咏物里不出现人，而是赋予对象物以情感；一种是把人跟物进行对比映照。唐宋词里，写物有三种方式，我把它概括为三种模式：一种是人站在物外来观察对象物，像柳永的咏物词、欧阳修的咏物词，都是直接写物的外观形态。词人纯粹是观照的主体，如同照相，把对象物当作一个纯客观的东西来观照它。第二种是人与物双向交流，人物合写。第三种是人进入物内观照，人物一体，对相物里头融入了词人的主观精神、心态情感。宋代咏物词，大概不超出这三种形态，或者称为三种范式。章质夫这首咏物词，属于人与物双向交流模式。

就写杨花而言，章质夫的词已经写得非常巧妙了。魏庆之《诗人玉屑》就说他"曲尽杨花妙处"。然而，很多人认为苏轼的和词超越了原唱。次韵之作，原本是受限制的，因为它的韵脚字必须跟原唱一模一样，次序都不能变化。有人说，写诗要押韵，如同戴着脚镣跳舞，那么，次韵更像是戴着脚镣手铐跳舞。但是，高超的词人往往无惧脚镣手铐，在严格的游戏规则之下能够随心所欲地创作。

苏轼从哪些方面超越了原唱呢？再来看东坡的次韵词：

> 似花还似非花，也无人惜从教坠。抛家傍路，思量却是，无情有思。萦损柔肠，困酣娇眼，欲开还闭。梦随风万里，寻郎去处，又还被莺呼起。　　不恨此花飞尽，恨西园、落红难缀。晓来雨过，遗踪何在，一池萍碎。春色三分，二分尘土，一分流水。细看来、不是杨花，点点是离人泪。

诵读这首词，第二句的"惜"字，要稍做停顿，因为意群有变化，所以有人在"惜"字后打个顿号。结句，有两种断句方式，一是"细看来、不是杨花，点点是离人泪"，一是"细看来不是，杨花点点，是离人泪"。后一种是按照词谱的格式来标点的，前一种是按照词意来标点的。

"似花还似非花"，开篇给杨花定性，概括出杨花的特点。说它"似花"，因为它在春天里开放，也被称为花，所以说像花。那"还似非花"呢？它色淡无香又无形，不像其他的春花那样有着绚丽的外形、有着鲜艳的颜色，所以又不像花。正因为它有花的名称而又不是花，所以无人怜惜，任凭它凋零坠落。这就写出了杨花的命运，投注了主体怜惜的情感。下文就从"坠"字着眼，写落花。章质夫的原唱是写落花，东坡词也是写落花。杨花飘落在什么地方？"抛家傍路，思量却是，无情有思"。章楶原唱说它"全无才思"，而在苏轼看来，杨花虽然不像人那样多愁善感，但也还是有生命的，离开了枝头离开了家，免不了思念。这是把杨花当作抛家离别的少妇来写。"抛家傍路"，好像被人抛弃，被人遗弃在路边，想来似乎它还是有情愫的。"萦损柔肠，困酣娇眼，欲开还闭"，进一步展开想象，字面上一笔双关，既没有离开花的形象，又开始写人了。这又体现出咏物词的若即若离。作者把杨花想象成一位女子、一位多娇多媚而内心寂寞无聊的女子。这玉人仿佛在睡觉，因为晚上辗转反侧，一夜失眠，所以睡眼蒙眬，"欲开还闭"。因为杨花很柔软，被风吹成一团，好像是柔肠寸断，所以说是"萦损柔肠"。虽是写人之情，但没有离开杨花的外形特征。"困酣娇眼"是写杨花似枯未枯的时候，花瓣还没有完全粘合拢，就像女子的眼睛。这构思的确非常巧妙。

上面是实写，从咏物来讲，写的是物的外在特征，但又是借助女性的生命来写杨花的外在特征。下面是虚写。为什么"困酣娇眼"呢？原来是"梦随风万里，寻郎去处"。她在梦中到万里之外追寻她的爱人。唐代岑参有《春梦》诗说："洞房昨夜春风起，故人尚隔湘江水。枕上片时春梦中，行尽江南数千里。"这里暗用岑参诗意，同时又化用了晚唐金昌绪《春怨》诗意："打起黄莺儿，莫教枝上啼。啼时惊妾梦，不得到辽西。"东坡化用得很巧妙，不露痕迹。正在做梦呢，忽然被黄莺吵醒了，梦中醒来，睡眼不是"欲开还闭"么？梦是虚写。写梦，好像跟杨花没什么关系，实际上，还是没有离开杨花。因为杨花被风刮得到处飘荡。不过，在东坡笔下，杨花好像不是被风吹着飘荡，而是有意去寻找她的情郎。这比章质夫原唱的写实更巧妙、更富有韵味。

上片写了落花，下片再如何写？写寻花、追花。上片写杨花飘零，"抛家傍路"，由路旁的杨花而展开想象，它像深闺久别的少妇。下片就写寻花，花到哪去了？"不恨此花飞尽，恨西园、落红难缀"，这又呼应上文的"也无人惜"。暮春时分，杨花飞尽，人们不感到遗憾。"恨"，遗憾的意思。人们"恨"的是什么？是西园其他的"落红难缀"。这是用反衬。别人"不恨此花飞尽"，而我恨"此花飞尽"，于是就追寻落花。"晓来雨过，遗踪何在？

一池萍碎"，昨夜一场风雨，把杨花吹打得七零八落，地上已见
不着杨花了。试问还有花的踪迹么？原来杨花变成了池中浮萍。
苏轼在"一池萍碎"句后自己加了注释，说"杨花落水为浮萍，
验之信然"。人们说杨花掉到水里会变成浮萍，到水池里一看，
果真如此。其实这没有科学道理，但苏轼认为是真的。实际上，
我们并不把词中所写的当作科学，把词当作科普读物。作为文学
艺术，苏轼这么写，艺术想象还是蛮新鲜的。"一池萍碎"，具有
画面感、色彩感。

　　"春色三分，二分尘土，一分流水"，进一步写杨花的踪迹。
这三句写春色，好像又离开杨花了，其实，花就代表着春色、象
征着春色，杨花就代表春天。杨花飞尽了，春色就没有了。如果
再把这春色、把花分成三等分的话，两分入了尘土，一分入了流
水。这种句式，好像是受到叶清臣词的影响。叶清臣比东坡年长
一些，他的《贺圣朝》词说："三分春色二分愁，更一分风雨。"
东坡的句式、构思，与叶词颇为相似。杨花虽然不见了，但它的
生命又化成另外一种形态。无中生有，亏他想得出来。杨花是没
有了，但尘土当中还融化着杨花，还残留着杨花，所以紧接着说
"细看来、不是杨花，点点是离人泪"。仔细一看，不是点点杨
花，而是人的泪水化成的。"不是杨花"，又呼应了前文的"似花
还似非花"。首尾呼应，结构是多么严密。说泥土中的杨花不是
花，而是离人的眼泪变成，就把人跟杨花有机地紧密地结合在一
起了。

这首词典型地体现了咏物词的审美理想：形神兼备。全词既写了杨花的形，又写了杨花的神，赋予杨花以人的生命、人的情感。有时写杨花，又好像是写人，写思妇，这就是若即若离。他写杨花，又不限于杨花，这就是不即不离。所以，苏轼这首词大受后人的赞美。

据今人考证，这首词是苏轼贬谪黄州的第二年，即元丰三年（1081）写的。他到黄州的第二年，章质夫写了一封信来安慰他，提醒他应该多多保重，同时附上这首词。苏轼当时是因为写诗惹的祸，酿成乌台诗案，所以不敢轻易写诗，他就写了这首和词给章质夫。那么，这首词里有没有苏轼的寄托呢？也就是说，这杨花的命运，如"抛家傍路"，是否包含有苏轼对自我贬谪的感叹呢？这很难说。可能有，也可能没有。我们可以从这方面去联想理解，但不可坐实，不能说苏轼在杨花里就一定包含有他自身对贬谪的感受。

读过两首杨花词，我们再来看周邦彦的名作《六丑·蔷薇谢后作》。这蔷薇是带刺的玫瑰。周邦彦很擅长写咏物词，南宋人写咏物词，受周邦彦的影响比受苏轼的影响要大。

这首词还有故事呢。古代的名词名作，大多有故事。与作品有关的故事，能促进作品的传播。现在歌坛上有人为了出名，促销唱片，故意制造绯闻，引起媒体的关注，引起听众的关注。古代有时差不多，但古代不是词人自己去编造故事，而是好事者编故事。周邦彦这首词的故事，是南宋末年周密《浩然斋雅谈》里记载的，故事编的就像现在的绯闻一样，真真假假，它的作用就在于引起读者的关注。所以，根据目前歌坛的风气推想古人的轶闻趣事，不必当真。有人很愤怒，说这些故事是诬蔑周邦彦，他的人格其实挺高尚的。我们可以用一种平常心理解编故事者的用心，他编造故事，无非是为了促进作品的传播。

且看这个故事是怎么讲的。"宣和中，李师师以能歌舞称"，李师师就是《水浒传》里写到的京师名妓、花魁李师师，她能歌善舞。当时周邦彦为太学生，"每游其家"，经常到她家里去玩。有天晚上，他在师师家，碰巧"值佑陵临幸"，谁来了呢？宋徽宗。他也是李师师家的常客。周邦彦无奈，只得"仓卒隐去"，躲藏起来。"既而赋小词，所谓'并刀如水，吴盐胜雪'者"，就是前面讲过的那首《少年游》。周邦彦躲在暗中，听到徽宗和师师两人在那里卿卿我我，李师师削橙子给宋徽宗吃，于是他就写了这首词，"盖纪此夕事也"。不久，师师"被宣唤"到宫廷里给徽宗唱词，于是唱了周邦彦这首词。徽宗"问谁所为"，师师回答说是周邦彦写的。"于是，遂与解褐"。皇帝一听乐了，词写得这么好，人才难得，于是破格提拔周邦彦，让他做官了，从此以后就飞黄腾达。

又过了不久，"朝廷赐酺，师师又歌《大酺》《六丑》二解"，在朝廷的宴会上，师师又歌唱了周邦彦写的《大酺》和《六丑》两首词。"上顾教坊使袁绹"，徽宗皇帝听后感到很新鲜，就找教坊使袁绹来问。宋词以女声歌唱为主，很少有男声歌唱家。这个袁绹，是当时很少见的一位男声歌唱家。靖康之难中他还活着，家产被籍没，送给了金人。徽宗问袁绹，这两首词谁写的呀？袁绹说：这是"起居舍人、新知潞州周邦彦作也"。其实周邦彦从来没有做过起居舍人，这是编故事的人瞎编的。徽宗又"问《六丑》之义"，大家都不知道是什么意思，于是"急召邦彦问之"。周邦彦回答说："此犯六调，皆声之美者，然绝难歌。"这是六个宫调里头最优美的唱段，把它集中一起，但非常难唱。"昔高阳氏有子六人，才而丑，故以比之。"传说高阳氏有六个儿子，都很有才气，但长得不好看，用来比附此词，故称作《六丑》。词调很难唱，而李师师却唱得让徽宗如醉如痴，可见李师师的歌唱水平相当了得。皇帝听了，大为高兴，就想让周邦彦留在京城，好随时写词来歌功颂德。徽宗让蔡京打听周邦彦的意向，谁知周邦彦不买账，对蔡京说："某老矣，颇悔少作。"言下之意是不想当弄臣，做吹鼓手。蔡京如实汇报，徽宗听后很生气，也就作罢。看来，周邦彦还是蛮有骨气的。

《六丑》词，艺术上写得很精美，深得后人的称赞。其实内容非常简单，只是说惜花，但周邦彦经过层层铺叙，把惜花之情写得委婉曲折。

> 正单衣试酒，怅客里、光阴虚掷。愿春暂留，春归
> 如过翼，一去无迹。为问花何在，夜来风雨，葬楚宫倾
> 国。钗钿堕处遗香泽。乱点桃蹊，轻翻柳陌。多情为谁

追惜。但蜂媒蝶使，时叩窗槅。　　东园岑寂，渐蒙笼暗碧。静绕珍丛底，成叹息。长条故惹行客。似牵衣待话，别情无极。残英小、强簪巾帻。终不似一朵、钗头颤袅，向人敧侧。漂流处、莫趁潮汐。恐断红、尚有相思字，何由见得。

　　这首押的是入声韵。词一开始便层层铺垫，不像苏轼《水龙吟》那样上来就写杨花。诗词的开头，有不同方式，香港大学中文系曾经主办过三次国际学术研讨会，专门探讨中国古典诗歌的开头与结尾，有会议论文集，可以参看。

　　"正单衣试酒，怅客里光阴虚掷"，宋代风俗，新酒刚刚煮熟时要试着品尝，时间一般在三四月份。所谓"单衣试酒"，是指春天刚要换季的时候，也就是暮春时分。春天里，没有好好享受一下春光，没有留意春光流去，稀里糊涂地春天就过去了，词人感到非常遗憾。词中特意点明是"客里"，就是流浪在外。流浪在外，本来就让人感伤，春光虚掷又是一层感伤。现在突然意识到春天过完了，那怎么弥补一下呢？于是就想着"愿春暂留"，可"春归如过翼，一去无迹"。清代周济说这三句是"千回百折，千锤百炼"。怎样理解这几句的"千回百折"？"愿春暂留"，不说让春天久留，而只说暂留，愿望很可怜。知道春天久留不住，只希望春天暂留一会儿。可是"春归如过翼"，像鸟一样飞走了，什么痕迹都没留下。"愿春暂留"的愿望落空了，春天的痕迹也找不到了，怎能不伤感？人们总是希望春长在、花长开，但这个时候，周邦彦已经不是少年，而是经历了人世的沧桑变化，对人生已经不抱太多的希望，只这么一点可怜的希望，却还没有满足。三句词，说了三层意思：希望春留，结果春去，而且去得无影无踪，层层递进。这就叫"千回百折"。希望春留，跟咏蔷薇花有什么关系？其实是希望花留。咏花，不能每一句都说花。春天"一去无迹"，花儿难道一点痕迹也没留下？惜花人不甘心，要去寻找。

"为问花何在，夜来风雨，葬楚宫倾国"的构思，有点像苏轼的杨花词"晓来雨过，遗踪何在"。昨夜一场风雨，埋葬了"楚宫倾国"。"楚宫倾国"，不是指地名，而是指花。"楚王好细腰，宫中多饿死"。这是用楚宫中的美女形容蔷薇花，又用汉代李延年"一顾倾人城，再顾倾人国"的诗意来比喻蔷薇花。一般是把人比作花，这里是用花来比人。作者不说风雨葬送了可怜的蔷薇，这样说就太直露、含意太简单，而说"葬楚宫倾国"，会让人产生很多联想，联想到历史上的薄命红颜、宫中佳人的种种悲剧命运，从而丰富词的审美内涵。

"钗钿堕处遗香泽"的"钗钿"，是女性的装饰品，这里形容花瓣。花瓣堕处，蔷薇花是看不到了，但香味还残留着。作者不直说花堕处，而说"钗钿堕处"，可以让我们联想到花凋谢前的缤纷热烈。唐宋词里，经常写到人们踏青游春时有"遗簪"的，前面讲过的柳永《木兰花慢》就说到帝城春游时节到处都"遗簪堕珥，珠翠纵横"。往日的热闹反衬出今日的落寞，由于"客里光阴虚掷"，春光明媚时节的热闹没赶上，现在只闻到一点香泽，该是多么遗憾！

"乱点桃蹊，轻翻柳陌"，写蔷薇的残花，在桃蹊柳陌上随风翻舞。这是写花落之前还是写眼前景呢？似是而非。苏轼说"也无人惜从教坠"，周词说"多情为谁追惜"，有谁来追惜、怜悯蔷薇花？"但"，只有的意思。唯有"蜂媒蝶使，时叩窗槅"。人无情，而蜜蜂和蝴蝶倒是还在追寻着蔷薇花。它们在自然界当中找不到蔷薇，到哪去找呢？找到了窗槅上。古代窗槅上糊着纸，纸上画有蔷薇花。蜜蜂和蝴蝶误以为画上的花是真的蔷薇。这构思很巧妙，很奇特。用蜂、蝶的多情反衬春光流逝的无情。

下片是进一步寻找蔷薇。过片写"蜂媒蝶使"的追惜，下片写我的追寻。用蜜蜂、蝴蝶反衬别人的无情，用别人的无情反衬自己的至情多情。"东园岑寂，渐蒙笼暗碧"。他满怀着希望，希望到东园里能找到蔷薇花，结果东园里一片沉寂，找不到鲜花，看不到想象中那些盛开的蔷薇，只有葱绿的丛丛枝叶。"静绕珍丛底，成叹息"，是人与花的对话。他不甘心，在蔷薇边转来转去，长吁短叹。咳！花儿怎么凋谢得这么快呢！正叹息时，衣裤被蔷薇的枝条绊住了。蔷薇挂住了他的衣服，是怎么表现的呢？"长条故惹行客。似牵衣待话，别情无极"，我们要是遇到玫瑰花把裤子给挂住了，心里肯定很厌烦，说不定立马就气呼呼地把玫瑰给折断了。而词人呢，觉得这花好多情，它是故意、有意把我拉住，舍不得我离开，不光是我舍不得它，它也舍不得我呢，好像要跟我说话，好像满腹愁恨，要向我倾诉。这是名句，值得玩味。蔷薇不是"无情有思"，而是有情也有思。

词人找了半天，终于找到一朵"残英小"。这个"残英"就是残花。终于在这刺丛里找到一朵，于是"强簪巾帻"，勉强把它插在头上。为何说是勉强呢？因为是残花，又特别小。唐宋的男人也戴花，晚唐杜牧有诗说："人世难逢开口笑，菊花须插满头归。"黄庭坚《南乡子》词也说："乱折黄花插满头。"南宋魏了翁《南乡子》词有"为尔簪花插满头"之句。唐宋的男人女人都爱美，都戴花。所以周邦彦见到一朵快凋零的蔷薇，就"强簪巾帻"。"强簪巾帻"，见出词人爱花惜花之心。但"终不似一朵、钗头颤袅，向人欹侧"。虽然残花勉强可以满足爱花的心情，但终究不像盛开的玫瑰那样鲜艳夺目，风情万种。18 世纪苏格兰著名诗人罗伯特·彭斯有一首著名的诗歌 *A Red, Red Rose*，首句是：My love is like a red, red rose。"我的爱人，像一朵红红的玫瑰。"周邦彦这样热爱怜惜蔷薇，说不定也是想到心上人像玫瑰呢！

蔷薇丛中找到一朵还不满足，"花自飘零水自流"，没准水面上还漂有残花呢！果然，"漂流处、莫趁潮汐"。在水面上的"漂流处"，他看到了花瓣。他说，花呀花呀，你别漂走啦，不要跟随这早晚的潮汐一起流逝。你流走了，"恐断红、尚有相思字，何由见得"。这暗用了红叶题诗的故事，但用得非常巧妙。唐代范据《云溪友议》卷下记载，卢渥偶然从皇宫御沟里捡到一片红叶，上面题有诗说："流水何太急，深宫尽日闲。殷勤谢红叶，好去到人间。"后来卢渥与一位被放出的宫女成婚，恰巧正是那位题诗的宫女。词人将红叶题诗的爱情故事点化，说花儿你可别漂走了，以后假如有人给你题诗，那可就看不到了。

全词从不同角度写惜花的心情。我们可以跟前面两首对比一下，章楶和苏轼的杨花词写落花，那还是有花可写，周邦彦词呢，是"蔷薇谢后作"，是无花可写。没有花的时候他也写得处处都是花，在体现出惜花、爱花的主题，从不同的角度伸张。我们经常说艺术张力，这首词非常具有艺术张力，构思独特巧妙。

欣赏了写杨花和蔷薇花的词，我们再来看另外一种更富有生命力的梅花。梅花，唐诗也有描写，检索数据显示，《全唐诗》里直接写"梅花"的有 151 首。但是唐人不太看重梅花，只是把梅花视为普通的花卉。唐人最爱的是牡丹，白居易曾有"一丛深色花，十户中人赋"的诗句，说一丛深色牡丹花的价格，相当于十户中等人家一年交的赋税。唐人爱牡丹简直到了疯狂的程度。宋人却特别爱梅花，梅花差不多相当于宋代的国花。这跟林逋写的咏梅名句"疏影横斜水清浅，暗香浮动月黄昏"有关，也跟后来欧阳修、梅尧臣等人的推广有关。宋代咏梅诗和咏梅词都很多。南宋初期词人黄大舆，编了一本词选《梅苑》，专门选录咏梅词，有 400 多首。这是中国第一本咏物词的专集，上海古籍出版社出版的《唐宋人选唐宋词》里收录了这部词选。宋代咏梅词的杰作名篇不少，下面挑出几首来欣赏。先看晁补之的《盐角儿》：

> 开时似雪。谢时似雪。花中奇绝。香非在蕊，香非在萼，骨中香彻。　　占溪风，留溪月。堪羞损、山桃如血。直饶更疏疏淡淡，终有一般情别。

这首词咏梅花，咏的不是梅花之形，而是咏梅花之神。"开时似雪，谢时似雪"，也是若即若离，不求形似，而求神似，但也没有完全离开形。梅花开的时候雪白，谢的时候仍然是雪白，始终如一，颜色不改，芳心不改，从生到死都坚韧顽强。"花中奇绝"，是直接赞美。梅花不以外形的漂亮取胜，而是以内在的精神品格、独特的香气引人喜爱甚至崇敬。宋人之所以喜欢梅花、桂花，就是因为梅、桂都具有一种内在的气质、内在的精神，不是用绚丽的外表来吸引人。李清照说梅花"不与群芳比"，称赞桂花"是花中第一流"，都是着眼梅、桂的内在品格。香不在花蕊，也不在花萼，而是"骨中香彻"，美在精神，美在气骨。它占领着溪风，留照着溪月，很清高，不在尘世里与群花争艳争美，是"俏也不争春"。它在山林里跟溪风、溪月为伴。风和月，是自然界的双"清"，常常是高洁人格的象征。"堪羞损、山桃如血"，血红的桃花鲜艳，但徒有其表，经不住风雨的考验，在梅花面前会感到羞愧。人们常说"闭月羞花"，借用这个词，梅花可以羞煞别的花，让别的花感到羞愧。"直饶更"，是即使的意思。即使是"疏疏淡淡",零零落落,但"终有一般情别",跟别的花还是不一样,她有一独傲然独立的精神气度。

如果说晁补之的《盐角儿》是借梅言志,那么洪惠英的《减字木兰花》就是借梅写人。洪惠英是南宋女子,先不说她的身份,看了她的词再说:

　　梅花似雪。刚被雪来相挫折。雪里梅花。无限精神总属他。　　梅花无语。只有东君来作主。传语东君。且与梅花作主人。

"梅花似雪。刚被雪来相挫折"的两个"雪"意思不同。第一个"雪",是形容白梅的颜色;第二个"雪",是寒冬时节的雪,是摧残梅花的冰雪。这首词明白晓畅,不需要太多的解释,看看词的本事就更加明白词人的用意。

南宋洪迈的小说集《夷坚志》记载,他在会稽,也就是今天的浙江绍兴当知府时,曾举行宴会,有位唱诸宫调的女子洪惠英,表演时忽然停下鼓板说,小女子洪惠英"有述怀小曲",希望大人允许我能唱给您听。于是就唱了上面这首词,并解释说:梅者,惠英自喻也。不是我有意自抬身份,自比名花,只是借以喻义,表达我内心的痛苦。"雪者,指无赖恶少",近一月来,多次遭到当地恶少流氓的骚扰。她希望同姓长官洪迈能够为她作主,保护她的生命安全。女词人通过咏梅来抒写自己难堪的遭遇。梅花在不同作者笔下，体现出不同的精神境界。这首词是一个有着像梅花一样高洁灵魂的女子，不堪风雪的侵凌，希望得到救助。洪迈听后，很欣赏，说是"情见乎词，在流辈中诚不易得"。

南宋楼槃有一首《霜天晓月》词，写来则是另一番风味：

> 翦雪裁冰。有人嫌太清。又有人嫌太瘦，都不是、
> 我知音。　　谁是我知音。孤山人姓林。一自西湖别后，
> 辜负我、到如今。

词以第一人称的口吻代梅言志。我在冰雪世界中生长，用冰雪铸就特有的性灵气质，可是有人嫌我太清贫，又有人嫌我太干瘦，说我寒酸，这些都不是我的知音，根本不了解我。我虽然很清贫，但有骨气。谁是我的知音？谁最了解我的品性？只有国朝初年杭州西湖孤山上那个姓林的隐士，才是我的知音。可惜自从他永远告别西湖之后，我到如今都没有找到知音，得不到理解，辜负了我冰清玉洁的品性。世人只看华美花哨的外表，根本不重视花的内在品格。这是贫穷而又清高的读书人借梅花来感叹自己的命运和处境。虽然是用大白话，但写得蛮有情趣。

南宋的萧泰来，号小山，也有一首《霜天晓月》咏梅词：

> 千霜万雪。受尽寒磨折。赖是生来瘦硬，浑不怕、

角吹彻。　　清绝。影也别。知心惟有月。原没春风情
性，如何共、海棠说。

《霜天晓月》词调，又名《霜天晓角》。这个词调有两种体
式，一体押平声韵，一体押仄声韵。也就是说，这个词调押平
声韵和仄声韵都可以。跟这个词调相似的，还有《忆秦娥》。《忆
秦娥》调也有两种体式，一体押仄声韵，而且多押入声韵，李白
词（箫声咽）就是押入声韵；一体押平声，前面讲过的郑文妻词
（花深深）押的就是平声韵。萧泰来此词是押入声韵，如果用方
言诵读，更有味道。

　　词写梅花有种硬骨头精神。千霜万雪的摧残，严寒酷冷的折
磨，都改变不了梅花的本性。跟楼槃词一样，萧泰来词也用了霜
雪的意象，但一是正面写，一是反面写，由此可体会词人不同的
构思和用意。为什么说梅花不怕"角吹彻"呢？因为古曲里有支
名曲《梅花落》，李白《与史郎中钦听黄鹤楼上吹笛》听的就是
这支曲子，所谓"黄鹤楼中吹玉笛，江城五月落梅花"是也。词
人说，我不怕吹《梅花落》，吹也吹不落我的花，所以说"浑不
怕，角吹彻"。雪打风吹都不怕，还怕你角声吹什么《梅花落》！
我不仅骨头硬，连影子都跟别的花大不相同："影也别。知心惟
有月。"谁懂我？月亮！月亮知道我的心。我梅花天生就是在寒
冷中长大，没有春风情性，不会随波逐流，跟春天开放的海棠花
没有共同语言，"如何共、海棠说"。

以上三首词，按照形神兼备的审美要求来评价，神似有余，写梅花的精神个性都有特色，但形似略有不足，内涵显得单薄，只写出了一种精神、一种品性、一种情怀，单一而不丰富。

咏物词，不光是咏花草，也咏虫鸟。且看史达祖咏燕子的《双双燕》。史达祖是跟姜夔同时的南宋著名词人。这是他的自度曲，非常著名。我们曾经据107种古今词选统计，这首词入选率最高，大多数宋词选本会选录此词。下面就看他是怎么写的：

> 过春社了，度帘幕中间，去年尘冷。差池欲住，试入旧巢相并。还相雕梁藻井，又软语、商量不定。飘然快拂花梢，翠尾分开红影。　芳径。芹泥雨润。爱贴地争飞，竞夸轻俊。红楼归晚，看足柳昏花暝。应自栖香正稳，便忘了、天涯芳信。愁损翠黛双蛾，日日画阑独凭。

此词构思巧妙，把燕子写得活灵活现。说它构思巧妙，妙在哪？妙在从闺中人的眼中看燕，表面写燕子，实际上是通过双燕来反衬闺中女子的孤独。它的构思深得苏轼《念奴娇·赤壁怀古》的神韵。表面上，两首词的风格完全不同，似乎没有可比性。其实构思上有近似处。苏轼词极力赞美周瑜，称扬周瑜人生、事业、爱情的得意，实质是为了反衬自己的人生失意，用的是反跌法。这首词用意和手法相似。

　　"过春社了"的春社，是春分时节，过春社，意味着春分节气已过。晏殊《破阵子》也是说燕子来时正逢春社，所谓"燕子来时新社，梨花落后清明"。燕子来时，穿越主人家的帘幕，飞到旧巢。燕子是怀念旧巢旧窝的，所以又到去年住过的地方察看、观察。"去年尘冷"的冷，是说环境冷清，暗示物是人非，这为下文写女子埋下伏笔。"差池欲住"的"差"，读 cī。"差池"两字，是从《诗经·燕燕》"燕燕于飞，差池于羽"来的，形容燕子舒张尾翼、上下翻飞的样子。"试入旧巢相并"的"相并"两个字，用得特别好。相并是并居啊，很亲热的双燕相拥在一起。双燕，唐宋诗词里经常用来反衬闺中人的孤独，如唐代张窈窕的"双燕不知肠欲断，衔泥故故傍人飞"。这双燕是多么幸福，相伴相随飞进窝里，双栖双宿，亲密得了不得，过一会儿又自在地双飞出去。

　　"还相雕梁藻井"的"还"，应该读 xuán，迅速、立即的意思。"藻井"，是天花板。双燕在雕着花的木梁和天花板上盘旋察看，好像是在商量：咱们是搬家呢，还是继续在这里住呢？"还相"，是从动作上写；"软语"，是从话语上写。把双燕写得像幸福的恋人一样亲昵呢，让独守深闺的女子好生羡慕。

　　开篇几句写燕子在室内的情形，歇拍转写燕子飞到屋外的情景。"飘然快拂花梢"，像摄影镜头一样捕捉燕子飞翔的神态。"飘然"，轻盈快捷的样子；"快拂花梢"，在花的枝头一掠而过。"翠尾分开红影"的"红影"，也是花。"飘然"句写双燕在花梢上飞拂，这句写在花丛中穿梭来去。可以想象，燕子在花丛中穿越，花朵自然地向两边分开，这镜头特别俊美。词人观察生活、表现生活是多么细致逼真。

下片"芳径。芹泥雨润"的"芳径"，其实还是写花，要注意词人用字的变化。花梢、红影、芳，全都是指花。全用花字，不免重复而单调，变化着用字，还可以突出花的视觉效果、形状、香气。红是视觉形象，芳是突出嗅觉感受。"芹泥雨润"，语出杜甫《徐步》诗："芹泥随燕觜，花蕊上蜂须。"芳径一句，写燕子到村外花间小路上衔泥筑巢。燕子有时飞得很矮很低，词人观察真是非常细致。"爱贴地争飞，竞夸轻俊"，双燕好像在游戏比赛，看谁飞得快，像飞行表演。双燕的活泼可爱于斯可见。

"红楼归晚，看足柳昏花暝"，开始转折。双燕在外尽情玩耍了一天、潇洒了一天，"看足柳昏花暝"，在柳林花丛中一直玩到黄昏，看足了自然的美好。而且还"应自栖香正稳"，美美地睡了一觉。它俩成双成对，幸福自在，可是忘了天涯芳信。双燕还有传书的使命呢，南朝江淹《杂体诗》说："袖中有短书，愿寄双飞燕。"传说中大雁能传书，燕子也能传书。可这双燕子回来时，却忘了给闺中女子带来浪迹天涯的情郎的书信。女子在闺中翘首盼望，期待燕子给她带来芳信，最终却让她深深失望。所以结句说："愁损翠黛双蛾，日日画阑独凭。"这个"独"字是词眼，她独自凭栏，正好跟燕子的"相并""软语商量不定""栖香正稳"形成强烈对比。不止一日是独凭栏，而是"日日"、天天如此，以凸显闺中人期盼的殷切长久。

这首词，调作《双双燕》，全词大量的篇幅也是描绘双燕，其实词人是通过双燕来反衬闺中人的孤独。表面上描写的重心是燕子，实际上主旨是抒情。结构与主旨的安排正好"本末倒置"，立意上，本为抒情，末是写燕；结构上，却是详写双燕情态，略写闺中人情。这种本末倒置、轻重易位，恰恰体现出词人构思的别出心裁。说到这，让人想起范仲淹的《岳阳楼记》。《岳阳楼记》大量的篇幅是写景，实际上范仲淹是想劝说友人滕子京要"不以物喜，不以己悲"。看起来，是一篇抒情写景的纪实散文，实际上它是说理，是为了开导对方，不过借写景来说理而已。

上面说史达祖《双双燕》跟苏轼的《念奴娇·赤壁怀古》构思相近，因为苏词表面上是以周郎为主，其实正如晚清黄苏《蓼园词选》所说的"周郎是宾，自己是主"，"借宾定主，寓主于宾"。史达祖这首词，看起来全词是在写双燕，其实落脚点是在写离人的情感，套用黄苏的话说，双燕是宾，闺中人是主，借双燕写闺中人，寓人情于双燕。这是他构思的巧妙之处。有人觉得后面几句是画蛇添足，写人就写人，写燕就写燕，明明写双燕，怎么后面写起闺中人来了？这是没体会到词人的巧妙构思。清代著名学者、大词人王士禛非常欣赏这首词，他在词话著作《花草蒙拾》中极口称道，说是"咏物至此，人巧极天工"。词人确实把燕子写活了，形神兼备。

宋词中咏雁的佳作也很多，宋末张炎的《解连环》咏孤雁，就非常著名。他因为这首词而获得"张孤雁"的雅号。"写不成书，只寄得、相思一点"，是词中名句。

南渡时期刘焘的《转调满庭芳》，也是咏雁，虽然知名度不高，却非常有特色。原词是这样写的：

> 风急霜浓，天低云淡，过来孤雁声切。雁儿且住，略听自家说。你是离群到此，我共那人才相别。松江岸，黄芦影里，天更待飞雪。　　声声肠欲断，和我也、泪珠点点成血。一江流水，流也呜咽。告你高飞远举，前程事、永没磨折。须知道、飘零聚散，终有见时节。

人与雁的对话，构思也很新颖。最主要的，是词中表达的情感非同一般，在咏物词和离别词里很难见到。恋人离别后，一般都是感伤、饮泣，而这首词的女主人公，对情侣有一种深深的理解和宽慰。尽管离别后她很痛苦，但她对情侣却满是激励、安慰，对未来充满了期盼。上片是和孤雁对话，"你是离群到此，我共那人才相别"，同病相怜，"同是天涯沦落人"，人与雁产生情感的共鸣。过片写她别后的痛苦："声声肠欲断，和我也、泪珠点点成血。"这两句像是写雁，又像是写人，毋宁说是人雁融为一体，甚至连江水都在呜咽，都在为雁的命运和"我"现在的悲惨境遇而感到伤心。但接下来，女主人公既是在安慰大雁，似乎又是在跟她的情侣说：你"高飞远举，前程事、永没磨折"，祝愿他未来在事业上一帆风顺，在前进的路上没有坎坷。她想到的不是自己而是对方，而且接着说："须知道、飘零聚散，终有见时节。"我们总有一天会见面的。苏轼不是说过"人有悲欢离合"么？人生难免离别。她强打精神，安慰对方。像这样坚强又善良、贤淑又宽厚的女性，在唐宋词里很少见，又通过咏物的方式来表现，更是别具一格。

怀古咏史：
六朝旧事随流水

怀古咏史，无非借古讽今。表面上追怀古人古事，实质上是抒写对现实社会人生的忧患。王安石的怀古是和平时代对社会危机的思考，戴复古的怀古是亡国时代对社会危机的焦虑，苏轼怀古是抒发个体人生的失意，辛弃疾怀古则是宣泄英雄失路的愤懑。

　　怀古和咏史，是诗词中常见的题材。二者同中有异，异中有同。相同点是，都是描写历史时空，表现作者对历史事件或历史人物的反思。简言之，题材都是写历史，作者通过历史事件或历史人物来表达对现实的态度，即通常所说的"借古讽今"，或是讽刺现实，借历史来隐喻现实政治；或是借历史人物来表达自己的人生失意，表面上写古人，实际上是写自我。因为有些感受不宜直接表达，否则会触犯时忌，作者就借历史来曲折含蓄地表达。

　　相异点是，"怀古"的"古"，多指古迹，诗词中抒发的情思总是跟特定的古迹相关。因此，怀古又往往跟登临主题结合在一起。在艺术表现上，怀古诗词往往会写景，写古迹的地理环境、自然景观。如杜甫《咏怀古迹》写王昭君，开篇就写"群山万壑赴荆门，生长明妃尚有村"；刘禹锡《西塞山怀古》，则是在结尾"今逢四海为家日，故垒萧萧芦荻秋"。可以说，怀古的事件人物是历史的，是过去时态，而空间场景则是现实的，是现在时态。怀古诗词往往包含着两重时空：过去的人事和现实的场景。咏史诗词，可能是针对一个历史事件，也可能是针对一位历史人物，直接写作者的思考和态度，一般不会表现现实的时空场景。比如李商隐《贾生》咏汉代贾谊："宣室求贤访逐臣，贾生才调更无伦。可怜夜半虚前席，不问苍生问鬼神。"就没有写景，只写他对贾谊命运的思考。咏史诗词，虽然也可能包含现实，但现实是隐含着的，是以隐喻的方式潜藏着的。

下面先欣赏怀古词。

在宋词里，引人注目的怀古词，较早的是王安石《桂枝香·金陵怀古》。当时有 30 位词人同时用《桂枝香》调写"金陵怀古"，只有王安石这首写得最好，为时人所传诵，其他人写的都没有流传下来。杨湜《古今词话》记载："金陵怀古，诸公寄词于《桂枝香》，凡三十余首，独介甫最为绝唱。东坡见之，不觉叹息曰：'此老乃野狐精也。'"野狐精，是禅宗里的话头，原指野狐的精魅能做变幻，以欺诳他人，比喻自称见性悟道而欺瞒他人者。原本是带有贬义的，东坡这里是比喻王安石鬼精明。苏轼一称扬，这首词就更加受人关注。古今词选，一般都会选录这首词。王安石传世的词不多，现存 29 首，但他在词史上，很有开创性。就像这首《桂枝香·金陵怀古》，不仅艺术上有可读性，题材内容还有开创性。有的词作，艺术完美，有可读性，但放在词史进程上看，开创性不足。晏几道词，就属这种类型。晏几道的词差不多是首首可读，但在词史上缺乏开创性。

北宋初中叶，词大多是写普泛化的悲欢离合、相思恨别。而王安石把词引向历史时空，借古讽今，通过对历史的反思，表达对社会现实的忧虑。这在词的题材转向上是有开拓性的，它扩大了词的表现功能，让人感觉到原来小词也可以写这么重大的历史题材！这首词的主旨和他在金陵写的诗比较接近。比如他的《金陵怀古》四首之一说："豪华尽出成功后，逸乐安知与祸双。"豪华、奢侈大多紧随成功而来，过分的奢华享乐往往伴随着灾祸。这个"双"是成双结对、紧跟伴随的意思。"东府旧基留佛刹"，说当年的宫殿豪宅，已经只残留地基了，但古刹依然保存。"后庭渔唱落船窗"的"后庭"，指南朝陈后主创作的亡国之音《玉树后庭花》曲。船舱中、巷落里，还在传唱《玉树后庭花》遗曲。王安石35岁前后居住在金陵，酝酿着政治改革，曾向仁宗皇帝上万言书，提出他对现实的忧虑和改革措施。《桂枝香·金陵怀古》词，是政治家王安石对社会历史的反思。原词是这样写的：

> 登临送目。正故国晚秋，天气初肃。千里澄江似练，翠峰如簇。归帆去棹残阳里，背西风、酒旗斜矗。彩舟云淡，星河鹭起，画图难足。　　念往昔、繁华竞逐。叹门外楼头，悲恨相续。千古凭高，对此谩嗟荣辱。六朝旧事随流水，但寒烟、衰草凝绿。至今商女，时时犹唱，后庭遗曲。

这首词押的是入声韵。如果能够背诵一些入声韵的词，对入声字就会有感觉，逐步熟悉。比如柳永的《雨霖铃》、李清照的

《声声慢》、岳飞的《满江红》等，都是用入声韵。熟悉了这些词的入声韵，对入声韵就有了具体了解。

上面说过，怀古往往和登临结合在一起。怀古，总是怀想某个古迹，或者登临某个古迹。这首金陵怀古词，面对的是金陵的景色、金陵的形胜和金陵的环境。"登临送目"，就是登高远望。"故国"，即故都，现在的南京曾经是六朝古都。王安石写词时，正是晚秋时分，天气变得肃杀和冷清。但在词人笔下，金陵依然充满着活力。下面分两个层次，变换着角度写景。

金陵有山也有水，所以一句写山，一句写水。"千里澄江似练"写长江，借用南朝谢朓的名句"澄江净如练"。李白非常喜欢谢朓这句诗，曾经写诗称赞说："解道澄江净如练，令人长忆谢玄晖。"玄晖，是谢朓的字。站在高处遥望，奔腾东去的长江，像一条白绸子飘浮在江南大地上。词人的想象力超强，其实，词人无论站在哪座山上，都难看清长江像一条白绸子在地面上飘浮，除非是坐在飞机上航拍，才能看得那么广远，表现出这么辽阔的景象。可古代诗人的想象力，能超越空间的限制，能由小见大，从眼前的有限之景想象出无限之景。比如，李白的"君不见长江之水天上来，奔流到海不复回""山随平野尽，江入大荒流"等名句，现如今都只能用航拍才能呈现其空间境界。古代诗人的想象力和艺术表现力，堪比航拍大片。

"翠峰如簇"转写山，远处的山峰像箭头一样攒聚着。"簇"，有两种理解，一说是动词，意为丛聚，指山峦堆积，描状远处的重峦叠嶂；一说是形容词，像箭头一样尖，形容山峰之高削。两种理解可以并存。

"千里"两句写远景，下面两句变换角度，分别写江面和江岸之景。"归帆去棹残阳里"的"帆""棹"，代指船，此用局部代整体的修辞手法，写船只来来往往，在残阳的映照之下，宛如一幅图画。"背西风、酒旗斜矗"，写江岸上的景致。"背"是迎逆。旗杆上的酒旗迎风飘荡，暗示长江两岸很繁华，酒家林立，为后面的商女唱后庭遗曲埋下伏笔，或者说是预留空间，使后面的描写不至于突兀，前后文相互照应。举凡名作，结构都完整浑成，针线严密。以上几句，分别写远山远水、江中之景和江边之景。

"彩舟云淡，星河鹭起"两句，一仰视，一俯视，写天上、水面之景。"彩舟"，可以理解为彩色的船只，但这样理解，与上文"归帆去棹"重复，虽然一是写动态，一是写色彩，但总归都是写船。我们可以作另一种理解，"彩舟云淡"是"云淡彩舟"的倒装，意为淡云如彩舟，写空中飘荡的云彩倒映在江水里，如彩舟飘荡。这是俯仰所见。"星河鹭起"的"星河"，指太空银河。因为"澄江似练"，当时的长江水非常清澈澄静，波澜不惊，可清晰地倒映着天上的云彩和星河。白鹭在空中盘旋，就像是在星河里盘旋一样。"鹭"，又可作两解。一指白鹭洲，就是李白写的"二水中分白鹭洲"的洲，在现今南京长江大桥附近。白鹭洲在长江波涛里时起时伏，就像白鹭在飘荡，像要飞起。二是实指江面上盘旋的白鹭。所以这个"鹭"，可谓一石二鸟，虚虚实实。

金陵山水，如图如画，甚至"画图难足"，绘画也很难完全表现出金陵江山的秀美。这跟苏轼《念奴娇·赤壁怀古》构思上隐隐约约有些相近。苏词的歇拍也是"江山如画，一时多少豪杰"，结构上承上启下，既总括上文，又引发下文。当然王安石这首词是作于苏轼《念奴娇·赤壁怀古》之前，或许苏轼创作时隐约想到"野狐精"这首词而受其启发影响。

上片写景，下片怀古。是一般怀古词的写作模式，苏轼《赤壁怀古》词也是如此。"念往昔"，六朝古都金陵，上演过多少历史悲喜剧！可写的东西很多，对词人来说，面临着对史料的剪裁与选择。他怀古，怀想哪个历史事件，追怀哪位历史人物，是与词的立意、与词人要表达的题旨密切相关。他在这里怀古，目的是反思历史兴亡的教训，史上因奢侈逸乐而导致亡国的比比皆是，所以说"繁华竞逐"，六朝在这块土地上，多少皇室富豪、高门大族，竞逐着繁华。《世说新语》里记载有多个炫富的故事。一首词，容量有限，字句有限，不可能铺叙展开，于是词人选取一个最具代表性、也最触目惊心的镜头："门外楼头，悲恨相续"。

"门外楼头"，是杜牧"门外韩擒虎，楼头张丽华"两句的浓缩。杜牧诗写的是，隋朝大将韩擒虎，带兵攻到金陵城下，马上就要活捉陈后主了。可陈后主此时压根没有组织军队来抵抗，而是在楼头搂着宠妃张丽华跳贴面舞。这两个镜头的强烈对比，把陈后主的荒淫误国展露无遗。杜牧的咏史诗，最善于用这种蒙太奇式镜头，把两种截然对立的场景叠印在一起，不用任何评论，作者的爱憎、事件的功过，不言自明。《华清宫》诗说"一骑红尘妃子笑，无人知是荔枝来"，就类似蒙太奇镜头，远处是"一骑红尘"、一匹骏马飞驰而来，扬起漫天尘土；叠印的另一个镜头是杨贵妃面带微笑站在华清宫门前。什么都不说，就收"不着一字，尽得风流"之效。其中包含沉重的历史感，空间境界也非常辽阔。读者可以想象到背后唐玄宗的得意，杨贵妃开心，玄宗当然开心，但他没想到，杨贵妃这一笑，需要付出多少人力财力甚至生命代价。同样的道理，如果将"门外楼对"两个镜头叠印在一起，特别能说明问题。不用画外音或对白来评论，陈后主是何许人，读者一看就明白。王安石的剪辑非常有意思，他把韩擒虎、张丽华去掉，剪辑成"门外楼头"。用字非常简练，四个字，就包含了陈后主亡国的过程和场面。

　　"悲恨相续"是说，类似的事件，在六朝不止一次，而是连续出现。六朝，都是短命的王朝，每代亡国之君都是同样的昏庸、同样的腐败，想到这段历史，真是感慨万端。故说"千古凭高，对此谩嗟荣辱"。往事已尽随流水，想想往日的升沉"荣辱"、历史变迁，只徒然给人留下一些感慨。往事如水，寒烟迷雾笼罩着丛丛芳草。这些流水、芳草曾经见证着历史的兴亡与变迁。可惜的是，"至今商女，时时犹唱，后庭遗曲"。这句是评论，也是发感慨：到现在，江边歌女们还在唱《玉树后庭花》，浑然不觉这是亡国之音。词人不是责备歌女，因为歌女唱什么歌曲，是由听众点播的。此句语源上是从杜牧"商女不知亡国恨，隔江犹唱后庭花"化出，而用意则是忧虑当世全然忘记了六朝亡国的教训，跟当年一样追逐着奢华。

从词的题材讲，王安石此词把人们引向对历史的思考，也引向对现实社会的关怀，这在词史上具有开拓意义。艺术上，写景如画，确实是"画图难足"，具有鲜明强烈的画面感，而且是立体的、动态的画面。语言上，不露痕迹地化用前人的诗句入词，对后来周邦彦写词也有启发。周邦彦词，就善于化用前人诗句，并把它发展成为一种比较完备成熟的艺术技巧。

下面再欣赏苏轼的名作《念奴娇·赤壁怀古》。这是唐宋词"金曲排行榜"的第一首。几年前，我和研究生运用多种统计数据，写过一本《宋词排行榜》，《念奴娇·赤壁怀古》名列榜首。它的知名度、影响力，无与伦比，这与词作本身的艺术成就固然相关，但历代人的热评也是使它名扬千古的重要因素。从宋代开始，就不断有人赞美称扬。南宋胡仔的《苕溪渔隐丛话》，是现存宋代第一部大型诗话著作，书中说："东坡'大江东去'赤壁词，语意高妙，真古今绝唱也。"胡仔是有眼光又有影响力的批评家，他的话可谓一锤定音；他的评价，对后来非常有导向性。元好问，在金代历史上，绝对是最有成就、最有影响的一流大诗人，他在《题闲闲书赤壁词后》说："词才百馀字，江山人物无复余蕴，宜其为乐府绝唱。"江山人物尽收眼底，确实是词中的绝唱。"闲闲"，是赵秉文，也是当时著名的文坛领袖，他很喜欢苏轼的赤壁词，把它书写下来，元好问在后面题写了这篇短跋。两大名流，都给他盖棺定论是绝唱，想不出名都不行！在史上众多的评论解读中，晚清黄苏《蓼园词选》的解读最到位，深得东坡的用心。他说："题是赤壁，心实为己而发。"表面上是怀古，实际上是写心，写自己的人生失意。表面上写周郎，但"周郎是宾，自己是主"，能够发现这一点真不容易。"借宾定主，寓主于宾"，这话说得似乎有点玄乎。"是主是宾，离奇变幻，细思方得其主意处。"慢慢地揣摩，才能领会词人的创作意图和他所要表达的意思。

下面来读原词，最好是高声诵读：

> 大江东去，浪淘尽、千古风流人物。故垒西边，人道是、三国周郎赤壁。乱石穿空，惊涛拍岸，卷起千堆雪。江山如画，一时多少豪杰。　　遥想公瑾当年，小乔初嫁了，雄姿英发。羽扇纶巾，谈笑间、樯橹灰飞烟灭。故国神游，多情应笑我，早生华发。人生如梦，一尊还酹江月。

这首词异文比较多，其中最突出的是"樯橹"，有的版本作"强虏"。现在不少流行的词选和教材也作"强虏"。根据苏轼草书和黄庭坚行书此词的石刻拓本，原词是"樯橹"，到南宋时才被人改为"强虏"，借以影射讽刺金人，寄寓对金人的不满和蔑视。这虽然事出有因，却不合情理，也不合苏轼的原意。

从情理上看，作"强虏"于理不通。三国时孙吴与曹魏的赤壁之战，不是华夏与夷虏之战，苏轼绝不会用"强虏"来指称曹魏军队。就词意而言，作"樯橹"更贴切。因为赤壁之战中，周瑜指挥东吴军队火烧曹魏战船，烟火漫天。词作"樯橹灰飞烟灭"，更富有真实感和现场感。如作"强虏"，则显得空泛。从语源上看，也应作"樯橹"。苏轼赋诗作词，几乎无一语无来历。"灰飞烟灭"四字的字面源于《圆觉经》，而"樯橹灰飞烟灭"句意，则来源于李白《赤壁歌送别》之"二龙争战决雌雄，赤壁楼船扫地空。烈火张天照云海，周瑜于此破曹公"。"樯橹灰飞烟灭"，是化用李白"楼船扫地空"之意。

从语用的角度看，"强虏"是南宋人的惯用语，北宋人很少使用。《全宋诗》里，"强虏"总共出现 14 次，北宋只有王禹偁在《怀贤诗》用过 1 次："和亲绝强虏，谋帅用悍卒。"而南宋诗人却用了 13 次，如吕本中《昨日之热一首赠赵彦强》"是时强虏在城下，耳犹厌听贼营鼓"，王十朋《太白昼见》"誓雪国耻还封疆，强虏当弱吾当强"等。北宋苏轼，用"强虏"的机率很小，到了南宋，因久受金人欺凌，故南宋人喜用"强虏"来指称和暗示金人。正是在这种语境中，苏轼赤壁词的"樯橹"被改为"强虏"。所以，无论是从情理、词意看，还是从语源、语用来看，都应作"樯橹"而不是"强虏"。

　　"大江东去，浪淘尽、千古风流人物"，一开篇就非常有气势。关于这首词，有个故事，说苏轼在做翰林学士时，有次问他的朋友，我的词与柳永词相比如何？朋友说，柳永词要十七八岁女孩儿执红牙拍板，唱"杨柳岸、晓风残月"。您苏学士的词，要关西大汉，执铜琵琶铁板，唱"大江东去"。这"大江东去"，可代表苏词的风格。武汉黄鹤楼有一副楹联写道："爽气西来，云雾扫开天地憾；大江东去，波涛洗尽古今愁。"这楹联很有气势，其中的"大江东去"是直接从苏词借来的。从画面感来说，可以联想到电视剧《三国演义》的主题曲："滚滚长江东逝水，浪花淘尽英雄。"不过，《三国演义》电视剧唱主题曲时的镜头，拍得不是很理想。它拍的是近景，只看到浪花在翻滚，没有展现出大江奔腾的阔大气势。

　　"大江东去"四个字，包含着一股气势、一股力量，富有阔大的空间感。又点醒题目。"大江东去"，点赤壁；"浪淘尽、千古风流人物"，点怀古。写景中蕴含着历史的思考。这滚滚东去的大江，见证着历史的变化，见证着千古风流人物。奔腾流动的空间里寄寓着悠远的历史变迁感。画面给我们展现的"浪淘尽""大江东去"是空间，"千古"是时间，时空一体，大气磅礴。

　　"故垒西边，人道是、三国周郎赤壁"，正面点题，写足题面。人们传说，西边那个旧战壕，就是当年三国周瑜打仗的赤壁。苏轼的说法很策略。因为赤壁有两个，苏轼没有肯定黄州赤壁是三国时期赤壁大战的地方，只道人们传说是这个地方。周郎赤壁之战的赤壁，到底是湖北黄州的赤壁，还是湖北蒲圻的赤壁，学术界一直有争议。为了区分，蒲圻的赤壁称"武赤壁"，表明是赤壁大战之地；黄州赤壁，因为苏轼写了前后《赤壁赋》和"大江东去"《赤壁怀古》词，而称"文赤壁"。为争夺文旅资源，黄州和蒲圻曾经较劲角力，想把赤壁大战的赤壁争为己有。后来蒲圻人干脆把蒲圻市改成了赤壁市，相当于永久地注册了商标。其实黄州赤壁，不管是不是赤壁大战的所在地，都一样的著名。黄州的赤壁，有苏轼多首名篇杰作歌唱，足以不朽。

"乱石穿空，惊涛拍岸，卷起千堆雪"，进一步写赤壁的形胜，不止是富有画面感，更有立体的雕塑感和造型感。"乱石穿空"，亏苏轼想得出来！黄州赤壁，现在已看不到乱石。赤壁附近的江水也已改道，离开江面有一千多米远，站在赤壁底下看不到大江，要站在赤壁的山顶上才能遥望见长江。不过，可以想象，当时苏轼是在赤壁之下江面上乘船向上仰望，相当于仰拍的镜头，所以能看到、拍到"乱石穿空"的景象。

"乱石穿空"，是纵向的高度美；"惊涛拍岸"，是横向的力度美。"拍"字，很有力量，有动作感。"卷起千堆雪"，表现波涛打到赤壁上又弹回来，喷出无数的水花。"卷"字，用得巧妙。从语源上说，这"卷"字是从柳永"怒涛卷霜雪，天堑无涯"学来的。苏轼虽然整体上不太满意柳永的词，但不妨在字法句法上学习和传承。我们还可以把这两句跟王安石的《桂枝香·金陵怀古》比较一下。王安石主要写江山的静态之景，而苏轼更凸显景物的动态和气势。苏轼好像暗中有意跟王安石较劲，你写了《金陵怀古》，我就写《赤壁怀古》跟你比试比试。二者立意上差别更大，王安石怀古，是以政治家的眼光，用一种冷静平和的笔调来写；苏轼更具诗人气质，激情澎湃，写来笔力千钧。"江山如画"，是收束上文，总结上文。"一时多少豪杰"，则为下文提示、过渡。词的结构非常绵密。之所以能够成为千古名篇、古今绝唱，一个重要原因是结构浑成圆融，字字珠玑，一个字都换不得。

上片写赤壁之景，写景中蕴含着怀古，渗透着历史感。下片怀古。"遥想公瑾当年，小乔初嫁了，雄姿英发。"先不说怀古，从塑造人物形象看，推出的画面是怎样的"雄姿英发"！先是英俊伟岸的周瑜出场，跟着是美貌绝伦的小乔登场。在战火纷飞的背景当中，出现了英雄加美人，亏苏轼想得出来。其实，赤壁大战时，小乔不是"初嫁"。赤壁大战是在建安十三年（208），周瑜娶小乔是在建安四年（199）。也就是说，赤壁大战时，周瑜娶小乔已有九年，绝对不是"初嫁"。苏轼不是不知道这段历史，他在这里极力表现周瑜的人生得意，爱情事业双丰收，实际上是反衬自己人生的失意，这也就是黄苏《蓼园词选》说的"周郎是宾，自己是主"。黄苏的话，乍读不好理解。全词篇幅上，说周郎的多，直接正面描绘的是周郎，实际上周郎是客，是用作陪衬的。周郎越是人生得意，越发显示出词人苏轼的失意。

苏轼因为乌台诗案被贬到黄州。在这之前，他是湖州知州，不仅是政治新星，更是文坛明星、领袖，如今变成流放犯。命运、境遇一落千丈，反差巨大。晚年他题写自画像说："问汝平生功业，黄州惠州儋州。"他自嘲自问，你这一辈子干了哪些惊天动地的伟业？只有三件事：先贬到黄州，后贬到广东惠州，最后贬到海南儋州。贬谪黄州，是他人生第一次最沉重的打击，是他心头永远抹不去的伤痛。人生最大的痛苦莫过于失落的痛苦、被剥夺的痛苦。苏轼过去那些地位、荣誉，这时候全被剥夺归零。他有强大的心理反差，非常失意。他极力写周瑜事业和爱情的得意，实际上是为反衬自己人生的不得意。周瑜"雄姿英发"，人长得帅气，有才气，文武双全，又建立了丰功伟业，人生的好事美事被他一人占全了。

　　"羽扇纶巾"的"羽扇"，是白羽做的扇子。"纶巾"，青丝做的头巾，是儒生的打扮。赤壁大战中的周瑜，作为东吴军队的主帅，本应该穿金甲着戎装，可他头戴纶巾，手摇羽扇，这装束越发显出他从容不迫的气度和指挥若定的才能。"谈笑间、樯橹灰飞烟灭"，就直接说谈笑之间，轻轻松松地就把曹操的几十万大军给搞定了，把曹军的战船烧得灰飞烟灭。人生有这么一次辉煌就足够了，苏轼好生羡慕啊！

　　"故国神游，多情应笑我，早生华发"，是自嘲苦笑。神游到三国，如果遇到周瑜，周瑜会嘲笑我，年纪不大，就花发满头。词情至此，才折回自身。对比周瑜的人生辉煌，苏轼不觉无奈苦笑。

更悲催的是"人生如梦"。"早生华发",意味着年华老大。人生苦短,他很想能像周瑜那样有所作为,创造人生的辉煌,可惜四十多岁了,身遭贬谪,何时能够脱离政治的困境,他看不到出路,看不到希望,不知何日能够实现自己的人生理想。想到周瑜,他越发伤感。政治上受挫折打击,本来就让他伤感了;想去建功立业,创造辉煌,可年过四十,建功立业的希望越来越渺茫。这是两层悲哀,一是生命本体的忧患,一是政治上人生的不得志。

怎样理解"人生如梦"的内涵?人生如梦,实有三层含义。第一层是人生像梦一样的短暂,这是人人都难以避免的生命本体的忧患。王安石是政治家,他的诗词更多的是政治家对社会命运的忧思;苏轼是哲人,他的诗词充满对人生命运的思考。人生短暂这层忧思,苏轼《前赤壁赋》里也有表现:"羡长江之无穷,哀吾生之须臾。"人生如梦的第二层含义,是说人生命运像梦一样变化莫测,命运具有多变性、虚幻性。第三层是说人生像梦一样,不能主宰、把握自己的命运。这也是他在《临江仙》词里说到的"长恨此身非我有"。自己不能主宰自己的命运,这在古代官场上尤为如此。我们这个时代,命运应该说是由我们自己主宰的,但从绝对意义上讲,又很难由自己主宰。如果命运一切听从自己的安排,那人生就没有变数和兴味了。人生正因为随环境的不断变化而变化,生命力才在不断适应和应变中变得强大。

面对"人生如梦",应该怎么办?苏轼说得有些含混:"一樽还酹江月。"他拿起酒杯往空中一洒，祭奠江月。态度有些模糊，有失意，有不甘，骨子里还有股不服气。苏轼对人生非常乐观，他早就意识到人生的悲欢离合、人生的挫折磨难，就像月亮的阴晴圆缺一样不可避免，他坚信总有一天会摆脱这些挫折和磨难。所以这个"酹"带有一点发誓的意思，总有一天会改变命运！

　　苏轼总是乐观地面对人生，含笑面对人生。这首词虽是怀古，却曲折地表达了他的人生态度。一般认为，说"人生如梦"，是消极的。其实，"人生如梦"的感悟本身无所谓消极或积极，意识到"人生如梦"时，采取什么样的人生态度，才有积极与消极之分。如果觉得"人生如梦"，就要及时行乐，这是消极的；如果感觉人生苦短，就要及时地建功立业，实现个体对社会的责任和使命，那是积极的。写这首词时，苏轼有失落，有失望，但没有沉沦，还有进取心。如果他真的死心、真的绝望，他就不会羡慕周瑜了，也许想都不会想周瑜。既然他那样羡慕周瑜，骨子里是希望能像周瑜那样去完成个体对社会的责任，实现人生的社会价值。这首词至少给我们两点启示：一是面对着人生的挫折，我们要乐观，要有对生命的信念，任何时候都不能丧失生活的信念。二是无论在什么困境中，一定要怀抱理想，想着要履行个体对社会的责任。苏轼虽然更多地关注个体人生的命运，但他从来没有忘记个体对社会的责任。

　　苏轼之后，还有几位词人写过赤壁怀古词。有比较才有鉴别，对比阅读几首赤壁词，更能体会各词的优劣高下。且看南宋戴复古的《满江红·赤壁怀古》：

> 赤壁矶头，一番过、一番怀古。想当时、周郎年少，气吞区宇。万骑临江貔虎噪，千艘列炬鱼龙怒。卷长波、一鼓困曹瞒，今如许。　　江上渡，江边路。形胜地，兴亡处。览遗踪，胜读史书言语。几度东风吹世换，千年往事随潮去。问道旁、杨柳为谁春，摇金缕。

假如没有苏轼的赤壁怀古词在前，这首词也算是写得很好的了。但有了东坡词的典范在前，就可以看出此词的差距。戴复古这首词，是入手擒题，但开篇用了两句十一个字说明"赤壁怀古"之意，不免笨拙，有点浪费笔墨。题目已经交代怀古，词中又说怀古，彼此重复。苏轼开篇的"大江东去，浪淘尽、千古风流人物"，大手笔写景中就把读者的思路引向千年的历史时空。戴复古又是怎样来写周郎的呢？"想当时、周郎年少，气吞区宇"。苏轼写战争场面只用一句"樯橹灰飞烟灭"，他浓墨重彩描绘的是周瑜的形象、是周瑜人生的得意。戴复古则着重写年少周郎的军事功业，他指挥万骑临江，部下将士像貔虎一样，个个勇猛异常。"貔"是勇猛的野兽，比喻写东吴大军的气势。"千艘列炬鱼龙怒"，千艘战船都在燃烧着火把，以至于江中的鱼龙都震恐惊怒。写两军对垒的场景，还是颇有气势。"卷长波"三字，有力如虎，好像把江水倒挂起来围困住曹操的军队。可惜这样场景已难再现，今天的赤壁是如此冷清。

　　戴复古怀古的用意何在？他生活在南宋后期，当时社会苟且偷安，而北边的蒙古虎视眈眈，南宋处在风雨飘摇的危机之中。可现实中，再也见不到周瑜那样智勇双全的大将了，再也见不到与北方强敌对峙决战的场面了。他突出当年赤壁大战的辉煌，实隐含着对现实的焦虑忧患。"江上渡，江边路。形胜地，兴亡处"，这四句比较铺张浪费，只包含一层意思，就是感怀赤壁见证过历史的兴亡。陈说赤壁是形胜地，不如像苏轼那样具体描写赤壁的形胜更让人印象深刻。评价性语言远不如画面的呈现更有艺术魅力。

　　"览遗踪"，说登览遗踪故迹，比读史书更让人感慨。到了赤壁，脑海里会再现当时的历史情景，也更强化对现实的感伤。想到"几度东风吹世换"，沧海桑田，可惜历史上的辉煌场景一去不复返，当时"气吞区宇"的人物也杳然无踪。见不到那样的人，见不到那样的事，只好"问道旁、杨柳为谁春，摇金缕"了。"金缕"，指初生的柳叶。杨柳倒还展现出丝丝生机，现实却是死气沉沉，杨柳为谁摇曳为谁绿？在这种现实政治环境中，谁还有心情去欣赏枝头的金缕啊！心情沉重，一至如斯！

　　戴复古词，主要不是表现对历史人生的思考，而是对当时朝廷无能和社会现实的感慨。《四库全书总目·石屏词提要》对这首词评价比较高，说："赤壁怀古《满江红》一阕，则豪情壮采，实不减于轼。"我觉得这首词的"壮采"比苏轼赤壁怀古词还是要逊色一筹。顺便一说,《石屏词》,是戴复古的词集。

下面再看辛弃疾的《霜天晓角》:

> 雪堂迁客。不得文章力。赋写曹刘兴废,千古事、泯陈迹。　　望中矶岸赤。直下江涛白。半夜一声长啸,悲天地、为予窄。

这首词在辛弃疾六百多首词作中是不太起眼的一首,艺术水准一般。选出此首来读,是为了比较诗人在不同环境下的不同心态、不同表达方式。和平时代的苏轼,借周瑜来表达自己人生的失意。战乱之后的戴复古,表达的是一种对社会现实的反讽、一种隐约含蓄的不满。而作为英雄辛弃疾,他站在赤壁底下,又想到了什么呢?他首先感慨苏轼的不幸。"雪堂",是苏轼在黄州所建临时住所。苏轼才高命薄,贬谪到此,写了世间广为传诵的前后《赤壁赋》和《念奴娇·赤壁怀古》,可他却没有得到文章的好处,反而却因诗文而遭贬谪。他为苏轼感到遗憾,为苏轼鸣不平。古人常说"儒冠误我",苏轼如此天才,都没改变作为迁客的命运,怎能不让人感慨?

"赋写曹刘兴废",指苏轼《赤壁赋》感叹曹操"舳舻千里,旌旗蔽空,酾酒临江,横槊赋诗,固一世之雄也。而今安在哉"。想当年是曹操何等气势,如今却"泯陈迹",杳然不见踪迹。辛弃疾面对赤壁,没有正面写曹操、周瑜。辛弃疾是英雄,英雄崇拜英雄，他心目中曹操和刘备是英雄。那个时候还没有小说《三国演义》，只有《三国志》，曹操在辛弃疾心目中是正面的英雄，他有词句说"天下英雄谁敌手，曹刘"。所以这里没有贬义，只是说历史兴废，两位英雄人物对决过，最后也没留下什么痕迹。辛弃疾似乎没有亲身到过赤壁，词中写的是"望中矶岸赤"，他应该是在长江南岸，也就是现今湖北鄂州市遥望赤壁而写此词。

"半夜一声长啸"，像岳飞的"怒发冲冠，凭栏处，潇潇雨歇"一样，这一声长啸，很是震撼人心："悲天地、为予窄。"天地是如此之宽，却没有我施展才华、没有我请缨之地。这是英雄的怒吼、英雄的长啸。这一啸，体现出稼轩的英雄本色。试比较古人类似的诗句。中唐孟郊《赠别崔纯亮》说："食荠肠亦苦。"荠荠本来是甜的，但吃后肠子却是苦的，吃甜的都苦，可见他的生活没有一丝快乐。"强歌声无欢"，勉强地听人唱歌，也不痛快，耳朵里仿佛都是噪音。"出门即有碍，谁谓天地宽？"出门就是绊脚石，谁说天地宽阔呀？孟郊一生贫困潦倒，所以有这种心态。李白《行路难》写来气势就不一样："大道如青天，我独不得出。"世间的道路像青天一样宽广，可就是没有我李白的出路！他也是表现人生的失意，但写得有气势有力量。中唐白居易诗则说："无事日月长，不羁天地阔。"白居易表现的是悠闲的心境。没事的时候，觉得日月很长，日子很好过，很悠闲；心中没有苦恼、没有羁绊，就会觉得天宽地阔。海阔凭鱼跃，天高任鸟飞。而辛弃疾"悲天地，为予窄"，反映的是在苦闷压抑的时代，英雄找不到出路的悲哀。这是个体英雄的悲剧，也是时代社会的悲剧。辛弃疾的"悲天地，为予窄"，跟李白的"大道如青天"异曲同工。

以上几首怀古词，表面上都是追怀古人古事，但实质上都是抒写对现实社会人生的忧患，王安石是和平时代对社会危机的思考，戴复古是濒临亡国时代对社会危机的焦虑，苏轼是和平时代抒发个体人生的失意，辛弃疾是冷战时代宣泄英雄失路的愤懑。

下面再欣赏两首咏史词。咏史是针对历史事件或历史人物抒写感受，常常是借古人的事来说自己的事，有的是正说，有的是反说。且看王安石的《浪淘沙令》：

> 伊吕两衰翁。历遍穷通。一为钓叟一耕佣。若使当时身不遇，老了英雄。　　汤武偶相逢。风虎云龙。兴王只在笑谈中。直至如今千载后，谁与争功。

前面说过，咏史词是不写景的，这首词就是如此，直接谈历史，发议论。王安石借历史人物来说自己人生的不得志。伊尹、吕尚两位老翁，经历了人生的穷通荣辱。古汉语里，"穷"和"贫"的含义有区别，"贫"指经济上的贫困，"穷"是政治上的潦倒，所以，古汉语里常常是贫富、穷通或穷达对举。王安石说伊吕两人，一生大起大落，经历了政治上的得意和失意。早年不得意的时候，吕尚在渭水边钓鱼，只是普通渔翁一枚；伊尹更是帮别人耕田种地的劳工。后来伊尹偶然遇到商汤王，吕尚遇见了周武王，才能够"风虎云龙"，有机会施展自己的政治才干，成为一代贤臣。云从龙，风从虎，原是《周易》的卦辞，意指君臣遇合，贤臣得遇圣君，君臣相济，共建丰功伟业。"风虎云龙"，跟"风云际会"的意思相同。

"若使当时身不遇，老了英雄"，是说假如伊吕两人没有遇到两位英明的圣君，谁知道他们是英雄？幸运的是，他们与商汤王、周武王"偶相逢"，满腹经纶、满腔抱负才得以实现，谈笑之间完成兴邦伟业。电视剧《三国演义》的主题曲、杨慎《临江仙》的"古今多少事，都付笑谈中"两句，就是从王安石这句"兴王只在笑谈中"化出。苏轼《念奴娇·赤壁怀古》词"谈笑间、樯橹灰飞烟灭"的"谈笑间"，苏轼草书和黄庭坚行书原词，都作"笑谈间"，而不是如通行本作"谈笑间"。似乎"笑谈间"隐约受到王安石此词的影响，至少是相似。"笑谈间樯橹灰飞烟灭"与"兴王只在笑谈中"，意思相近，都是表现人物的从容淡定，天大的事情在笑谈之间就轻松搞定。

王安石讨论伊吕两人命运的前后变化，用意何在？是说人的成功，需要机会，臣子要实现远大的政治理想，必须风云际会，得到明君的支持。伊尹、吕尚两人之所以能建立功业，是因为遇到两位圣君明主。王安石的言下之意是，假如我能碰上商汤王、周武王这样的明君，我也能谈笑之间做出"兴王"伟业。"直至如今千载后，谁与争功。"这里王安石有自我期许，也有怀才不遇的失落与怨气。

果然，王安石后来遇上宋神宗，也干了一番大事业，虽然以失败告终，但仍然得到列宁的赞誉，被称为中国 12 世纪最伟大的改革家。也可说是"直至如今千载后，谁与争功"。这首词表面上是咏史，实际上是言志抒怀，写自己的人生理想。不过借古人说己事。

人生要成就一番事业，确实需要机会、机遇。杜牧也曾感慨："东风不与周郎便，铜雀春深锁二乔。"若不是东风给周瑜机会，东吴的二乔就会被捉去铜雀台伺候曹操了。"若使当时身不遇，老了英雄。"可谓千古同慨。

再看辛弃疾的《卜算子》词，也是借古人的酒杯浇自己的块垒，借古人的失意说自己的不得意：

> 千古李将军，夺得胡儿马。李蔡为人在下中，却是封侯者。　　苶草去陈根，笕竹添新瓦。万一朝家举力田，舍我其谁也。

"者"，读 zhǎ。用方言押韵。这是咏史词，也是幽默词。李广将军，武功盖世，千年难遇。他受伤被俘，可以"夺得胡儿马"逃生。《史记·李将军列传》记载，有次战役，他受伤被俘，匈奴王仰慕他的声名，不让部下杀害，将他捆绑，放在两马之间的网里。李广装死，趁押送者不备，以迅雷不及掩耳之势，突然从网中跳起，抢下匈奴兵的骏马，快速逃脱。如此身手，又屡败匈奴，可就是难以封侯。而他的堂弟"李蔡为人在下中"，能力才干只是下中等，却封侯拜相，位极人臣。"千古李将军"，没有封侯，而才干平平的李蔡却封侯。世道不公，有如此者。词中无一字议论，不平之气自在其中。

辛弃疾的命运也类似，他本应骑战马、舞大刀长枪在战场上指挥杀敌，却在田间地头拿着锄头除草，在家里砍竹子做引水管，干着农夫工匠的活计。"笕竹添新瓦"的"笕竹"，是把竹子对剖并将内节打通，做成像现在的自来水管似的，以便从山泉里引水。英雄沦落，无所事事，成天要么是除草，要么剖竹，要么盖房加瓦。他在《鹧鸪天》词里也曾感慨："却将万字平戎策，换取东家种树书。"智勇双全，有统一天下之志的英雄，却成了种田能手。如果朝廷推选种田能手，舍我其谁！辛弃疾苦笑着，自嘲着。此词借"千古李将军"的不遇来抒发自己人生失意的感慨，同时也表明，不得意的英雄，自古有之，怀才不遇的悲剧在代代上演，从未停息。

唐宋词的十三个主题，至此讲完。希望读者牢记四字诀：想象、还原。无论是读词还是读诗，都要展开想象，把语言符号还原成诗人词家所描绘的具体场景画面，进入作品所建构的情感世界和艺术世界，沉吟玩味，领略其风景，感悟其精彩。

　　回看十多年前据课堂录音整理的本书初版，好似乱头粗服、蓬首垢面，颇觉汗颜。于是利用寒假，对初版细细修订，刮垢磨光。

　　我平时讲课，喜欢即兴发挥，自由舒展。因未经深思熟虑，语言表述不甚严谨，有时为了强调重点，不免重复啰唆；有时兴之所至，信马由缰，虽然有放有收，但难免顾此失彼，该讲的未讲，留下漏洞，内容有欠完整；现场即兴发挥，记忆或有不确，造成史实错误。比如初版讲解辛弃疾《摸鱼儿·观潮上叶丞相》时，说叶衡淳熙五年拜相，次年罢相，其实叶衡拜相是在淳熙元年，第二年罢相。记忆之误，初版校对时没有特别留意，以致留下硬伤。

　　这次修订，除了打磨字句，修订讹误，内容上有删有增。删除了过于通俗、口语化的表述，尽量改用书面雅言，力求雅俗共赏；删除了课堂内对学生的阅读提示和课堂现场情景描述等内容，以免影响非在场读者的阅读理解；增补了原本该讲而未讲的内容；又增加了一些对作品的新体会、新认识；还吸收借鉴了学界有关的新成果。如苏轼《定风波》词题中的"沙湖"，过去一直不明其地，初版也略而未提。这次参考黄冈市方志办史智鹏先生的考订成果，对沙湖作了具体定位。又如元稹"衣裳已施行看尽，针线犹存未忍开"的"施"，一般解作"施舍"。然施舍的意思须读平声，于平仄不合。友生陈齐解作展开，字音须读去声 yì，其说有理，遂采其说。

　　因为内容和语体风格有较大变动，责任编辑张洁女史建议，将书名《唐宋词名篇讲演录》改为《唐宋词小讲》，以求名实相符，希望读者喜欢。